U0487038

独·立·文·丛

独立文丛

赵钧海 ◎ 著

永久的错觉

老农场离厂部较远，在古尔班通古特沙漠边缘地带，菜地、玉米地、麦子地与沙丘时常交错着，起伏着，干活干累了的人们，常常会往沙丘的细沙堆上一躺，放松筋骨，有一种幸福而宁馨的感觉。如若再往东往南走，就都是浩渺的沙漠了。

北京工业大学出版社

图书在版编目（CIP）数据

永久的错觉／赵钧海著．—北京：北京工业大学出版社，2012.4（2022.3重印）

（独立文丛）

ISBN 978 – 7 – 5639 – 3059 – 3

Ⅰ.①永… Ⅱ.①赵… Ⅲ.①散文集—中国—当代 Ⅳ.①I267

中国版本图书馆 CIP 数据核字（2012）第 056653 号

永久的错觉

著　　　者：	赵钧海
责任编辑：	周　雪
封面设计：	晴晨工作室
出版发行：	北京工业大学出版社
	（北京市朝阳区平乐园 100 号　100124）
	010 – 67391722（传真）　　bgdcbs@sina.com
经销单位：	全国各地新华书店
承印单位：	三河市燕春印务有限公司
开　　　本：	710 毫米×1000 毫米　　1/16
印　　　张：	13
字　　　数：	194 千字
版　　　次：	2012 年 4 月第 1 版
印　　　次：	2022 年 3 月第 2 次印刷
标准书号：	ISBN 978 – 7 – 5639 – 3059 – 3
定　　　价：	45.00 元

版权所有　翻印必究

（如发现印装质量问题，请寄本社发行部调换 010 – 67391106）

《独立文丛》总序

收到高维生发来的 10 卷《独立文丛》电子版,我躲在峨眉山七里坪连续阅读了三天。三天的白天都是阴雨,三天的夜晚却是星光熠熠。我在山林散步,回想起散文和散文家们的缤纷意象,不是雾,而是山径一般的韵致。

高维生宛如一架扛起白山黑水的虎骨,把那些消匿于历史风尘的往事,用一个翻身绽放出来;杨献平多年置身大漠,他的叙述绵密而奇异,犹如流沙泻地,他还具有一种踏沙无痕的功夫;赵宏兴老到而沉稳,他的散文恰是他生活的底牌;诗人马永波不习惯所谓"大散文"语境,他没有绕开事物直上高台红光满面地发表指示的习惯,他也没有让自己的情感像黄河那样越流越高,让那些"疑似泪水"的物质悬空泛滥,他不像那些高深的学者那样术语遍地、撒豆成兵,他的散文让日益隔膜的事物得以归位,让乍乍呼呼的玄论回到了常识,让散文回到了散文;盛文强是一条在齐鲁半岛上漫步的鱼精,他总是苦思着桑田之前的沧海波浪,并秘密地营造着自己的反叛巢穴……

一度清晰的概念反而变得晦暗,游弋之间,一些念头却像暗生植物一样举起了手,在一个陡峭的转喻地带扶了我一把。伸手一看,手臂上留下了六根指头的印痕……这样,我就记录下阅读过程中的一些问题。

散文性 \ 诗性

伴随着洪水般的无孔不入的现代思潮,一切要求似乎都是合理的,现代世界逐渐地从诗性转变为黑格尔所说的散文性,不再有宏大与辉煌,只有俗人没有英雄,只有艳歌没有诗歌,最终导致生活丧失了意义。

一方面,这种"散文时代"的美学氛围具有一种致命的空虚,它遮蔽了诗性、价值向量、独立精神,散文性的肉身在莱卡的加盟下华丽无垢;另外一方面,这种散文性其实具有一种大地气质。吊诡之处在于,大地总是缺乏诗性，缺乏诗性所需要的飘摇、反转、冲刺、异军突起和历险。也可以说，诗性是人们对大地的一种乌托邦设置；而找不到回家之路的大地，就具有最本真的散文性，看似无心的天地造化，仔细留意，却发现是出于某种安排。黑格尔曾断言："中国人没有自己的史诗，因为他们的观察方式基本上是散文性的。"这是特指东方民族没有史诗情结，它道明了实质，让思想、情感随大地的颠簸而震荡，该归于大地的归于大地，该赋予羽翅的赋予羽翅，一面飞起来的大地与翅下的世界平行而居，相对而生。

因为从美学角度而言，散文性就是诗性的反面。所以，我不同意为"散文性"注入大剂量的异质元素而彻底改变词性，尽管这一针对词语的目的是希望使之成为散文的律法。这样做不但矮化了"诗性"本身，把诗性降低到诗歌的地域。问一问命名"诗性"为人类智慧斗拱石的维科先生吧，估计他不会同意这种移花接木。在我看来，这不过是一种散文的外道之言。

诗性是以智慧整合、贯穿人类的文学形态。作为人类文学精神的共同原型，诗性概念属于本体论的范畴。回到诗性即是回到智慧，回到文学精神的本原。作为对感性与理性二元对立的超越努力，诗性是对于文学的本体论思考，"它也是一种超历史、超文化的生命理想境界，任何企图对文学的本性进行终极追问和价值判断的思维路径都不能不在诗性面前接受检验。"（王进《论诗性的本体论意义》，《吉林师范大学学报（人文社会科学版）》2005年4期）在此意义上生发的诗性精神是指出自于原初的、抒发情感的元精神。

我认为，在现存汉语写作谱系下，诗性大于诗意，诗性高于诗格。诗性是诗、思、人的三位一体。这同样也是散文的应有之义。

海德格尔诗性本体论对人的基本看法是：人的本源性大于人的主体性，人向诗性本源的回归，就是从自在的主体性出发，对主体狭隘性的断然否弃，就是向自在之"在"的真理敞开，就是从根本上肯定人的神圣性以及在澄明中恢复人的世界与大地的和解。在这样的诗思向量下，近十年来，中国诗坛对"诗为何"和"诗人为何"的反复考问，已被一些评论者悄悄地置换为"写作为何"的命题，即千方百计把写作的价值向量简化为技术层面的问题。这是游离于诗性之外的伪问题。我想，一个连技术层面问题尚未基本理顺的写作人，就不配来谈论诗性的问题。

伽达默尔说过两段话，前者针对诗性的思维方式，后者讲诗性的生存方式——"诗的语言乃是以彻底清除一切熟悉的语词和说话方式为前提的。""诗并不描述或有意指明一种存在物，而是为我们开辟神性和人类的世界，诗的陈述唯有当其并非描摹一种业已存在的现实性，并非在本质秩序中重现类似的景象，而是在诗意感受的想象中介中表现一个新世界的新景象时，它才是思辨的。"（［德］汉斯-格奥尔格·伽达默尔《真理与方法》，上海译文出版社1999年版，下卷第600页-601页。）那么，真正的散文更应有破"论"之体，对生命言说宛如松枝举雪，最根本的原因就在于真散文不但是以诗性的方式思维，而且是以诗性的方式生存。

互文性

互文性通常被用来指示两个或两个以上文本之间发生的互文关系。散文的互文性指把多个文本材料集用于一个文本，使其互相指涉、互相贡献意义，形成多元共生，使散文的意义在文本的延展过程中不断生成，合力实现一个主旨。

在我看来，互文性暗示了它是一种民主而趋向自由的文体。

互文性概念的提出者法国符号学家朱丽娅·克里斯蒂娃曾提出："任何作品的本文都像许多行文的镶嵌品那样构成的，任何本文都是其他本文的吸收和转化。"即每个文本都是其他文本的镜子，每一文本都是对其他文本的吸收与转化，它们相互参照，彼此牵连，形成一个潜力无限的开放网络，以此构成文本过去、现在、将来的巨大开放体系和文学符号学的演变过程。

还有一种互文，是着眼于学科的"互嵌"。美国历史学家海登·怀特说，历史只"是以叙事散文话语为形式的语言结构"。回溯历史，意义来自哪里？是史料，还是文本自身？还是隐含在史料与文本之中，以及研究者对语言的配置之中？显然，历史学家给出了自己的回答：只能是后者。只有在后者之中，人们才能找寻到历史的真正意义（李宏图：《历史研究的"语言转向"》）。

一方面是文本本身的修辞互文，另外一方面是历史与文本的"对撞生成"，用此观点比对《独立文丛》里的不少篇章，可以发现散文家的"默化"努力是相当高超的。他们没有绕开文学而厉声叫喊，他们的散文根性是匿于事物当中的，不是那种风景主义的随笔，不是那种历史材料的堆砌，散文的根须将这一切纳入到一个生机勃勃的循环气场之中。建筑术语、历史档案、小说细节、思想随笔、戏剧场景，等等，在高密度的隐喻转化中使这些话语获得了空前的"自治"。这种"自治"并不等于作家文笔的失控或纵情，而是统摄于散文空间当中的。我们仿佛看见各种文体在围绕王座而舞蹈，它们在一种慢速、诡异、陡转、冷意十足的节奏中，既制造了矜持的谜面，又翻出了血肉的谜底。

　　正如德里达认为的那样，文字的本质就是"延异"，而互文性的文体正是对终极历史意义达成的"拖延"，是一种在不断运动中发散的歧义文体。于是，在杨献平的一些篇章里，意义已经完全由文体差异构成的程度，文本变化中的每个精心设计的语言场景，都可以由另一语言场景的蛛丝马迹来予以标志，内在性受到外在性的影响，谜面受到另一个谜底的影响，建筑格局受到权力者的指令和杀戮的影响，它们既彼此说明，又互设陷阱。因此，包括我对自己的《流沙叙事》《桴机叙事》的重读，其实是在寻找历史，为未来打开的一条通往无限变化的、不稳定的历险之路。

细　节

　　我注意到这批散文家的近作，他们没有绕道意识形态的讲台朗声发布结论的习惯。有鉴于此种"结论"多为空话、谀语，可以名之为"大词写作"，然而这却是目前流行的散文模式。

　　已经成为写作领域律令的说法是：回到事物本身，通过语言的细节还原生活。问题在于，事物不是阳光下的花可以任意采摘；更在于摧花辣手太多，事物往往暧昧而使自己的特性匿于披光的轮廓之下；重要的还在于，文字对生活的还原就是最高美学吗？

　　如果说高维生的一组散文更倾向于对情感细节的呈现，那么赵宏兴的不露声色则更近于对自然的描摹，80后的盛文强似乎兼而有之，吴佳骏显示出对细节刻画的某种痴迷。表面上看，他们不过是对隐秘事物的描写，把自己的情感注入事物的天头和地脚，这一"灌注术"其实已经悄然改变了自然之物的自然构造，朝向文学的旷场而渐次敞开。就是说，文字对生活施展的不仅仅是还原，而是创造和命名。

　　说出即是照亮。用细节说话，用细节来反证和彰显事物的特性，使之成为散文获取给养的不二法门——这同样涉及一个细节化合、层垒而上的问题。

　　我想，国画里的线条和皴法，一如写作者对散文细节的金钩铁划。正因为蕴峭拔于丰满之中，冯其庸在论及陈子庄画作时不禁感慨万千："我敢说没有一个人可以说得出来石壶山水皴法的名堂，是披麻皴、斧劈皴、荷叶皴还是卷云皴？都不是。因为石壶的山水根本不是从书本上来的，你要想寻行数墨地寻找他的出处，可以说是枉抛心力，因为他的出处不在于此而在于彼，不在书本而在大自然。"不因袭别人的细节，而且不再蹈袭自己曾使用过的细节；不是照搬自然的一景，而是以自然之景化合出别样的情致！事情发展至此，细节的威力就是散文的斗拱。

没有搭建好斗拱而匆忙发布"存在"、"在场"奥义的人，不过是危楼上的演说者。更何况他们的高音喇叭五音不全，只在嘶哑地暴叫。陈子庄所谓的"骨意飘举，惝恍迷离，丰神内涵，此不易之境也"的骨力之说，与之俨然是胶柱鼓瑟也。

高维生、杨献平、朝潮、盛文强等作家显然是被自然之物劝化的作者。明白细节之于散文之力，大致也会明白康德自撰的墓志铭："位我上者灿烂星空，道德律令在我心中！"

非虚构

在《独立文丛》系列作品中，我注意到有不少篇章涉及"非虚构"向量。比如散文家赵钧海《黑油山旧片》《一九五九年的一些绚丽》以及朱朝敏《清江版图》等文。

在此，尤其需要注意几个概念的挪移与嵌合。我以为"报告文学"是那种带有强烈意识形态色彩的对现实予以二元对立取舍的写作。"纪实文学"是指去掉部分意识形态色彩之后，对非重大历史或事件的文学叙述。"私人写作"则是在消费主义时代背景下，强调个人情欲观的写作——这与是否虚构无关。"非虚构写作"不同于以上这些，它已经逐渐脱离了西语中小说之外文体的泛指，在当下汉语写作中，它暗示了一个向量：具有明确的个人独立价值向量前提下，通过对一段历史、事件的追踪检索考察而实现的个人化散文追求。

如果说"非虚构"变成了焦点，那一定是因为我们感觉到了对切入当下生活的迫切性。

以田野考察为主，以案头历史资料考据为辅的这样一种散文写作，正在受到越来越多读者的关注。

在"非虚构写作"中，"新历史写作"已经显出端倪。这个概念很重要，这或许涉及历史写作的转型问题：重视历史逻辑而又不拘于史料细节；忠实于文学想象而又不为历史细部所掣肘。在历史地基上修筑的文学空间，它不能扭过身来适应地表的起伏而成为危房。所以想象力不再是拿来浇筑历史模子的填料。

我坚持认为，"人迹"却是其中的关键词。人迹于山，山势葱茏；人迹于水，烟波浩渺；人迹为那些清冷的历史建筑带来"回阳"的血色，爱恨情仇充溢在山河岁月，成就了散文家心目中最靠近真实的历史。

在此，我能够理解海德格尔的用心："每个人都是大地的一部分。大地之上绝无尺规。"这恰与"道法自然"异曲同工。浮荡在大地上的真实，如同清新的夜露擦亮黎明，世界就像一个开了光的器皿，而散文就要在山河与"人迹"中取暖。

异端不属先锋或主流

我读到散文家朝潮《在别人的下午里》中的不少篇章很是感念，比如马永波的《箴言集》，让我回忆起多年前自己住在城郊结合部陷入苦思的那段岁月。

在收获了太多"不相信"之后，我终于相信：我们置身在一个加时赛的过程中，我们必定抵达！我要说的是：你作为具有个人思想的言说者，你开掘的言路就决定了你与主流话语的分离。从表面上看，你仅是一个写作的异端。其实，异端不在先锋与主流之间，而是"异"在以你的人性之尺，度量世界的水深；"异"在以你的思想之刃，击穿这世界的铁幕；"异"在以你的苦难之泪，来使暴力失去信心；"异"在以你的焚膏之光，来烛照自由之神的裙裾！

同时，为夜行者掌灯，然后，熄灭。

这样的人与言，还"异"否？

从对思想史的梳理中我们发现，经典的异端思想一定是背离了时代或超越了时代。正如葛兆光先生所描述的，思想家们的思想可能是天才的超前奇想，不遵守时间的顺序，也不按照思想的轨迹，虽然他们在一般思想与普遍知识中获得常识和启示，但常常溢出思想史的理路之外，他们象征着与常规轨道的脱节，与平均水准的背离，有时甚至是时间轴上无法测定来源与去向的突发现象。因此常常可以看到思想史上的突变和"哲学的突破"。而正是高踞于时代之上而非融于时代之中的异端思想激起了变革和时代精神的转换，异端之思已经成为推动社会前进的第一力。

光，注定不能被火熔化。着火的思想就像火刑后变形的铁柱，上面镌刻出的图案和花纹，展开异端惊心动魄的美，正是异端的思想切进现实的刀痕。海德格尔引述过17世纪虔信派的著名口头禅："去思想即是去供奉。"思想的"林中路"不是抵达烟火尽退的"林中净土"，而是在铁桶合围的现实中，以异端之思打开精神的天幕。

高举"独立"的写作者，更应该是思想者，应永远牢记——异端不是思想的异数，而是思想的常态；异端是一个动词，自由精神才是异端的主语。

我曾在一篇文章里这样预言：我们相信蚁阵的挺阔终将决堤。我们相信纸花无从生发生命的韵律。我们相信马丁·尼莫拉的预言。我们相信散文的声音。真正的散文家还相信，善良如水，那就是最韧性的品质。马拉美曾说："骰子一掷，永远取消不了偶然。"信仰足以让偶然和必然俏丽枝头。花开过，凋谢，还会盛放。

蒋　蓝
2011年10月4日于峨眉山

目 录

《独立文丛》总序/蒋蓝 / 1

第一辑　荒野旧忆

黑油山旧片 / 3
回望木井架 / 10
一九五九年的一些绚丽 / 16
飞翔在白垩纪的翼龙 / 24
永远的第一 / 36
旧照片上的父亲 / 42
伊犁将军：惠远古城之累 / 53
西边风 / 64
古尔图，那个熄灭的驿站 / 70
享受回家 / 80
陪母亲逛街 / 94
我的恍惚的农场光阴 / 98
隐现的疤痕 / 115

第二辑　行走笔录

围墙与大厦 / 129
口红粉饼与教堂 / 133
飘忽的马克思之魂 / 137

永久的错觉 / 142

征服者的废墟 / 146

台阶上云集的思想 / 150

有一个响亮的名字 / 154

曾经的火烧广场 / 157

新圣女公墓：活着的灵魂 / 162

1831·阿尔巴特街 / 167

依然领衔的红色建筑 / 171

彼得大帝的手 / 175

冬宫：小姐们都昏过去了 / 179

涅瓦河上的张望 / 184

那些怀旧老歌 / 188

第一辑
荒野旧忆

黑油山旧片
回望木井架
永远的第一
享受回家
陪母亲逛街
……

黑油山旧片

俄国人费·阿·奥勃鲁契夫在新疆塔尔巴哈台（塔城）东面的黑油山用皮囊装着黑糊糊的原油时，北方的苏海图山有一片棕灰色的云在缓缓地漂移，如果仰面看它，它很像一尊形态逼真的北极熊。奥勃鲁契夫突然伤感起来，他已经出来四个月了，他还将在这里待多久呢？他也不清楚。在辽阔而干渴的准噶尔盆地，他搜刮到一些历史遗物，尤其重要的是，他自认为有一个实质性的发现，就是这个距塔尔巴哈台东三百公里的青石峡之黑油山。

费·阿·奥勃鲁契夫一边掏油一边翘着他的山羊胡子，想起了这种俄国人普遍关注的问题。沙皇俄国喜欢在中国西部北部尤其是天山南北的准噶尔盆地、塔里木盆地发现点什么，然后就把这些发现的新东西变魔术一样幻化成自己的东西。

这就是摇摇欲坠的大清帝国光绪三十一年（1905年）夏天的黑油山。

黑油山是一座高仅二十多米的奇异怪山，它是由从地下溢流到地面上的黑色原油（石油）堆积而成的油砂沥青山，已经渗冒溢流数百万年了。据说在地球上，有如此庞大的体积，并且仍常年自然溢流的石油山，仅此一座。

奥勃鲁契夫放下皮囊袋就卷起了莫合烟。跟随他的一个是他黄鬈毛大儿子，另一个是学生谢里诺夫和青年向导阿不力孜（维吾尔族）。奥勃鲁契夫卷的是那种伊犁莫合烟，这种烟看似粗粝，抽起来却极其过瘾。而穿着老式旧袷袢并有些残洞的向导阿不力孜也从口袋里掏出了一种叫纳斯的烟袋，取出一点纳斯压在舌根下，感受起它的奇妙烟味。

这一年费·阿·奥勃鲁契夫刚满四十二岁，是沙皇俄国托木斯克工学院的教授。他受命于沙皇来新疆考察，完全是为了地质地貌，而沙皇为了什么，他没有说，或者他并不十分清晰，但没有想到，这次考察让他迷恋上了这个奇异又奇妙的黑油山沥青丘。

四十二岁的奥勃鲁契夫看上去比实际年龄要大许多。这也许与他那棕黑的胡须和上翘的山羊胡有关。

奥勃鲁契夫问向导阿不力孜：你认为这条小道有多少年历史啦？

阿不力孜机敏地回答：我爷爷很早就用黑油膏润车轴了，他老人家还告诉我那些哈萨克牧羊人用它治羊疥癣的事。

奥勃鲁契夫对阿不力孜的回答并不满意，于是他说：这里至少有五百年前的脚印。

费·阿·奥勃鲁契夫后来以研究西伯利亚和中亚细亚的地质地理而著名。但我觉得他的著名多半与他曾三次来中国苏海图山及准噶尔盆地踏勘有关。因为有过三次戈壁荒漠中的地质地理奇妙的分析测试，三次自然生态的亲密接触和三次酷热焦渴与飓风的侵袭，他变得与它们有了一种无法割舍的联系，也变得沉稳和恓惶了许多。他于是就写出了《边缘准噶尔》一书，虽然那书多少带有一些沙皇俄国垂涎西部中国的主观愿望，但他还是忠实地记录了包括青石峡之黑油山沥青丘、乌尔禾沥青脉在内的诸多宝贵资料，尤其还发表了有开掘价值的新见解。我想，正因为有了他这些奇妙的见解，后来的苏维埃政权才授予他科学院院士称号，他也才能高寿到1956年去世。他是一个历经沙俄也历经苏联时代的"两栖"地质地理学家。

当然，奥勃鲁契夫在1905年回俄国后的表述是极重要蓝本。沙皇俄国几百年来一直觊觎新疆的资源是有目共睹的，更早一些时候沙皇彼得一世就把征服中亚包括新疆作为俄罗斯的重大策略。他们不断派遣所谓专家、测绘家、地质家搜集情报，秘密测绘了大量中国地图。在1864年，1881年，沙俄以《中俄勘分西北界约记》、《中俄伊犁条约》等不平等条约，强行霸占了新疆约五十四万平方公里的土地。我不知道奥勃鲁契夫是不是还带有这种觊觎的任务，但跟随其后，1906年，1916年，先后发生过俄商阔阔巴夫、穆什凯托夫请求开采天山北麓和准噶尔盆地石油资源的事。

1905年之前黑油山沥青丘一直是有人土法掏油的，并且有一批批商人将这些黑油卖给俄国人或者有钱的迪化人、乌苏人、伊犁人，这已是不争的事实。奥勃鲁契夫不是黑油山的第一个发现者，也不是唯一向世界证实它有开发价值的地质专家。但黑油山没有被开发，不是没有机会，而是当时风云变幻的新疆当权者们，并不懂得它的价值，他们感兴趣的或许更多地集中在辽阔的土地和至高权力的争夺上。

1912年是浩大旷远的新疆很独特的一年，也是黑油山升起一颗璀璨明灯的一年。虽然，上一年辛亥革命推翻了大清王朝的宝座，但遥远的新疆依旧控制在清廷的余威之中。

这一年，在伊犁大都督府的杨缵绪司令率军与新疆巡抚袁大化的迪化（乌鲁木齐）清军作战时，察哈尔马队曾匆匆地经过青石峡，甚至在黑油山的油池里搅弄了一阵晶莹剔透的油珠，但很快他们就赶往了大战的精河古尔图战场。紧接着改朝换代并掌管大权的前光绪进士、慈禧颇赏识的杨增新，疑心颇重又阴险毒辣。他设立了阿山道，还专门把土尔扈特亲王帕勒塔弄出阿尔泰。这亲王的马队也是马蹄踏踏，居然在黑油山顶踩出一个个蹄印，但它（他）们还是一路狂奔地拐向了吉木萨尔牧地，去悠闲地吃草了。

1991年九十岁高龄的克力玛洪老人，神情木然却嗓音清晰地叙述着1912年的往事。

克力玛洪老人说：1912年是非常难忘的一年，这一年饱经忧患的青年赛里木，弹着忧郁的都塔尔乐曲，得到了美丽的阿依克孜姑娘的芳心。后来，这位赛里木就成为了以掏油为生并坚守黑油山四十年之久的真正主人。

克力玛洪老人说，赛里木与阿依克孜被都塔尔琴撩拨起一股股爱情的波澜，但阿依克孜被财大气粗的千户长看中了，要求逼婚。阿依克孜流着忧伤的眼泪向赛里木告别。于是，血气方刚的赛里木毅然选择了带领阿依克孜逃走的决定。

贫穷的好汉子赛里木演绎了一出英雄救美的古老故事。那是一个凄美凄婉的爱情故事。它的思想深度虽然显得有些古典并落入俗套，但如果你细心分析一下，就会发现，更多的平淡又平庸的日常人生故事，恐怕还远远不如赛里木与阿依克孜的故事精彩和感人心扉。

1912年夏天，坚毅的维吾尔族青年赛里木就这样经历过一场颠沛流离的人生颠覆之后，衣衫褴褛地来到了黑油山。

1991年九十岁的克力玛洪老人的叔叔就是1905年为俄国人奥勃鲁契夫做向导的阿不力孜。克力玛洪在1933年到1943年十年中，是赛里木在黑油山油泉掏油的伙伴，并且成了赛里木的好友。后来，因为生计的原因，克力玛洪离开了黑油山回到了他祖辈居住的乌苏。

克力玛洪说，逃婚的美丽姑娘阿依克孜与青年赛里木遇到了车排子好人哈萨克族艾西迈提一家。他们收留了一身褴褛的赛里木和发烧并且身体虚弱的阿依克孜。艾西迈提在后来的四十年中，成了赛里木最亲密的兄弟和亲人。善良好客的艾西迈提虽然仅会一点维语，但他将赛里木带进了自己的家。他看得出陌生的赛里木与阿依克孜是一对相爱之人，他更看得出坚毅而笃实的赛里木，肯定会成为他的终生好友。

赛里木是一个对石油有着奇异敏感的人。他在一次外出打猎迷路后，被一队商人指点来到了黑油山。从此，赛里木就再也没有离开过这个青石峡旁的黑油山以及那些咕咕嘟嘟喷涌的油泉。

当他看见那些一泓一泓溢出油面的黑油时，他异常敏感的脑海里就升起了一圈圈温馨的涟漪，这涟漪又一层层地飘然开去，仿佛一道道闪着光焰的宝石，散发着生命恒久的光芒，让他痴迷不返。赛里木蓦地预感到，这里将是他一生求索和栖息的吉祥之地。

于是，他就挖了地窖，用梭梭搭起了围栏，用黑油浇淋了屋顶。从此，赛里木有了一个永久而宁静的家。

但是，令人窒息又令人心酸的事情还是发生了。时隔不久，当赛里木把美丽又体弱的阿依克孜和刚刚出生不久的女儿茹仙古丽接往黑油山的途中，阿依克孜灼烫的身体已经非常孱弱了。她如同孱弱的小羊，在痛苦中呻吟着。

也就在这天夜里，在狂暴的飓风中，赛里木怀抱着奄奄一息的阿依克孜和高声啼哭的茹仙古丽与肆虐的风沙搏斗着，满脸泪痕。当狂风暴雨终于停歇，阿依克孜的躯体也已经变得通体透凉——她停止了呼吸。低垂的乌云静谧地滑动着，与赛里木的哭泣和小茹仙古丽的嚎叫形成一组异常悲凉的画面。以后，这组心胆俱裂的画面时常会浮现在赛里木的脑海，并且伴随了他坎坷的一生。

九十岁老人克力玛洪讲叙的爱情故事，多少带有一些文学色彩，它让初次聆听者有些将信将疑又充满了镂骨铭心的敬意。赛里木的爱情故事带有凄婉的宿命感和悲凉的生命意识。我在许多年后写这段故事时，似乎在冥冥中看到了那个追求纯情挚爱的美丽女子阿依克孜，她那黑黑的大眼睛，始终在寻觅那温暖又温馨的幸福生活。我为这动人的爱情而流下了泗泗的眼泪。

黑油山旁的地窖里就这样亮起了一盏明亮的油灯。而在这荒漠戈壁深处伴随赛里木四十余年的，就是一匹青鬃马，一条猎狗，七八个捕兽夹和用原油换来的粮食、盐。从此，黑油山的九个油泉，也焕发出了一种神奇的生机。咕嘟咕嘟的原油被掏到了木桶里，被掏到兽皮袋里，被驮运到乌苏、和什托洛盖（和丰）甚至塔尔巴哈台（塔城）。那些散发着异香的黑油就如同散发着异香的瓜果，让赛里木倾心依恋和倾心呵护。

1919年出版的由著名地质学家翁文灏所著的《中国矿产志略》记载："小地名黑油山，距省城六百八十里，昔发现油泉甚多，现存者仅九泉，以山顶一泉为最大，油沫约厚四五分……合计旺时可取油二百数十斤。质地色黑，土人私采……"

赛里木就是翁文灏先生所描述的私采土人之一。

1954年春天，年轻英俊的新中国地质专家张恺与他的队长苏联人乌瓦洛夫第一次来到黑油山时，黑油山的天空显得极为湛蓝，阳光也显得异常明媚。

张恺后来在一篇回忆文章中说，他第一次站在黑油山上的感觉是冲动。1954年春天的黑油山让他充满了对未来的遐想，也让他青春的热血一次次沸涌不止。

乌瓦洛夫是新中国年轻的中苏石油股份公司苏方地质队队长，长着一付高大结实的骨架。他是地质专家，也是一位参加过苏联红军并在反法西斯的卫国战争中立下功勋的老军人。他的风采与当年的奥勃鲁契夫已经大大的不同。但是，他们俄罗斯人似乎都有一个共同点，就是对黑油山的地质地貌有着超乎常人的喜爱。乌瓦洛夫后来留传给人们一个大口大口喝水并青筋鼓胀高声辩论的难忘记忆。那记忆被记载在一些文字中，那记忆的交汇点，就是乌瓦洛夫认为，准噶尔盆地西北缘的石油很多，"那油田大得像油海而不是茶杯"。

1954年春天的那一天，青年地质师张恺在黑油山旁见到了这位四十二年来一直孜孜不倦掏油的维吾尔老人赛里木。这时的赛里木留着满脸的络腮胡子，肤色黑红，布满皱褶，但双目炯炯有神，且透着一股饱经风霜的沉郁。

张恺踩着洪荒般起伏的凝固沥青块向这位雕塑般的掏油老人走去。张恺当时与赛里木老人交流了些什么，现在已经无人知晓，因为张恺的文章里没有表述这些细节，但张恺确实与这位饱经风霜的老人有过一次真切又历史性的交谈。这次交谈后来亦被载入一些历史文献，作为了历史不容篡改的忠实证据。

赛里木老人是最后一位在黑油山掏油的当地维吾尔人。可多年之后，这个细节被众多人演绎成了一个奇怪的传说。在那传说里，赛里木老人长髯飘拂，是一位骑着毛驴，手弹热瓦甫高声歌唱的歌者。他的运输工具小毛驴驮着一个硕大的油葫芦，那油葫芦里装的就是黑糊糊的原油。

这个传说带有浓郁的杜撰色彩，而且散发着一股诱人的异香。多少年来，我一直深信这个传说是真实的。我想，今天即便是我写了这些文字，我依然会喜欢这个充满浪漫色彩并多少有些诙谐幽默感的传说。

但我坚决反对是赛里木发现了黑油山的说法，我认为这是一个极不负责任也极其无知又荒谬的说法。

赛里木老人一直活到了1958年。这一年秋天他在车排子自己的黄泥小屋中与世长辞。欣慰的是，他女儿茹仙古丽与好友艾西迈提都看到了他闭眼的那个瞬间，那个瞬间他安详而平静。这一年也是他停止掏油生活的第四年。先前他那简易的地窖已被淹没在滚滚而来的黑油山开发的大潮之中，那些简易的掏油工具已不知流向了何方。

1958年，黑油山地区已变成一片骚动的海洋，大批大批充满理想又血液沸涌的人群正汇集在它的周围，他们正汗流浃背地做着一件前所未有又彪炳千古的事业——大工业化石油开采。

青年地质专家张恺挑灯夜战，在昏黄的地窖里，负责编制了黑油山油田（克拉玛依油田）总体勘探设计方案。那个方案为五十年后的二十一世纪准噶尔盆地石油年产量突破一千万吨打下了最初的印痕。

回望市井架

肉孜·阿尤甫是我认识的人中最老牌的石油人。他1939年就在督办盛世才独裁天山南北时当钻井工了。那时新疆省政府与来自伏尔加河流域的一帮苏联人正在合作开发独山子石油厂。那时人们还不习惯油田一说。苏联人把石油厂叫石油康宾纳。那时苏联的巴库油田名气很大。

我1987年春天在肉孜·阿尤甫三拐两拐的庭院里找到他时，他正怡然自得地坐在沙发上，身体显得有些臃胖，但看上去精神十分抖擞，说话说到激动时，眼睛会闪烁晶莹的液体。他会一口气说很多话，并且用那种老干部爽朗的笑感染聆听他调侃的人。他和颜悦色，面部表情丰富而精彩。

这一年肉孜·阿尤甫已经六十五岁，他思路清晰，思维敏捷，一点没有颠三倒四的废话。我从心底敬佩他。

肉孜·阿尤甫说，二十世纪三十年代与苏联人办石油厂并不是起点。清朝光绪三十三年（1907年），就有官方布政使派员采集过独山子的石油，还拿到沙皇俄国去化验，说是质地非常好，可以与美洲相抗衡。那时候独山子隶属于库尔喀喇乌苏直隶厅，就是现在的乌苏县。

肉孜·阿尤甫给我说这些话时，我并没有刻意铭记。我那时只一门心思地琢磨他个人的石油经历，一切与个人经历相悖的东西，我都有点排斥。不过，我还是将当时感觉不重要现在感觉极重要的东西记在了小笔记本上。这一年我家还没有搬进市区，我得每天早晨很早就挤班车进市区上班。这一年还实行着夏时制。当然，不是我不想搬进市区，而是我没有能力找到搬进市区的住房。

现在我翻出二十年前的那个小笔记本,感觉肉孜·阿尤甫的那些话语,分量远远在他个人经历之上。那个在夕阳照射下,有着一派黧黑剪影的木井架,那个闪烁着熠熠光泽的小油罐和釜式蒸馏装置,代表着东方大中国工业开采石油的起点之一,不管你是否认可,它可能就存在于九曲回旋的历史长河中,如果你不触摸它,它可能就会被湮灭。

肉孜·阿尤甫在我的生命中恍惚就是一个谜。虽然他后来于1993年谢世,但他那敛息静气的神情依然留在我心间。他叙述时虽然没有什么修饰词,汉语说得也有些磕磕绊绊,但那洪钟般的磁铁之声,使我多年之后仍然记忆犹新。

独山子油田就坐落在天山北麓一个倾斜的丘陵地带,近旁有一突兀而立的独山,俗称泥火山。因贴近天山山脉,气候温润清新,阳光充沛,没有大漠戈壁的干旱与酷热。独山子的原油色浅质轻,这里是油质清纯的精良油田。1906年曾有沙皇俄罗斯的商人阔阔巴夫请求清政府租开这个油田。那时衰败的大清王朝虽然腐朽与没落,但却也有几个骨性刚烈的新疆大吏阻挡了俄罗斯商人的觊觎之心。后来,我查阅了《新疆图志》、《库尔喀喇乌苏直隶厅乡土志》和《清朝续文献通考》,那个阻止沙俄扩张行为的官员没查到,却查到了首先确定开采独山子石油的官员是主持新疆财政的藩司王树楠。

那位有着维新思想的近代学者,长相英武,眉宇间透着一股睿智和英气,嘴唇还有些微微上翘。他1909年刚刚到任,就马不停蹄地操办了一件大事,派人赴俄罗斯购置挖油机器,倡办新疆自己的石油工业。那时候新疆与内地相隔千山万水,道路崎岖遥远,舍近求远就是愚钝。用俄国那"挖油机开掘油井,声如波涛,油气蒸腾,直涌而出,以火燃之,焰高数尺"。

1935年,耄耋之年的王树楠,依然惦念着新疆的石油,他在给游历了准噶尔盆地,也游历过巴库油田的吴蔼宸所著的《新疆纪游》作序时,仍然高呼一种阔大的理想:他说新疆"矿产之富,尤甲于全球,即煤油一项,足供五大洲之用而千百年不绝"。

这是1935年王树楠老先生的肺腑之声。按照王树楠的这个呼号推算,新疆准噶尔盆地与塔里木盆地的石油应该储量巨大，但浩浩五大洲之用显然是话大了。当然，那时石油之用与今天石油之用已不可同日而语。

在新疆任职四年的王树枏是近代新疆石油工业的创始人之一，这个称谓虽然有人认可，但仅仅生存在极小的石油圈子内。因为偌大的泱泱中国，有众多风云变幻的大事，这点区区石油小事早被闲置在一边了。

肉孜·阿尤甫荣幸地作为天山北麓褶皱带和准噶尔盆地南缘石油工业早期亲历操作者之一，有着发自内心的感慨和自豪，也显露出一种对早先石油钻井的怀恋之情。我在1987年春天对他采访时，完全没有想到二十多年之后，我会突发奇想地写这段鲜为人知的记忆。因为在我整理旧物时，偶然翻到了那个小笔记本。我对当年我的幼稚和海阔天空般的责任感十分惊诧。我写到：石油，一条奇异的大河，你总有一天会让世界为你而战栗。今天，我看着这句可笑的话，隐隐感到暗藏着一种奇异的杀机，也隐隐有一种被击中的快慰。是的，今天的世界经济正在为突然膨胀又突然疲软的石油而心痛着。

肉孜·阿尤甫说，他十七岁到独山子当石油钻井工时，还是个毛孩子。那时他们用的还是木制井架和柴油机动力，更早一些是蒸汽机动力。木井架需要搭架子工用一段时间搭好后，钻井工才上井。那时他每天徒步翻山去南沟上井，而苏联人就坐老式嘎斯小汽车巡井和监督生产，中国职员们就骑马上班。那时油矿总计约有二百多名职员和工人。1941年他们打出一口高产井，就是赫赫有名的二十号井，日产原油四十余吨，据说还惊动了退缩在千疮百孔的山城重庆又忐忑不安的蒋介石。

肉孜·阿尤甫给我们叙述时，刚刚离休，正静静地坐在自己家里沙发上打发时光，虽然身体有些臃胖，但从骨子里能分辨出早年那精明强悍的风采。我尊重他的品德，是因为在对他前后九天的采访过程中，他居然没有说过他后来的官位和权力，他淡泊和清雅的心态让我钦佩，也让我多年之后仍对他怀有真挚的仰慕之情。

肉孜·阿尤甫干石油钻井近五十载，是最早看见石油从地底下咕嘟咕嘟涌冒出来挖油工之一，也是拼命也要拿下大油田的新中国石油壮士的最早实施者。他裹着一件老羊皮站在油兮兮的木井架下提钻、打卡之后，又在阿合买提江、阿巴索夫领导的三区革命军当军人，而当他于1951年重新回到独山子油矿时，看着那荒废又凄凉的旧日油井，心里虽然有一股苍凉感，但也有一种对未来大油田的美好憧憬。肉孜·阿尤甫这样想着，就绾起衣袖投入到新中国刚刚成立的中苏石油股份公司向茫茫土地的探求之中。

这一天，身穿中国人民解放军鹅黄色军服的肉孜·阿尤甫，快乐而充满朝气。他看到一位当年也在独山子油矿当技师的苏联人切那柯夫。肉孜·阿尤甫有些兴奋得不知所措。切那柯夫拍着他的肩膀说，当年的毛头小伙，今天白杨一样挺拔的汉子，你会用你隆起的肌肉去挖掘金子般的石油。我们当年是雇佣关系，今天是达瓦力西（同志）。肉孜·阿尤甫也高兴地回应道：达瓦力西！达瓦力西！是的，肉孜·阿尤甫没有忘记，眼前这个苏联老大哥钻井处处长切那柯夫，当年曾是个脾气颇大的技术权威，他曾暴怒着脸解雇过一名整天酗酒的浪荡青年。

肉孜·阿尤甫回忆着1939年的古旧记忆，他的一只眼睛有一些不太好。他看人时你会觉得似有更深一层意思潜伏在话语背后。后来，我们熟悉之后，我反而觉得那才是真实可信又独具魅力的肉孜·阿尤甫。他说：那时候机器都是从塔尔巴哈台（塔城）那边的巴克图运来的。苏联人很会算账，他们一边画图纸，一边支使年轻人卖力干活。我们当时吃的是从乌苏种植的粮食和蔬菜。于是，我们就不停地干活。我还知道一个秘密，我不曾告诉过任何人。包括我的家人。那一年，我曾听过新疆学院组织的讲演，那个讲演的人一口浓重的东北口音，讲的是怎么抗日，怎么多产石油，听得我心里一阵阵震颤。直到新中国成立后在中苏石油股份公司呼图壁区块打井时，我才知道，这个人就是著名爱国民主人士——杜重远。我一直把这件事珍藏在心底，它像一盏明灯，是点亮我几十年石油岁月的圣火和懊恼时追寻的精神支柱。

杜重远让肉孜·阿尤甫心存敬意也心存一角明丽的阳光。

肉孜·阿尤甫说的杜重远，就是那个身材魁梧、仪表堂堂又为人正直豪爽的谦谦学子和实业家杜重远。杜重远曾经是新疆督办盛世才留学日本的老同学。在他的实业救国梦被日寇的铁蹄踩碎之后，他放弃了国民党高官厚禄的诱惑，来到偏远的迪化（乌鲁木齐），企图用他那抑扬顿挫的声音和寓意深远的思想去开辟筑就美丽的抗日大后方。杜重远看中了同学情谊，也看中了云雾缭绕的天山之巅那抗日救国的火热环境。虽然那环境有些薄雾朦胧，但他还是走进了氤氲的迷雾。就是这一年夏天，身为新疆学院院长的杜重远，组织了一个二百人的"暑期工作团"深入伊宁、绥定、精河和热火朝天发展的天山北坡石油小镇独山子，宣讲抗日，痛斥日寇的强盗罪行，并且排演了大型话剧《新新疆万岁》。

那是一个多么美好又多么晴朗明净的画面啊，杜重远以他意气纵横的才能，撼动着翠绿的天山松林，也撼动着浩浩旷远的大漠与戈壁。

杜重远当然逃不脱隐藏极深老同学盛世才的奸计，并且最终被盛世才以捏造的罪名套上了一副沉重的镣铐，于1943年5月2日被杀害。杜重远是一个被云雾缭绕的同学情杀害的冤屈者，更是一个英名永存的爱国勇士。杜重远后来成为了与陈潭秋、毛泽民、林基路等英勇就义的中共党员们齐名的盖世英杰。

肉孜·阿尤甫是幸运的，他居然能亲耳聆听杜重远那洪亮而才华横溢的演讲，亲自感受那硝烟弥漫年代的荡气回肠之正气，我为肉孜·阿尤甫的幸运而庆幸和欢悦，不管这个欢悦的结局如何，我都把它视为珍宝。也因为这次采访，我对肉孜·阿尤甫有了更深层意义上的崇敬。

后来我核实过一些肉孜·阿尤甫油田钻井工作历程，我发现，他的钻井经历也带有英雄主义色彩，甚至让我流连忘返。从1951年打准噶尔盆地南缘构造开始，他就转战于玛纳斯、呼图壁、托斯台、安集海等地，这一连串的地名让他变成了一位真正的钻井专家。最难忘的还是1955年打卡因地克构造，那时他已是勘探大队的大队长。在长达一年多的时间里，他率领钻井队打出了当时全国的最深井卡4井，井深达3224米，也享受了密密麻麻的长脚大蚊子的叮咬。以后，他就带领着他的队伍来到了准噶尔盆地西北缘的克拉玛依，在克乌大断裂带上寻找和挥洒着他的宏图大志。他还说，1958年他被任命为第一钻井处长，当时浩瀚的盆地西北缘矗立着几十个巍峨的钢铁井架，气势宏伟，场面热烈。那些喷涌不绝的一区、二区的许多产油井都是他们用不倦的激情打下的，那真叫过瘾啊。

我惊异地问肉孜·阿尤甫，你一共打了多少井？

他略微想了一下，说：算上新中国成立前用木井架打井，我真的记不清了，大概有七八十口井吧。

七八十口井，在那个年代是一个了不起的数字。石油钻井是计算进尺的行业，它分为勘探井和生产井，它记录着钻头向下挺进的距离。二十世纪三四十年代一口二三百米深的井，需要打四五个月时间，而现在由于机器设备的更新，打一口三四千米深的井，也仅仅需要一个月时间。这就是生产技术水平提高带来的速度。肉孜·阿尤甫几十年下来打了或带领大家打了七八十口油井，已经是一个了不起的纪录。虽然它与如今的钻井速度相比显得相形见绌，但它还是确立了肉孜·阿尤甫那个时代的历史高度。

这七八十口油井，如果有三分之一的油井出油，那它们流溢三十年下来就是一组不可低估的石油数据。在石油大亨、石油财团不断垄断着世界经济走向甚至搅动世界政治涡流的今天，石油的确蕴含着一股奇异又奇妙的惊人力量。

肉孜·阿尤甫可能只是一个普通的石油符号。

那是1987年春天，六十五岁的肉孜·阿尤甫显得还很健康，虽然身体稍稍有些臃胖，但行动依然敏捷和干练。如果肉孜·阿尤甫依然健在，2007年应该是八十五岁。

1939年，十七岁的肉孜·阿尤甫在独山子油田踩踏的那种木制井架高二十二米，动力装置是当时最先进的柴油机器，叫切留纳巴拉格列氏油机，有十八匹马力。钻机叫斯塔劳斯阿别，可钻井深三百余米。那时，出油井占六分之一，其余都是废井。如今，若要寻找这种古旧的石油钻井设备，恐怕是难上加难了。

一九五九年的一些绚丽

　　一九五九年九月，西天山伊犁盆地一个叫惠远的古镇，漂泊着一股久远的气息。那是一岁的我所感受到的气息。母亲怀抱我爬上了宽阔的古城墙。岁月磨砺，曾经的坚固墙体已变得残缺不全，大量存留下的是土夯的内墙，在殷红残阳的映射下，它弥漫着悲悯的缥缈之气，斑驳而沧桑。我穿着老式开裆裤，在城墙上学步着，不知羞耻地袒裸着下身，还在城墙上撒了一泡尿。撒尿的时候我看到远处苏联国境线上的铁丝网，瞭望塔上有隐约的栗发士兵正向我这边张望着。我不知道他是否看见了我们。

　　一九五九年九月，准噶尔盆地西北缘的黑油山周围，聚集了一批身穿黄旧军服的转业军人，他们在排队领取深蓝色的石油工装。他们是来黑油山挖掘石油的开发者。不过他们刚来时并不懂得如何挖石油，他们甚至以为像挖水井一样用辘轳和木桶来完成那个神圣的事业。在这群开发者当中，有一个皮肤黝黑的男青年和一个皮肤白皙的女青年。许多年后，这俩人都与我有一些密不可分的关系。皮肤黝黑的男青年是输油泵工，叫王成吉，二十三年之后，他成了我岳父。他是一个性格倔犟，为人耿直的实干者，有一点像王进喜。那一年王进喜刚刚从河西走廊的玉门去了东北茫茫的大草甸。后来我岳父王成吉说，他一九五七年见过王进喜，王进喜脸膛黑红，稍瘦，但激情飞扬。王成吉还说，他是在广场打擂比武大会上看见王进喜的，王进喜披红戴花在话筒前讲一口甘肃话，样子很勇武很大气，"铁人"非他莫属。这一年，黑油山油田已更名为克拉玛依油田，但青年王成吉还是习惯叫黑油山油田。

皮肤白皙的女青年，娴静，清婉，光艳袭人，她叫范秀英，是油田化验工——就是身穿白大褂在透明的玻璃容器中穿行的"洋气"女孩。那时不兴叫"洋气"。白净的范秀英眉清目秀，风韵迷离，是许多男青年瞄准捕捉的对象。休息时，男青年们会用一些现在看来十分拙劣的方式炫示他们的爱慕之心。那时，范秀英胸襟里只装有一个男人，那男人曾经偷偷地送她一只金星钢笔——一个陈旧老套的细节。范秀英喜欢钢笔胜过许多追随她且看起来很阳光很俊朗的男青年。范秀英手握钢笔心存少女温馨之梦。多年后，范秀英对我说，我的少女时代很乏味，谈情说爱是最龌龊的事，是资本主义，不干净，送钢笔最高雅了。钢笔能写日记，能绘画，能写感情信。范秀英没有说写情书，却使用了不常用的词——感情信。

范秀英的金星钢笔基本用途有两种，一是在笔记本上写油水分析资料。做原油试剂的配制和酸值、硬度、粘度、准确度、矿化度以及凝固点的测定数据。她是一个质朴诚实的化验工。二是绘画。范秀英是一个对绘画有奇异感觉的女孩。在倒休的空闲时间，她会在自制的速写本上，画线条流畅、意匠独运的人物与花草。范秀英细腻，温婉，有悟性，于是，她的人物与花草就富有了张力和美感。女性多有昭君、解忧的意味，婉约里透着不阿的刚气，妩媚里带着凄迷的冷寂，尤其那飘逸的长丝带，柔软，奇幻，瑰丽，深藏着一种坚韧。男性就多似董存瑞、邱少云，有手擎炸药包的擎天臂力，也有静卧烈焰中的涅槃伟气，可以崇高，可以献身。她的花草就又不一样了，张扬恣肆，流光溢彩，那勾勒出的花瓣，花蕊，呈艳丽开放的姿态，朱红、粉绿、青紫、鹅黄，繁华如锦，婀娜柔美，尤其那笔锋更使得花瓣与叶片柔软而生动，赋予了生命的意趣，有明暗，有枯荣，有浓淡，有干湿，还有妍丑，灵动，朴茂，古雅，极耐看，极娇媚。

范秀英是那些青春似火的女工中的佼佼者。但如果把范秀英臆想成后来的我岳母就大错特错了，她与那个叫王成吉的人没有一点关系。

白皙多艺、身影袅娜的女化验工范秀英是一九五九年黑油山上的一个亮点。这一年九月中旬，她的一幅画获得了油田《庆祝建国十周年美术作品展览会》乙等奖。获奖者中她是唯一的女性。奖品是一本人民美术出版社出版的《美术日记》笔记本。在那个年代，这种笔记本美术画册很受工农兵的青睐。

一九五九年的北京建设了一批庞大经典的标志性建筑。那是蓬勃向上的年轻共和国蒸蒸日上的象征，也是力争上游的社会主义建设的熠亮成果。人民大会堂、民族文化宫等等，它们诠释了那个时代昂扬辉煌的气度。范秀英虽然身在西边遥远浩渺的准噶尔盆地的黑油山油田，但她的目光却丈量了首都的熹微晨色。她于是就画了那些流金溢彩的建筑。获奖的那幅作品就是两个女化验工手捧油样瓶向往人民大会堂的奇妙组合。两位女工，一位是汉族，另一位是身穿艾德莱斯绸裙的维吾尔族。范秀英心海里盛装着朴素的姐妹情感，作品清新明丽，用笔爽利俊秀，墨色雅洁清脱，有言意隽永的意味。范秀英的这种创作路径，在后来的中国绘画界，效仿者颇多，形成了一种新的模式桎梏。

范秀英只是一个小人物，一个边疆沙漠油田的普通女工，无论如何画不出威名远扬的铿锵大作。但是，当年那些声名显赫的画家的作品就刊登在那本《美术日记》上。那笔记本使我的脑海在岁月流逝了五十年后还觊觎着那些线条、色彩和笔墨。这就是范秀英与我的关系契合点。实际上后来我成了那个笔记本的持有者。

范秀英送我笔记本的那一年，我还很年轻，刚刚十七岁，有一点好高骛远，正跃跃欲试地为绘画奉献自己精瘦的躯体。我如饥似渴地学着绘画，像一只雏鸟，翅膀还未长硬，就开始笨拙地飞翔。中年女士范秀英看中了我的稚嫩、憨拙和执拗。范秀英说，送给你吧，我现在用不上了，也没有精力画了，挺不甘心。范秀英还说，那时这些画可是中国绘画中的极品。其实，十七岁的我不懂也没法领悟范秀英女士话语中所隐含的真实意蕴。我只是阵脚慌乱地接过了笔记本。

那是一本淡蓝色布面的精美笔记本。笔记本里第一幅作品是李武英、夏晔的油画《毛主席和炼钢工人》。毛泽东当年身穿黄绿色大衣站在炼钢炉前，形象高大而魁梧。毛泽东手拿一张可以滤看炉堂火苗的长方形墨镜片，炉膛里向外冒着熊熊火焰，那火焰吐着浓浊的黑烟（那时我们还不提倡环保，我们刚刚建国，百废待兴，需要加速发展），有五个炼钢工人正在向毛泽东讲述着什么，他们脸上洋溢着笑意——那是一种发自内心的报答的笑意。当年，这种主题浅显却激情飞扬的作品，曾经引领过多年中国美术走向的潮流。它们光鲜而清丽，让人倾心不已。当年，毛泽东深谙钢铁是国家经济命脉的道理，不仅号召大家切记钢铁的硬度，更不辞劳苦地下到炼钢车间高炉旁与工人膝谈如何炼制好钢。毛泽东不怕那些浓浊的熊熊黑烟。于是，毛泽东的神态就被心高气傲、缘物寄情的画家们记住了，企图通过炼钢的细节，来诠释毛泽东发展钢铁的意义，现在看来画家的境界还是过于直白和浅显了。

　　我以为，笔记本中最精彩的当属李宗静的《小画家》，那一股扑面而来的清逸之气，如撩开了一角湿润的绿荫，吹得我凉爽无比。小画家静坐在山坡上的姿态，涵盖了那个时代阳光少年蓬勃向上的明亮姿态。那个年代一切都是新的，人是新的，地是新的，草是新的，红领巾是新的。小画家们充满生气地画大好河山，画田间自然，也画自己的内心世界。有一句话，至今还常常在我耳边流动——生在新中国，长在红旗下，我们的生活如此幸福。小时候，我坐在教室里上课，就有一种红旗下的骄傲和自豪，我暗暗庆幸自己是新中国的儿子，没有赶上枪林弹雨，赶上了可能就没有我了。我这样想着，觉得自己很肮脏。小小的我，坐在窗明几净的教室里，怎么可以这样混浊地想。《小画家》展现的就是在这样一个阳光明媚红旗招展的明亮年代，看着画中热气腾腾又风姿绰约的大千世界，而我自己这一刹那却肮脏而可耻。《小画家》那扑面而来的激情和波光激滟的美丽，感染了我，让我反思，让我回忆，也让我亢奋。我想，很多与我年龄相仿的人都可能会有我一样的私字一闪念，只是他们可能比我更早一些醒悟，更早一些走向了光明。

　　笔记本里竟然有齐白石、李可染、艾中信、王式廓、沈柔坚、赵望云、黄胄、叶浅予等一批声名显赫画家的精品。他们的画作居然也都洋溢着一种清洁，一种博大，一种崇高，一种开阔。只有在那样一个全新的年代，才会造就那种活力四射的清丽之作、大美之作。

关山月的《新开发的公路》，吴谷虹的《拖拉机开来了》，张怀江的《佛子岭水库速写》，金梅生的《劳动愉快》，丰子恺的《建筑的起源》，张汝济的宣传画《要像爱护自己的眼珠一样爱护机器》等，仅从作品名称就能感受到那些别样新鲜、火热、高华和清爽的气味。它们在火红的初升的太阳营造的全新氛围里，奔涌着改朝换代后芸芸众生们的炽热情感。那是一股摧枯拉朽的革命情感，也是健康丰沛、万物复苏的生命情感。

葛维墨的油画《到祖国最需要的地方去》，表现的是一群朝气蓬勃的男女青年，手提，肩扛，身背行囊，扑向广阔天地的震撼人心的画面。那是一片江山如此多娇的美丽天地。男女青年们徒步走向大自然，走向亘古荒漠，走向日出的茫茫草原，走向夜晚的戈壁，走向灰褐的黄土沟峁。他们走向的是年轻共和国袒裸的肌肤和企望的眼神。那时，流行一句新谚语：好儿女志在四方。青年王成吉就是那时到西部大荒野来的。他从硝烟弥漫的朝鲜战场下来，带着志愿军的胸章，黑瘦黑瘦的，一脸的踌躇满志。他的形象与《到祖国最需要的地方去》中行走在最前沿的男青年很相像，个头也相仿。王成吉曾经说，开始我以为黑油山很高，第一眼见到，有点失望，居然矮矬矮矬的，顶多二十米高，但发现它的表面满是凸凹不平焦黑焦黑的油砂时，就肃然起敬了，那些黑油流溢了三百万年，大概就是在期待我们。期待我们来挖掘，揉搓，提炼。这个蛮荒亘古又深邃冷峻的黑油山，据说五大洲世界仅此一座。青年王成吉站在冷峻凝滞的黑油山之巅信誓旦旦地说了一句话：好儿女志在四方。他把自己喻为好儿女。当年，其实我岳父并没有那么高的人生境界，但站在黑油山之巅，他却有一股腾跃的欲望，于是，他发自内心地说：好儿女志在四方。是的，做好儿女，就要走向大山大河，走向大苦大累，就必须有跃马揽辔、奔逸天岸的豪情壮志。那是当年有志青年企求完善自己的真实信念。

蒋兆和有两幅彩墨画，一幅叫《听毛主席的话》，另一幅叫《小孩与鸽》。两幅都是我小时候见过最多和印象极深的画。它们曾经用画面上那些墨晕、线条、形象、表情、举止、意境、氛围感化和培育过我，在我幼小的灵魂深处埋下了伏笔。它们如甘甜的乳汁成为哺育我成长的一分子，也宛如冬日的阳光，温暖抚摸过我微凉的躯体。范秀英女士将笔记本送我时，我随手一翻，第一眼就看到了那个小孩倒地伸手抓和平鸽的伟大瞬间。那是一个难忘的瞬间。五岁的时候，我家的石灰墙壁上就贴了这张彩墨画。那是父亲母亲因喜欢，因需要哺育我而进行的早期行为艺术熏陶。它或许就是一九五九年那个曦霞初露的清晨，父亲在伊犁惠远镇的新华书店购买的，然后由母亲张贴在了墙壁上，它于是就播下了我早期对和平鸽喜爱的种子。蒋兆和那三只神态可掬的鸽子，成为后来我中学时代养鸽子的导火索，也促成了我对各类信鸽知识的初级了解。范秀英女士送我笔记本后，十九岁的我精心临摹的第一幅中国画，就是《小孩与鸽》。我以为它在我心中有着神圣的位置，以为它看似渲染粗放，笔墨简洁，就可以糊涂乱抹，然而，我错了，我临摹的这张画，就永远停留在了笨拙、龌龊、丑陋等贬义的辞藻上。蒋兆和酣畅洒脱的笔墨，昂扬向上的激情，精深旷远的意境，是我等狂妄小辈和目光短浅者无法效仿也无法复制的。蒋兆和的学生范曾说，兆和先生之画朴质于外，深秀其内，决不殚精竭虑于争光鬻采。蒋兆和先生的"用笔气格豪纵"，怕是我等鼠辈今生今世要永远学摹的了。

　　徐悲鸿的一幅画也很有意趣，如今它早已成为了画界同行们熟知的经典——《向日葵与鸡》。东方泛红了，雄鸡站在尖峭的石崖上，高唱着打鸣金曲——那是一声撼动世界的东方鸣响。雄鸡墨黑墨黑的，健壮，朝气，鸡冠殷红，嘴唇鹅黄。它站立的姿势，威武，傲岸，富有更深层次的象征意味。雄鸡挺立在画幅的左上方，画幅中间是一组摆动得及优雅的向日葵，它们有硕大的花瓣，有鼓胀饱满的种子，并且优美地将腰肢弯向了东方——那也是雄鸡面朝的方向。在浓浊的彩墨阔叶错落有致的簇拥下，雄鸡、向日葵相互映衬着，组构出一幅力透纸背的寓意，令人击掌叫绝。这是一幅墨韵奇异又深含大爱的经典之作。不知道当年徐悲鸿是在什么样的心态下皴擦、渲染和勾勒这幅多重寓意水墨的。但通过墨色却能管窥出他那随时代变化而变得开朗和阳光的美好心境。早先徐悲鸿的《九方皋》和《愚公移山》，豪雄，大气，悲悯，凄恻，满含忧患意识。而今天，阳光下的雄鸡和向日葵，却高歌着画家发自内心深处的爱恋和自信。我以一个后生肤浅的一知半解，来笔析悲鸿，实属饥鹰渴骥之想。我想，徐悲鸿一生有数千幅精美之作，那些精美之作浩然壮阔，清新俊逸，既满怀忧患与博爱，也涌泻着无羁骏马的狂放激情，它汇集出的就是华夏民族的铮铮傲骨形象，于是，他才会被敬仰，被爱慕，被反复评说。徐悲鸿说，古法之佳着守之，垂绝者迷之，不佳者改之，未足者增之。窃以为，当今我们依然要铭记徐悲鸿的教诲，于作画，于做人。

　　王居平的宣传画《争取和平与友谊，反对使用原子武器》很有震撼力。那是两位横眉怒目的青年妇女的玉照。一位是中国女青年，黑发剪头，另一位是苏联女青年，金发扎辫，她们一个穿灰色中山装，一个穿白色俄式衬衣，都很英武很阳刚。那苏联女青年手握飘扬的红旗，上面分别写有汉语和俄语的"和平"，并且两个妇女的手——苏联妇女的左手，中国妇女的右手——紧握着，信心百倍的样子。欣赏这幅画，让人有一些感动，也升起了一些久远的回忆和遐想。在苏联老大哥帮助我们建设新中国的最初日子里，苏联老大姐也没有闲着，她们也极为大度地引领着刚刚站起来的中国姐妹们，冲锋陷阵在维护世界和平的最前沿。我想，宣传画其实只是一种应时宣传，是为了当时形势的需要，而进行的维护世界和平的应时之举。中国画家没有示弱，走在了当时维和的最前列。如今，国际维和已不再是一两个国家的事了，联合国常常会出面组织维和警察与维和部队。多国警察有不同的肤色，也有语言上的磕磕碰碰，但身穿的迷彩服却都一样。这显然与五十年前的维和有了本质不同，不过却有异曲同工之妙。

　　一九五九年九月中旬那个碧空如洗的日子，边疆大漠油田普通化验工范秀英的一幅反映石油女工心向党的彩墨画，获得了黑油山油田《庆祝建国十周年美术作品展览会》乙等奖。范秀英羞涩地接过那个精美的人民美术出版社一九五六年版的《美术日记》，脸颊微微泛起了红晕。范秀英抚摸着布面带有压花的淡蓝色笔记本，心潮荡漾，白皙娇好的面庞流露出一种甜美幸福的笑意。她悄悄瞟了一眼送她钢笔的小伙子，她发现那小伙子正用火辣辣的目光盯着她。

　　一九五九年九月中旬那个碧空如洗的日子，一个女婴在准噶尔盆地西北缘的黑油山职工医院出生了，她白白胖胖的，啼哭的声音很大。那哭声预示着她将来是一个性格开朗又清洁伶俐的女孩。那女婴二十三年后成了我妻子。

飞翔在白垩纪的翼龙
——记"魏氏准噶尔翼龙"的发现者魏景明先生

一

那是一个我无限向往的玄秘年代。

暗绿色的远古植被如巨毯般伸向远方,明净蓝天飘动着白絮状的云朵,安谧而悠闲。忽而,那云朵开始涌动,幻化成深灰色蘑菇状,狂暴地翻卷起来,接着,一道熠亮的白光闪过,携带着隆隆的巨响,俄顷,大雨滂沱而下……雷雨过后,大地透出了新绿。一队奇异的大兽低低地飞了过来,它们怪异,庞大,飞行姿态轻捷、优雅,那巨型双翼完整伸展着,脑袋硕大,长喙尖锐,并叼啄着一尾扭动的活鱼。仔细分辨,你会发现这些大兽并没有鸟类齐整美丽的羽毛,但飞行器官却显得发达有力。再仔细观察,你还会发现那长喙里长着一些退化残留的牙齿……

这就是我对我无限向往的距今一亿年前中生代白垩纪准噶尔盆地某一时光的蓄意描绘。我的描绘是有渊源的。那辽阔蔚蓝的古准噶尔湖滨上空飞翔的大兽,正是爬行动物中的热血动物——翼龙。

翼龙,有一个长相古怪的脑袋,却有着与现代鸟类一样发达的大脑,发达的胸骨、胸肌和巨型翼膜。翼龙与那些庞大的雷龙,凶狠的霸王龙、乌尔禾剑龙、蛇颈龙、二齿兽、水龙兽们一起与翠绿的蕨类、松柏等裸子植物和水波荡漾的湖泊,组构出了一个葱茏而遥远的快乐年代。

这美丽诱人的准噶尔盆地早白垩世远古天堂年代，自然不是我的杜撰，而是魏景明先生于 1963 年夏秋之间，在浩渺的准噶尔盆地边缘那个神秘诡异的魔鬼城首先发现的。

魏景明发现的是一种叫翼龙的古脊椎动物化石。虽然二百年前，就有意大利人在德国巴伐利亚发现了这种古动物化石，随后欧洲、美国也相继发现了翼龙的踪迹，但它们分别是侏罗纪的喙嘴龙、翼指龙和晚白垩世的翼手龙。魏景明发现的是早白垩世翼龙，并且最具代表性。魏景明的发现不仅填补了全球翼龙演化史中早白垩世空白，扩大了白垩纪翼龙洲际生活的古地理分布范围，更填补了翼龙在中国乃至亚洲蓝天翱翔的空白。

空白就是史无前例，就是鼻祖。从空白开始，就有了苍凉大野上的第一只小草，更有了凸凸凹凹亘古记忆的开始。我如此絮絮叨叨强调空白，是因为我感觉这个填补空白对我们偌大中国甚至人类有无与伦比的意义，还可能对我这篇不被关注的小文章有无与伦比意义。虽然，它可能依然会被忽略，被藐视，被遗忘。

二

1963 年，皮肤略微白净的魏景明三十三岁。他鼻梁上架着一副眼镜，看上去比实际年龄更年轻一些，更斯文一些，并带有一股文人的酸气。其实，他已经是地质考察队一名古生物研究方面的老队员了。在旷野、沟洼、峭岩、沙漠、沼泽抑或那惊心动魄的飓风中，那凄寒幽冷的雪地上，那炙热干渴的毒日里，他已经体味了多年，像一尾游弋在水里的鱼，显得游刃有余而举止轻盈。

魏景明研究双壳类软体动物、腹足类动物等的化石已进入痴迷状态。他许多次地进进出出那些自认为是吉祥福地的石炭系、二叠系、侏罗系、白垩系，执拗地潜游着，咀嚼品味那沁人心脾的意趣。那意趣让他的心灵得到了自由和安谧。

这一年，魏景明野外考察的重点是新疆克拉玛依的乌尔禾地区。

乌尔禾是准噶尔盆地西北缘一片奇特的怪诞之地。这里有佳木河冲流抚慰出来的绿洲,有明镜般的沙漠湖泊——艾里克湖,更有一座诡异之风蚀城——魔鬼城。

魔鬼城属于典型的雅丹地貌,它是在亿万年太阳炙烤、风沙剥蚀和雨水冲刷后形成的。而雅丹地貌的奇异亮点就是——光怪陆离。魔鬼城神秘地耸立在浩瀚的荒野上,阴森,鬼魅,凝滞,令人毛骨悚然。它有嶙峋的巨石,孤立的塔柱。它总是忽隐忽现地、霸道地、冷峻地定格在你的面前,以蒸腾的幻影,使人有恍若隔世之感。

当然,在这个千奇百怪又面目狰狞的魔鬼城里,还潜藏着另一种熠熠生辉又价值连城的遗物。它就是深藏在层层叠叠砾石、沙土、沉积砂岩中的古老的生物化石。

魏景明是在魔鬼城的一条冲沟尽头的厚砂岩中挖到那些翼龙化石的。

三

多年来,我对魏景明的发现一直心存敬意,我以绝对仰视的眼神关注着他的一举一动。但,我十分沮丧地感到,一个填补了世界空白的发现,为何不被人们注意?进入市场愈发通畅的二十一世纪之后,以翼龙命名的企业涉及食品、酒店等许多行业,搅得世界异常热闹。而魏景明却如常人一样,依旧潜伏在他的灰褐色大地里,拨弄着那些鲜为人知又扑朔迷离的化石。那化石锈红锈红,颇像一堆被遗忘在荒野上的排泄物。

魏景明是甘肃临洮人,他出生的时候他父亲已经是有些积累的富裕农家了。他上小学、中学,更侥幸地是他赶上了中国人民解放军西进行军的大队伍。当西北野战军横扫兰州战场后,他兴奋地加入其中,成为临洮千名投笔从戎的知识青年之一。

《陇塞情》就是一部追记千名临洮儿女立业踪迹的好书。原全国政协副主席王恩茂对临洮儿女给予了高度评价,而著名作家孟驰北在序言中第一个提到的就是魏景明。是的,部队的大熔炉让魏景明心潮澎湃,也让他有了腾跃般的驰骋感。魏景明有文化,这是他比别人更优越的前提,虽然那时文化并不像今天这样被推崇,但毕竟文化是不能替代的高贵资源。魏景明写标语,画海报，更写宣传文稿。那是一段纯真、质朴又阳光灿烂的岁月。

魏景明参加了新疆军区减租反霸工作团，深入到边陲伊犁地区。他身穿那种鹅黄色的新军装，穿梭奔波在巴彦岱等维吾尔风情浓郁的地区访贫问苦，进行社会调查。他常常坐那种叫"六根棍"的马车。他从来不知疲倦，他感觉自己变成了一条穿梭在伊犁河漩流中的大鲟鱼，充满了力量。

1952年4月，魏景明被紧急召回乌鲁木齐。他被告知有重要任务去完成。他被选拔去俄文学校突击学习了俄文。

于是，在乌鲁木齐一幢简易平房里，魏景明见到了一个著名人物——张闻天。

张闻天是一个让魏景明惊异又敬重的人物。魏景明当时并不清楚张闻天的奇异经历，只是听年长的战友们零星议论。他知道了张闻天的另一个名字——洛甫。而洛甫曾经是中共中央高级领导之一。不过魏景明还是觉得张闻天斯斯文文有些过于和蔼可亲了，他架着一副宽边眼镜，说话有板有眼，思路清晰明丽。魏景明从骨子里敬佩这个经历不凡的领导。

我隐隐约约知道一点张闻天的功绩。张闻天是中共党史里多少有点行踪诡秘的人物。他总是给我一种风度翩翩又忠心耿耿的混合形象。他才华出众又书生意气；他谨小慎微又光明磊落。他年轻时曾经去过日本、美国求学，后去苏联，毕业于莫斯科中山大学并留校任教数年。1931年回国后旋即担任了中共中央宣传部长。1933年任中共中央政治局常委和中央政府人民委员会主席。张闻天最大的贡献就是1935年1月，在著名的遵义会议上毅然支持以毛泽东为代表的正确路线。我曾在一本黄旧的资料书里读过张闻天在延安整风时的笔记片段，那片段非常真诚地叙述了他在长征出发后与毛泽东交流的感受，他说：我接受了毛泽东的意见，在政治局内部开始了反对李德、博古的斗争，一直到遵义会议。而遵义会议六十年以后，耿飚同志曾写过一篇记述张闻天功绩的文章，标题就是《张闻天对遵义会议的特殊贡献》。1935年12月，张闻天还主持了著名的瓦窑堡会议，会议通过了张闻天起草的《中央关于目前政治形势与党的任务决议》和毛泽东起草的《关于军事战略问题的决议》。瓦窑堡会议开启了中国革命历史的新篇章。在1959年的庐山会议上，张闻天被错误地判定为"彭德怀反党集团"成员。

1952年,张闻天正担任着中国驻苏联特命全权大使。他是专程来乌鲁木齐安排俄文学校事宜的。

四

初生的共和国需要石油,也需要石油专业人才。那是一个让毛泽东、周恩来都焦灼闹心的艰难岁月。泱泱大国,百废待兴,没有石油将步履艰难啊。毛泽东访问苏联时,就与斯大林商谈了中苏合作开采新疆石油的问题。这个问题后来由李富春、王稼祥等人商谈完成了。于是,1950年由中国与苏联联合成立了中苏石油股份公司,公司总部设在新疆乌鲁木齐。首任总经理是苏联人聂列亭。

魏景明是中苏石油公司产生后一次实质性人才培养计划的一员。他很幸运,没有脱军装就直接进入了外国学校。他觉得身上有种血液咝咝流动的奇妙感觉。那感觉一直伴随他许多年,直到今天,他依然有种辜负这感觉的心理压力。

张闻天字字珠玑、句句千钧的话,分量很重,也洗净了魏景明心头一隅晴亮天空。虽然张闻天说话时并没有刻意强调那高远旷怡的历史意义,也没有过分渲染那黧黑的石油液体与朝鲜半岛硝烟弥漫战场上志愿军战士的血肉关系,魏景明还是感悟到了由张闻天亲自为他们送行这煌煌大业的深刻背景。当然,这种感悟后来由于政治风云的变幻,压抑在他心中许多年,甚至迷乱了他思维空间。

魏景明飞到了苏联克拉斯诺达尔边疆区。那时候苏联人很大气,他们有敦厚的经济实力,也有足够的石油。他们派飞机到乌鲁木齐机场接走了魏景明一行。那苏联老大哥的风范,多年后让魏景明依然记忆犹新。魏景明说,那是一种金碧辉煌的气势,我们都目瞪口呆了。

苏联在二次世界大战后经济飞速发展。1951年工业产值比1929年增加了近十三倍,而同期美国只增加了两倍。苏联人对初升的正在实施第一个五年计划的中国,曾经给过大量的经济援助这也是不争的事实。1955年1月1日,

《新疆日报》发表了题为《衷心感谢苏联的无私援助》的社论。那篇社论，是一个历史结束的见证，即中苏石油股份公司结束的标志性纪录。它其实是1954年10月中苏两国关于各股份公司移交中国的联合公报的媒体文本。从社论发表这一天开始，中国自己的燃料企业新疆石油公司宣告成立了。一个中国独立找油的新历史也开始了。

五

我于2007年2月与魏景明老先生有过一次长达六小时的谈话。魏景明那依旧清脆又富有磁性的声音，让我精神亢奋，浮想联翩。魏景明的话语漂动着一种依恋的温馨之音，一种潜在的思念之情。我最初只是狭隘地猜想，魏景明可能在1963年只是偶然碰到了那个翼龙化石，他于是就成了幸运儿。其实这是我的悲哀，我的眼光过于渺小。魏景明真正得以在知识的海洋里遨游，就是从在克拉斯诺达尔和中科院南京地质古生物研究所的"头悬梁、锥刺骨"中开始的。

阳光下，巍峨而翠绿的北高加索山脉，辽阔丰腴的库班平原，潺潺流淌的、宁静的库班河，让他产生了一种久违的亲切感。他还与一位叫伊凡诺夫的老师去新罗西斯克港他兄弟家做客，并一起乘小舟去钓黑海鲟鱼。那鲟鱼水性凶猛，抢食果断，吞钩后会死死咬住鱼钩并疯狂地逃走，力量骇人，让垂钓者惊心动魄。魏景明在那次垂钓中惊愕地发现，黑海鲟鱼居然与新疆伊犁河鲟鱼长相相同，完全难以分辨差异。多年后，他一直把这个细节铭记在心，甚至融入了他对古生物的深层叩访之中。他想，这可能就是他那久违的亲切感的出处。

克拉斯诺达尔的绿色校园，给了魏景明潜心破译密码的和谐环境，三十三个俄文字母组合出的俄文书籍，也让他在变格变位中得到了淋漓的快感。他变成了一条鲟鱼，执著而坚毅。魏景明在黑海沿岸地层露头地带寻找着古生物化石。那美丽诱人的海相化石奇迹般地为恢复古地理、古气候面貌提供了重要依据，也描画了一个美丽的风光旖旎的地层地质时代。魏景明还数次去黑海油田实习，去攀援那敦实的井架，抚摸那即将深埋地下的大管径油管，聆听原油那潺潺的流动声。这一年秋天，他看到《真理报》刊载了一桩惊天动地的消息。那消息说：中国新疆准噶尔盆地发现了黑油山油田。他感觉这消息像一缕柔曼的轻风，拂动了他蠢蠢欲动的心扉，也荡漾起他一圈圈涟漪。

五年，他从一个懵懵懂懂的圈外人变成了石油勘探的圈内人。这个演变是天翻地覆的也是彻头彻尾的。它潜藏着一个将要爆发的莘莘学子的无限能量，也潜藏着一个不可推测的人生之旅。

最后看了一眼学校那幢俄式铁皮屋顶宿舍楼，他提着行李上了火车，沿着那条他久已向往的路线，开始了回国的路程。穿越那些多年萦绕在耳边的大地与河流时，他竟然兴奋得两天两夜没有睡觉。

在哐当哐当的轮轨之声中，魏景明拿出了肖洛霍夫《静静的顿河》。终于有机会满足一下自己的阅读欲望了。早先肖洛霍夫那些色彩鲜艳的《顿河故事》让他印象深刻，如今他捧着《静静的顿河》，行走在真真切切的顿河垄岗和宽阔无边的顿河平原上，更有了吸纳文字的力量。但在路过那个叫沃罗涅日的地方时，他忽然觉得肖洛霍夫描写的二十世纪初的顿河风情与眼前辽远的草原似乎有些本质不同，那山岭、沟壑，平静而安谧；那高大又匆匆掠过的烟囱与高压电网，揭示的远远不是那些哥萨克农民的马匹和马鞭了。而莫斯科、喀山、鄂木斯克这些耳熟能详的城市，留给他的都是一种蒸蒸日上的大工业建设的飞驰感。他把《静静的顿河》放在了一边。

多年后，《新疆石油地质》杂志的一位资深主编对我说，魏景明的文学功底相当不错，他如果不研究古生物学，很可能会是一位挚爱大自然的行吟诗人。我也深信这位资深编辑的判断。我在与魏景明的交谈中，一次次地感受到了他对克拉斯诺达尔的文学描绘，尤其顿河垄岗那诗化的记忆。

六

魏景明的屁股刚刚坐在他向往已久的古生物组板凳上，就又被安排去中科院南京古生物研究所深造。这似乎是天意，他忽然觉得那些纷繁庞杂的远古遗骸又浮现在了眼前。他兴奋得难以自制。

魏景明神秘地飞跃了。这飞跃是在他心灵深处的欲望与激情被充分抚摸，被款款开发的情况下呼出的,是一种极大的裂变。这裂变让他潜伏在那些古怪的腹足类、甲壳类动物的卿卿我我之中,似乎真的让他走进了二叠纪至中生代甚至新生代的地层深处,与那些古生物交错在了一起。

中科院南京地质古生物研究所的专家很喜欢他,那位专家是著名学者。那位专家的学生们没有一个像魏景明这样,能如此这般地被旷古的风,被辽远的雨,被淹没了的地质年代奇迹般俘获。专家偷偷地乐了。

专家说,小魏你可以留下来。

魏景明也曾暗暗勾勒出一幅不错的图景。某个清晨,他在著名学者的身后,向某位大领导汇报研究成果,他拿放大镜,递茶杯,偷窥那学者的一举一动,一颦一笑。那大约是只刚刚被确认的隐颈龟化石,学者们高深莫测地争执着,他将那些细节铭记在了心底。夜里,他将白天所见的秘诀,一一记在了灰绿色笔记本里。数年后,他也变成了一位古脊椎动物研究学者,开始到处挥洒他的独特高见。

但魏景明还是放弃了这个不错的构想。他的放弃让那位专家不可思议。

他回到了准噶尔盆地那赭红与灰褐相间的戈壁漠野上。他似乎清醒了,仿佛看到了自己所要寻觅的东西。他感觉那东西有一种契合他理想的莫名力量,让他海阔天空地遐想。他希望在这个干渴而荒凉的土地上,做出一种英武的弹跳姿势,驾驭自己的双臂,开始一次久违的美丽飞翔。

后来,魏景明果真变成了一只奇异的大鸟,翱翔在了旷古辽远又明丽的准噶尔盆地上空。

七

1963年的那一天,魏景明来到距乌尔禾魔鬼城不远的一条沟壑之中,那一天他的心情很好。

魏景明很像一只啄木鸟。他拿着那种两头尖尖的小锤子,在山脊高低起伏的陡坡上,不停地敲打着,翻动着。其实魏景明远不如啄木鸟可爱。他有些土里土气,浑身沾满了泥土,穿着也与他鼻梁上架的眼镜很不匹配。

魏景明正在观察下白垩统地层,那地层中夹杂有灰绿色的砂岩、砾岩和褐色泥岩。

魏景明看起来与其他勘察队员没有什么不同。但，他的内心是海阔的，他隐隐感到他多年追求的东西，似乎就在某个山坳或是嶙峋山冈观望着他。于是，他的小锤就显得富有了生气，他的眼镜就变得明晃晃了许多，尤其是他的眸子，就流露出一种犀利，一种灵敏，一种漂流状态的定格。他翻着那些细碎的岩石，辨别着哪些是锥叶蕨，哪些是叶肢介，甚至还能抚摸出那些碎片中某根是古脊椎动物趾骨，某根是脚骨，而某根又是苏铁化石。他混迹在那些冰凉又涌动的身影中，如胶似漆。

那一天，魏景明奇怪地看了看深碧深碧的天空，他看见一只秃鹫在平静地滑翔着。他有一种将要发生点什么的预感。他神游般地朝一条雨水冲刷过的小沟走去。那里有一些裸露的灰绿色砂岩。他想，那砂岩会产生奇迹，他莫名其妙地兴奋起来。于是，奇迹就出现了。

奇迹往往是在不经意间出现的。他看见了一小块白色肢骨化石。他兴奋不已，感觉有一种躁动在袭扰他。他一眼就断定它是恐龙化石。

他用手指轻轻地抚摸起它。

刹那间，他感觉有一股熠亮的光闪过。不由自主，他失控了一般拿起镐头向地层深处挖去。他的动作显得异常坚毅。他汗流浃背，不多时一个直径约两米的大坑就不知不觉的被挖空了。他挖出一堆杂乱堆放着的肢骨骨骼和古怪的头骨化石。他机敏地观察起来，终于发现了异样。他看见了前肢骨骼与奇怪的爪状碎骨，还有下颌骨侧面部分低短的退化牙齿。

凝望着它们，他心中升起一种潮水般隆起的满足。许久许久，他才醒悟了一般，蹦跳着，高喊着，叫来了队友。

天色已暗淡下去，夕阳殷红殷红地辉洒在他和队友充满汗渍的面颊上，使他们如雕塑一般。

八

现在，那具准噶尔翼龙骨骼化石就静静地伫立在中国古动物馆内，它像一只飞翔的大鸟镶嵌在白净的阳光之下，扇动着那刚劲有力的臂膀，如一只久远的精灵，让人迷恋和心仪。它的肢体飘动着一种灰蒙蒙的斑驳，也似乎在叙述着那遥远年代的奇异故事。这是一具完整的、呈现飞行姿态的、有牙齿的恐龙化石标本。

如果魏景明没有多年的古生物知识积累，如果他没有在克拉斯诺达尔与南京古生物研究所日夜苦熬，如果他没有对地层年代的一腔挚爱，他可能就不会有一刹那潜意识里的电闪雷鸣。准噶尔翼龙骨骼化石可能会晚几十年或几个世纪在中国被发现。这其实是一个严肃的带有苦涩宿命感的命题。当然，这只是我个人狭隘的猜想。我知道，这个猜想无与伦比。

1964年春天的中国古生物界飞出一个撼动世界的事件——中国地质工作者在准噶尔盆地发现了早白垩纪翼龙。这个新称谓叫：魏氏准噶尔翼龙。

这个称谓最早出现在著名古生物学家、中国科学院古脊椎动物与古人类研究所所长杨钟健教授的正式文本——《古脊椎动物学报》上。那文本代表中国最权威古生物研究动态。随后《人民日报》和中央人民广播电台及美国、日本的报纸也相继报道了这个消息。

魏景明后来对我说：魏氏准噶尔翼龙真实显现了早白垩世的自然演化状态。那是自晚古生代末期海水退去之后，准噶尔盆地就渐渐变成了一个内陆淡水河流湖泊的沉积环境。这里生长着大片大片的绿色植被，还有无数游动爬行着的、眼神凄迷的巨大恐龙家族，以及飞翔得极舒展、极潇洒的爬行动物——翼龙。

魏景明的译码迅速飞过阿尔卑斯山，飞过太平洋，飘落在了欧罗巴和北美洲浅驼色打字机上。那些高鼻蓝眼的学者们，居然不能自持起来。他们要求与魏氏会晤。至今，魏景明依然保留着那一沓来自美国加利福尼亚和日本东京都某些研究机构的信函。那些信函甚至邮递了数年，才辗转到他手中。它们的存在使魏景明的庸常生活变得更加灰暗。那是众所周知的"文革"的原因。幸好他始终没有通过信。即便是没有通信，对他还是带来了人生境遇的负面影响。

魏景明从此就开始了漫长的不被提携的平庸人生。他因翼龙而出名，又因翼龙而沉没。好在，他是一个与世无争的人。他像一只工蜂，永远在某个角落里悄无声息地捣鼓着他的研究。

有一天，魏景明忽然就飞起来了。他觉得浑身血液翻滚着，仿佛毛细血管通畅了许多，变得阔大而光滑，并且爆发出一种不可阻挡的力量。他不知不觉伸开了双臂。他觉得他的双臂有两张硕大而透明的翼膜，如鸟儿巨大的翅膀。俯瞰大地，他看见那些美丽的裸子植物、蕨类植物；那些苏铁、银杏、棕榈；那些硕大的梁龙，背甲龙，剑龙……那繁茂的湖边，水草萋萋，惠风拂面。他游历了神秘而真实存在的恐龙时代。那是一个长达一亿五千年的漫长时代。

九

一位古生物专家曾在电视节目中为观众介绍：中国最早发现翼龙是在新疆克拉玛依——它被命名为魏氏准噶尔翼龙。专家只提到魏氏准噶尔翼龙，却没有提到魏景明。这从一个侧面反映了中国古生物界与媒体对魏景明的了解很表面，很肤浅，于是就忽略不计了。

是的，魏景明始终过着低调淡泊的普通人生活。年复一年，魏景明更像一个破落的旧时秀才，眼镜上泛着那种寒酸的颤颤巍巍的幽光，身上浮动着那种内敛矜持的柔和之气。

魏景明在二十世纪八十年代中期才被吸收为中国古生物学会理事。他终于被纳入中国古生物专家行列了。

虽然也有人冷不丁地戏称他"中国翼龙之父"的雅号，但他依然谦和而沉郁，显得有些过于做作。

我在石油行业里滚爬三十多年，深知石油勘探龙头老大的作用，但我还以为古生物研究也是一支可圈可点的重要支脉。它们过去或多或少地是被冷落了。魏景明似乎还比较清醒。他说：古生物化石本来就深藏在地层的深处，如果把它们炒得太热闹了，反而不正常，就像美国大片《侏罗纪公园》，会让人类感到恐怖，感到渺小。

其实多年来魏景明沿着这条古生物化石大脉络，选择了适合自己的新疆古生物地理区系特点的动物化石进行研究。这一研究就是整整四十年。他终究有所收获，撰写了相关学术专著，不仅印证了他的研究成果，更奠定了他科研人生的精彩与绚烂。

魏景明说，寻找古生物化石，有助于推断古气候环境与成矿的条件，达到寻找有利的生油区和生油层段的目的。说白了，就是找到石油储集层，找到更多的石油。看着今天准噶尔盆地年产千万吨石油，那可是当年做梦都不敢想的数字啊。"可以说，我尽力了，我也满足了。"

当然，魏景明最感欣慰的还是：如今众多的中国人甚至几岁的孩子居然都能描画一下准噶尔翼龙的模糊形象，并且不断有人在理直气壮地使用着这个威震四海的响亮名字。他说，看到此现象，足矣。

2006年8月，我去北京出差，路过北京展览馆对面的中国科学院古脊椎动物与古人类研究所那幢铁锈红色大楼时，忽然就想起了魏景明，我觉得魏景明与那幢大楼有一种不可名状的关系。我隐隐约约看见大楼里走动着几个身着古板大褂的年轻古生物学者，他们面如白纸，表情显得迷离而自恋。我曾读过他们中间某些人的文章，那文章居然演绎出魏景明在发现准噶尔翼龙时一些异常可笑的细节。

我知道，魏景明并不在那幢铁锈斑驳的大楼里。此刻，他正在南边一个美丽的海岛城市——厦门。在一个风景旖旎的小区里，他悠闲地打着太极拳，那姿态极像早年那次潇洒的飞翔。他轻轻地展开了双臂，硕大的翼膜显得通透而明亮。

永远的第一

　　1955年二十二岁的陆铭宝看上去很帅气。帅气的陆铭宝彰显更多的是憨厚与朴实。多年来，我一直把憨厚朴实与英俊帅气对立起来，认为这是两个属性截然不同的词汇。但是，我的经验失算了，在陆铭宝身上帅气完全可以与憨厚朴实画等号。

　　那时候，马骥祥是陆铭宝的领导。他目睹了整个黑油山一号井选址和钻探的全过程。马骥祥人高马大，很有一股军人打仗的遗风。他看上去更像一头壮实的公牛。他那时最焦灼的事还是黑油山一号井开钻的事。因为黑油山一号井将有可能成为新中国石油工业的起点。后来，马骥祥转战到了胜利、江汉、华北、大港等油田，为石油立下过赫赫功勋，但因"渤海二号"事故受到了处分。马骥祥在1986年说：当时大家都感觉陆铭宝不错，人憨厚朴实，又有文化，还能团结职工。于是就相中了他。选陆铭宝是好中选优。

　　青年陆铭宝就这样被选为钻探准噶尔盆地西北缘黑油山一号井的1219青年钻井队队长（技师）。早先在没有见过戈壁荒滩之前，陆铭宝对戈壁滩还是很发憷的。他觉得那是瘆人又寸草不生的死亡之地。但当他在六月中旬的一天乘坐着苏式嘎斯卡车向黑油山进发时，却意外发现戈壁滩原来也是很美丽的，那一丛丛红柳绿中透着嫣红，那一片片梭梭更是充满着盎然生机，不时有黄羊、沙狐和野兔在林中穿过，好一派迷人的景象。陆铭宝的心于是就舒坦了许多。

　　当然，英俊帅气的陆铭宝来到亘古荒原上黑油山的时候，那炙烫的阳光还是让他感觉到了什么叫赤日毒热。这一天仅仅才六月中旬。陆铭宝有一种即将打一场恶仗与苦战的心理预感。但，看着由前期安装队安装的庞大井架兀立在荒原上，他脑海里还是倏地升起了一股神圣而庄严的使命感。这种庄严的使命感与打恶仗苦战的心理预感交织在一起，让他觉得肩上似有沉甸甸的千钧重量。他于是又憋足劲挺起了胸脯。

1992年6月，我在一次会议上看到了已经两鬓斑白的新疆石油局副总工程师陆铭宝，我问陆总：1955年是不是特别艰苦的一年？! 已经不再英俊帅气的陆铭宝依然带着浓郁的上海口音，淡然地说：条件是差一些，可现在不觉得怎样了。那时候我们一心要打新中国第一口油井，始终处于高度亢奋状态，有使不完的劲。我们有一个口号叫：安下心、扎下根、不出油、不死心。是不是很好笑？后来就出油了，扎根了，安心了。

我翻开记载有青年钻井队打第一口油井的资料：……太阳酷热，蚊蝇横行，干渴缺水。一日大风袭来，肆虐狂暴，把帐篷吹跑了，我们只好裹着棉衣趴在地面上，狂飙过后，大家都找不到棉被和脸盆了，但我们能看到一双双闪动的眼睛和荒原上站立的井架……

就是这个黑油山一号井，让钻井队长陆铭宝得到了标志着克拉玛依几个第一的荣耀。这几个第一，就像一块块煌煌荧荧的美玉闪烁着光彩。

任克拉玛依第一个钻井队队长；

打克拉玛依第一口油井；

建克拉玛依第一个家庭；

生克拉玛依第一个孩子。

陆铭宝的妻子杨立人是来克拉玛依的第一个女人。那时当然还没有克拉玛依这个地名。那时叫黑油山。

水灵灵的女人杨立人是当年黑油山的一道靓丽又珠辉玉映的风景。曾任中国海洋石油勘探局局长的马骥祥因"渤海二号"事故被免职后，写过一篇回忆文章，他这样评价当时亭亭玉立的杨立人。马骥祥说：杨立人当时被大家美称为——黑油山上一枝花。

黑油山其实是一座无法生长美丽花朵的油沙山。那时候在黑油山上一花独放的女人杨立人,既是采集员,又是泥浆化验工,还抽空给众多男人洗衣服。于是,杨立人就显得格外显眼也格外诱人。她的显眼与诱人让同伴们在许多年之后仍然心存温馨。我在1994年偶然遇到了当年1219青年钻井队的副队长艾山。他古铜色脸膛上依然悬挂着当年风吹日打的印痕。他用不十分熟练的汉语说:杨立人那时候很漂亮,红石榴一样,还是我建议陆队长把"洋缸子"(爱人)接到井队来的。为了接这个红石榴,我们大家用工余时间,给他们挖了一个大地坑,用油毡纸和梭梭柴盖上,就成了他们两个人亲亲密密的新家。知道么?那是一个非常美丽的新家。

艾山我就见过这一面。我的印象极为深刻。1995年夏天,我被组织上安排做一件很有意义的事。就是将那些当年在一号井打井的1219青年钻井队队员们召集在一起并背向一号井井碑,照一张合影照片。这事虽然曲折迤逦又头绪纷繁,但我还是办成了。那张合影照片现在就储存于克拉玛依矿史陈列馆五十年代展厅。一晃又十一年过去了,我不知道照片上当年健康的功臣们是否还安康,但那一年相聚时只召集到十七人。

杨立人的个人经历的确与副队长艾山叙述的相差无几。她于1955年8月来到黑油山。她别无选择地住进了那个同事们挖好的大地坑。那地坑其实仅有七八平方米。如果让今天迅速崛起的房地产老板们收购或竟拍一下那个地坑,我不知道有没有现实意义,可我总想在某个雨后又曦霞初露的清晨尾随着七十多岁的杨立人老太太,去寻觅一下那个曾经充满温馨又充满谐趣的地坑之家。

在这个朴素而简陋的又几近原始的地坑之家里,陆铭宝与杨立人有过一段甜美甜润的爱情生活,也有过为后来新中国石油工业谱写值得抒写一笔的美好记忆。这个美好记忆只有陆铭宝与杨立人最清楚。他们引以为自豪的就是他们在地坑之家里做的一切都是为了第一个油田的诞生。

从1955年7月6日开钻,到10月29日黑油山一号井喷出工业性油流,1219青年钻井队共打了一百一十五天时间。陆铭宝清晰地记得,这一百一十五天是何等的难挨也何等的令人兴奋。他说,打到三百多米深时,突然发生了井喷,那狂吼的水柱呼啸而出,卷着泥沙拍打得井架叭叭直响,也急促地颤抖。当时把他吓坏了。那气流把在场的所有人都吓蒙了。他作为技师队长,意识到必须冲锋在前……于是,在陆铭宝的带领下,1219青年钻井队组成了突击队。他们硬是把钻杆下到井里,然后用脸盆、铁桶或碗缸回收散流的泥浆,压井……当井喷被制服的时候,陆铭宝才感觉浑身散了架一般。

后来,我问了陆铭宝第二个问题,我说,陆总,一号井是新中国石油工业的第一个里程碑,它的位置很重要,您觉得是不是宣传不够呢?

陆铭宝说,一号井对我来说,那只是过去,只是一段难忘的经历。一个油田的发现,有一个很长的地质勘探与开发过程,我们只是一个小小的水滴,倒是二号井让我们终生震撼。

1955年12月,陆铭宝井队又接受了打二号井的任务。零下三十多度,北风夹着雪粒嗥叫,冰魔笼盖了整个世界。就在那样的天气里陆铭宝们严格按安全防冻措施生产,即便是手冻伤了,冻裂了,皮被铁粘掉了,他们都没有停钻,也没有让水管线冻裂。

然而可怕的井喷还是发生了。那次井喷让所有人都领略了一次冰冻三尺的洗礼。井里喷出的水柱迅猛地冲上了天车,冲出了井架,在短短的一天多时间内,三十多米高的井架就被冰柱封冻住了,完全变成了一座巨型冰塔。

陆铭宝说,那次井喷抢险中他被硫化氢气体熏倒在了井场上。很多同志也都倒在了井台上。经过整整三天的抢险,他们才控制住了可怕的井喷。当冬日的斜阳散射在他们每个人如同冰铠冰甲一样的身体上,他们才发现这个庞大的二号井架,早已变成了一座壮观的冰山。年轻的摄影记者高锐还招呼大家一起照了合影照片……

陆铭宝平静地叙说着二号井的往事,似乎说得很随意,但我还是感受到了那随意中隐藏的激动。现在冬季仅仅零下几度,我们就开始冬眠了,我们会躲进暖气设备良好的大屋子里,穿上羊毛绒鸭绒防寒服,一边悠然自得地看电视一边煞有介事地听音乐,或者干脆觉得寂寞就无病呻吟地去慢摇吧听更加刺激的所谓摇滚。即便这样我们还觉得烦,我们还会抱怨世道不公;抱怨贪官太贪;抱怨女人太娇艳;抱怨孩子太没有教养。陆铭宝所说的那张集体合影照片,就是后来成就了那位摄影记者高锐的著名照片《冰塔冰人》。高锐因《冰塔冰人》成为了一位名人，也因《冰塔冰人》成为了克拉玛依摄影家协会主席。

　　我与高锐的私交还算不错，那缘于他是我的领导。他曾经是克拉玛依矿史陈列馆的副馆长，我是专写文字大纲和解说词的文字编辑。高锐后来拍摄过一些现在看来有些故弄玄虚又思想偏左的照片，不过当时也许是最艺术化的照片了，我甚至崇拜得五体投地。但老实说，我还是觉得他的名望多半因为他酷爱喝酒，不然他不会那么让人刻骨铭记。他的办公室与我的办公室，总会在某个角落藏匿着他喜爱的奎屯佳酿白酒。他会在开会的中途突然停住叽叽喳喳的嘴，跑到我办公室或他办公室的某个角落找到酒瓶，喝两口酒，然后再接着回来讲他的话。高锐后来的形象是酒痴摄影家。他一边喝酒还一边作旧体诗。他的名言还有：浓茶、烈酒、莫合烟。后来，他真的戒酒了，但没过多久他就去世了。他留下了代表作《冰塔冰人》。

　　《冰塔冰人》现存于克拉玛依矿史陈列馆五十年代展厅。那是一张让许多人看过都会眼眶湿润的老照片。那照片上有当年参加抢险的马骥祥、王炳诚、陆铭宝以及那一群威武的铠甲勇士们，还有那座巍峨的冰塔。

　　二号井让陆铭宝钢铁般铭记，我觉得可能还与他和妻子杨立人居住那间地坑之家有关。在那个凛冽的冬季，冰冻的钻塔与温馨的地坑形成了一个奇妙的组合，那组合如优美而飘逸的琴声，弹奏出了一曲奇妙而和谐的音乐。我从陆铭宝那深邃的瞳仁里，悟出了那种温柔与温暖。我不知道当年那个地坑之家在近半年的漫长冬季，有过他们多少温暖与温馨的回忆，但那个地坑之家却真真切切地孕育了克拉玛依第一个孩子。我相信这个孩子在精子与卵子的成形过程中凝结着二号井的狂暴也凝结着简易地坑的柔曼。其实，许多带有浪漫色彩的爱情故事，多半并不是用豪华背景做支撑的，甚至古往今来众多的伟大人物也都诞生在一个贫困交加的简陋房间。在这里我丝毫没有贬低或抬高陆铭宝与杨立人爱情故事的意思，我只是知道，生活本身就是如此。

　　陆铭宝与杨立人用爱情结晶孕育出了克拉玛依第一个小公民。她是个欢快的女婴。她就是1956年12月21日发出第一声啼哭的美丽花朵——陆克一。

　　1997年陆克一成为我的中青班同学。我们一起度过了三个月的寒窗时光，并且一同考察了上海宝山钢铁公司和苏州的名景寒山寺，在那里我们还装模作样地吟诵了唐代诗人张继脍炙人口的名诗《枫桥夜泊》。我说，月落乌啼霜满天，江枫渔火对愁眠。克一说，姑苏城外寒山寺，夜半钟声到客船。

陆克一是一位长着一对美丽的大眼睛，又长着一头乌黑秀发的精悍女士。她身材匀称，个头高挑，似蕴含着无穷的女性韵味。她的个头看上去要比她父亲陆铭宝高出一大截。这倒印证了一代更比一代强的老话。

旧照片上的父亲

一

没有赶上父亲出殡，是我人生最大的遗憾。

瑟缩在腊月的飘着飞雪的大漠小屋里，我头脑嗡嗡嘤嘤鸣响着，满眼泪水。我用拇指在手机上摁出了内心最悲戚的文字，传向四千公里外已回到父亲身边的妻子和女儿。那篇追念文字是由女儿代我陈述的，她哽咽的声音通过冥冥天穹又传回我耳边。那是我的心音，也传导了我的悲哀、绝望以及天崩地裂般的凄凉。

如今，站在没有父亲身影的家里，我觉得一切都变得虚假和惶悚。呆立着，我恍惚又觉得，父亲似乎还在，他肯定就蹒跚在为我买早餐的路上——那是一种被称为"果子"的油饼；或者他就蹲守在楼下炉灶旁煮稀饭，用手轻轻搅着饭勺；或者他正用火钳往炉膛里添加蜂窝煤，炉膛里升腾着暗红的火焰。

这种意象纠缠着我，啃噬着我的灵魂，使我无法安宁。母亲一边哭泣一边叙说着父亲临终的细节，我感觉那就像一部遥远的天书，冥冥地挂在萧索的天上，闪着冷寂的光，不能亲近，不能交流。

二

坐在老旧沙发上，我翻出了父亲遗存的照片——那些被称为遗像的东西。

它们被父亲用报纸包裹在一个隐秘的空间里。它们是一叠伴随我出生、学步、启蒙的照片，它们隐匿着我五十年的幸福与欢悦，也隐匿着我肉体生长与灵魂洗练的微妙过程。由于年代久远，它们斑驳而黄旧。我熟识它们的一切。只需轻轻一弹，它们就会还原那些曾经的色彩，漂溢出那些缱绻的亲和之音。小时候，我经常盯着照片遐想，企图发现藏匿在影像背后的清新与私密。

最早的一张已十分黄旧，背后标有"一九五二年一月十八日"字样，是三寸黑白照，也是拍摄于照相馆的正规照片。站在照片里的青年军人眉清目秀，肤色细润，脸颊泛着柔和的肉质光泽，自信，青春。我想，它可能是用当年的修相技术在底片上加工后洗印的，不然不会那么清晰那么层次递渐，反差适中。青年军人身着老式棉军服，侧身而立，双腿呈微叉状，显示着男子汉的威严与顶天立地。军人最英武的一面被摄影师表现得淋漓尽致——那老式棉帽上的"八一"五星和左前胸"中国人民解放军"标牌，都炫示着那个年代边防军人的潜在自豪。我想，也可能它是一幅临时而为的照片，因为青年军人穿的是一身旧军装，那肥大宽松的棉衣上，有无数横竖交织的褶皱，并且极深，尤其那膝关节拐弯处，更是交错纵横，如若没有脚上锃亮的黑皮鞋映衬，就无法辨认出是一位军人，倒像个地道的农民。是的，二十世纪四十年代末，解放军大多都来源于农民，他们都是从烟雾弥漫的战场的尸体中成长起来的农民军人。他们用拿锄把的手掀翻了蒋家王朝的病体。

照片上的军人不是我父亲，他应该是父亲的亲密战友。我想。一九五二年一月十八日是他与父亲分别的日子。他转业了，退伍了，复员了，也可能调走了，总之，他留下这张三寸全身相。他把他自认为生命中最得意的形象留给了父亲，希望父亲铭记他。

父亲显然做到了。除了日期，父亲还用钢笔留下"摄于伊犁惠远古城"的字迹。这是父亲刻意记下的，它潜伏着深邃又多重的意味。惠远，那是一个在大清王朝乾隆年间就设置有军队的边陲重镇。父亲在那个叫惠远的地方镇守边关十六年之久。清朝时，惠远曾经是著名的西域首府，设有正一品高官——伊犁将军。它一七六三年兴建于伊犁河北岸，是乾隆亲赐的地名，取大清皇帝恩德惠及远方之意。林则徐和左宗棠就曾被"惠及"到这里。我小时候看赵丹演的电影《林则徐》，电影结尾时林则徐凛然地走向西方。父亲说，林则徐就到我们惠远来了。我惊讶地问，林则徐住哪栋房子。父亲说，在东街。我就偷偷去找过几次，试图找到有关林则徐的只鳞片爪。我很徒劳。父亲在苍凉邈远的惠远十六年当中，从机枪手、炮兵班长、排长、连长一直干到营长，直至一九六五年离开。我清晰地铭记着那些依旧灵动的岁月，它像天幕一样印刻在了我幼小的心灵。

这个站立的惠远军人，我并不认识。一九五二年还没有我。我设想着他与父亲一同站岗的细节。父亲那时已经是排长了，不过父亲扛机枪摆弄子弹的经验却来自这个清秀的老战士，他曾教给父亲一些动枪的细节。在惠远某个天寒地冻的早晨，他们出操了，老战士说，戴上手套，不然钢壳就会粘掉手指的肉皮。老战士说得很随意，却充满真情。我想，这个老战士也许姓章，也许姓欧阳，也许姓郗。总之他成了一个谜。从黄旧的相纸与褪了色的笔迹分析，他与父亲有一种非同寻常的关系。也许就是他救过父亲的命。父亲曾说，解放兰州战役中，在祁连山的某个断崖上，他的腿曾被子弹打过两个窟窿，是一个姓郗的战友背他下的山。也许他就是那个姓郗的老战士。

三

父亲也有一张那个年代的青年免冠照。二十郎当岁的父亲样子挺可爱，阳光，帅气，浓黑的头发像焗过油一般。当然，那时父亲不可能焗油。——父亲的头发在他七十六岁时仍然是全黑的，这让我很蹊跷。我在四十二岁那年鬓角就开始变白，我非常窝火，我不知道我的头发为什么没有随父亲。父亲的浓眉呈大刀状，眼窝有些微微凹陷，刚毅，智慧，英俊。我小时候看父亲这张照片，脑海里总会冒出一个"英俊"概念——父亲多英俊啊，我会这样自言自语。那时我八九岁，知道一个叫王杰的解放军战士、一个叫刘英俊的解放军战士和一个叫门合的解放军教导员。部队大院的孩子知道最多的当然是部队的事。王杰身扑炸药包救民兵牺牲了，刘英俊拦惊马救孩子被炮车压住牺牲了，门合为保护群众也扑到炸药包上牺牲了。我被他们的事迹撼动着，也时刻想为人民献身。我这点高远又傻气的想法，隐藏在心底许多年。

我认为刘英俊的形象洒脱英俊，他的名字和他英俊的外表很吻合。而王杰就没有那么英俊，虽然他也是英雄和榜样。我没见过门合的照片，不好评价。——这又是我一个无知孩童不洁的想法和低级审美观。但我觉得父亲很英俊，他一点不比刘英俊差。父亲只要站在一群军人中间，我总能第一眼认出他，他不仅高大魁伟勇武，而且英俊。那时我经常会长时间地看父亲的照片。父亲在集体合影里，炫亮，夺目，有一种与众不同的风韵和气度。

写有"一九六三年八月"落款的照片也是父亲的笔记。父亲是农民的儿子，他没有上过一天学，他的所有文化都是十八岁参军后在部队学的。那时父亲在野战军第六纵队的第一线，参加了西府陇东战役，后来跟随彭德怀司令员参加了扶郿战役，歼灭了胡宗南部，又攻打了兰州。父亲常说，部队是个大火炉，是熔炼人的地方。那一年，父亲的军衔是大尉。——看到照片，我仿佛又看到了父亲当年的样子。那是一帧七人照。父亲在前排坐着，表情定格在抿嘴即将大笑的一瞬间。那个瞬间定格了父亲许多内涵。英俊、硬朗、活力、健康、磊落。夏日正午的树荫下，一位军报记者在采访父亲的模范连，父亲作为一名炮兵连长，带队伍很有一套。记者认为还需要一张连队首长的集体照。这个七人照片上，另有两人与父亲的表情一模一样，也定格在同样的抿嘴表情上。我猜想，他们和父亲一样，是被军报记者逗乐了，但并没有笑出声来。他们也同样充满阳光，充满爽朗。他们俩军衔分别是上尉和中尉。当年我甚至能叫出他们的姓名，但现在一点想不起来了。照片上还有一个细节值得注意，七人中有五人的军帽色泽已褪成了白色。那是伊犁盆地夏日酷暑暴晒的结果。父亲的军帽当然是最白的那一顶。因为父亲常年带战士在野外训练，摸爬滚打，上哨卡，种地，甚至长途拉练。那时父亲常常不由自主地哼一支叫《毛主席的战士最听党的话》的歌曲。父亲认为毒烈的太阳只能烤白鹅黄的军装，却烤不白他健壮而透红的皮肤。白色军帽意味着父亲是一位勇武且吃苦在前的模范连长。

四

"分别留念"的照片最多最抢眼。它们一张张叠加着，被留存在了纸包深处。其实照片定格的那一瞬间，可能就阐释了照片上的主人公将永远不会再见面的现实。那是一份痛苦永别的留念。他们都是父亲的战友或士兵。他们来了，他们又走了，只留下了身影，只留下了回忆。他们是陕西人，山东人，甘肃人，河南人……他们或许是从最贫瘠的黄土坡梁走来；或许是从沂蒙山区的沟壑走来；或许是从华北平原的小村庄走来……他们服役，扛枪打仗，也学文化学做人，并且成长了。但他们又该走了。他们就是老话"铁打的营盘，流水的兵"的践行者。

一九六五年的照片居多。这一年父亲调出原来的部队，被安排去组建一个新的炮兵单位。今天我无法揣测父亲当年的心态——新的环境将如何面对，又如何适应？但父亲服从了组织，只身一人调到了完全陌生的新兵营。于是，战友们就纷纷给他送照片。他们是一起摸爬滚打过多年的战友。

照片背面的文字都十分简练。主题直奔主人心境，虽然字体字迹各不相同，但真挚，怀旧，温馨。——"送给老首长赵副营长留念"，"送给敬爱的首长分别留念"，"送给亲爱的副营长留念"……落款分别是"你的战友陈恢白"、"你的战友黄锡安"、"战友王应栋"、"战友闫明义"、"战友康炳南"……

留念，留念，分别留念。留念就是留下念想。这个念想可能今生今世就只是念想了。从此天各一方，再不相见。以当年的交通条件，父亲的新兵营距离老兵营一千多公里，分别几乎就是永别。军旅生涯就这样冷酷，你必须在变幻和不确定中适应这种人生的变数。父亲说，他适应新环境的能力很强，请首长放心。看着照片，我恍惚又听到了父亲极富磁性的声音。父亲的嗓音洪亮、清脆、磁性。我认为我的长相不像父亲，但我的嗓音却酷似父亲。这是我最骄傲和自恋的资本。很多次打电话，总有女士对我说，你的嗓音很磁性，很有男人魅力。有一位美女作家曾对我说，你的声音太男性了，我很想见见你什么样。然而，当我们真的见面后，她却没有提此事，好像早就忘在脑后了。我挺失望。不过，我为遗传了父亲的这个特点而庆幸。

父亲的声音会传导得很远。我曾多次在数百米之外就分辨出父亲的咳嗽声。我对母亲说，爸爸今天要回家。母亲愕然地看着我，以为我在说胡话。

果然，十分钟后，父亲就进门了，带回一股热气腾腾的暖意。那时父亲通常住连队，很少回家。他每晚要查房，查岗，甚至给战士掖被角，盖大衣。虽然我家也在营区内，但父亲最多两周回一次家，而且夜里很晚很晚才回来。那时没有双休日，也没有长假。自我记事起，父亲就很少在家吃饭，一日三餐都在连队。

五

一九六八年是奇特的一年。这一年父亲经历了两件大事。那同样是两张极有分量的集体照。父亲后来常常会端着小酒杯回味那一年的往事。父亲啧啧地喝着酒，利落地夹菜，利落地把菜送到嘴里，然后就有很响亮的抽筷子尾声，让人觉得他的饭很香。我曾许多次屏息静气观察父亲的这个举动，企图效仿一下，但总也没有那种愉快的尾声。父亲即便是吃最家常的萝卜白菜，也会如此这般地让人羡慕。

第一件事是父亲见到了毛泽东。那一年我十岁，我清晰地记得父亲回家的兴奋与欢悦。父亲说着在北京的感受，如一个孩童。父亲说，毛主席魁伟高大，精神抖擞，脸上很有神采。父亲还说，林彪就没有那样的气度，不过他打仗还行。父亲说这话时就吃着土豆丝，味道很香的样子。我们——母亲、我、大弟、小弟就很崇拜地盯着父亲的嘴。那一年，"文革"进入了白热化程度，也是最波澜壮阔和汹涌澎湃的一年。林彪别有用心地推崇着"万寿无疆"的把戏，形成了一种山呼海啸的气势和模式。我在纪录片上经常看到那种沸腾场面。我激动万分。后来父亲又数次给母亲和我复述过在北京的细节，也多次重复过一句话：主席真是一个伟大的人。我知道，父亲说这句话是有根据的，父亲从来不表扬人，包括对上级首长，也不阿谀奉承。那一年父亲是作为部队团以上干部代表进京接受毛泽东接见的。从北京回来后，全师受接见代表在乌鲁木齐"八楼"合影留念。"文革"期间，"八楼"是新疆第一高楼，也曾经有许多年，它一直占据着新疆楼房的最高点。那是一幢庄重威严又令人敬仰之楼。歌手刀郎后来唱过一首流传甚广的歌曲叫《二〇〇二年的第一场雪》，里面提到了"八楼"，如今它叫昆仑宾馆。虽然，如今它早已被林立的高楼所湮没，但威严依旧。后来，我几乎年年来这里开会，我不叫它昆仑宾馆，仍然习惯叫它八楼。

父亲站在第三排靠右的位置上。在百名军官队伍里，父亲很醒目，很英武。我一眼就能找到他的身影，也一眼就能看懂他的内心世界。虽然照片上也有许多我熟知的军官，他们大多是我同学的父亲，但我总觉得只有父亲光鲜，俊朗，骁勇。草绿的军装笔挺着，帽徽闪着熠熠的亮光，它们衬托出的是父亲独特而别有一番滋味的风韵。父亲头顶是一幅抢眼的横幅，写着黑体白色美术字——"最最幸福的时刻，我们见到了伟大领袖毛主席。1968 年 8 月 11 日 16 时"——多年后，我偶然翻阅《中国人民解放军大典》一书，"文革"军史大事记一章里说：一九六八年八月十一日，毛泽东在北京接见了解放军六地区陆海空三军毛泽东思想干部学习班全体人员。大典上还说，这一年，毛泽东分别接见过三次军队干部，总人数超过五万。我想，毛泽东这一年太辛苦，日理万机不说，还三次接见几万干部。我十分羡慕和敬仰每一个在天安门广场热泪盈眶的人。父亲见到了毛主席，就像我也见到了一样，十岁的我感觉很得意很幸福很骄傲。毛主席不是谁想见就能见到的。我为有这样一个光荣的父亲热血沸腾了很久。

父亲从北京带回了我终生难忘的两个记忆。一是北京特产"茯苓夹饼"，二是北京故宫紫禁城。茯苓夹饼是一种薄纸一样的食品，中间夹有一种深褐色夹心的甜软食物，很特异，很好吃。那是一种可食的"纸"。我品尝它奇怪的"外衣"，也记住了它的奇妙的名字。长大后我只要到北京，就会购买这种可清火、可明目的食品。二〇〇六年冬天，我去北京参加全国文代会，会后抽两天时间回河北看望父亲，还专门买了几盒茯苓夹饼。

我说：爸，我们第一次见到它，就是您一九六八年带回新疆的。父亲笑着说，是啊，三十八年过去喽，现在我传给你啦。我说：您曾经说，这物件能通气，活血，理气，是好东西。父亲说，是吗？我真的说过吗？我说，是，不过现在包装好看了，可味道不如从前好吃了。父亲拿了一片茯苓夹饼，品吃了一会儿，才说，对，好像味道不如从前了。

听父亲说故宫，对于我这个视野仅在古尔班通古特沙漠圹垠之地的孩子来说，简直就像听天书。父亲一边吃着苞谷面发糕，一边对母亲和我说，故宫里很大，一天也走不完，有太和殿、中和殿、保和殿，有乾清宫、坤宁宫、储秀宫，是过去皇室处理朝政和生活的地方。我无知而惊讶地问父亲，什么是妃子？父亲停顿了一下，说，就是皇帝的小老婆。我似懂非懂，老婆就是老婆，难道还有大小之分吗？不过我没有打断父亲对故宫的描述，我只是在自己心中营造了一个奢华皇宫里烟雨缥缈的故事。我想，这辈子我也要去故宫看看，看了我就知道是多大的房子，需要一天还走不完？也就知道什么是小老婆了。父亲还告诉我们一个细节——故宫是从天安门城楼的大门进入的，这令我感到惊奇无比。——天安门不是毛主席接见人民群众的地方吗？怎么是古代皇帝的宫门呢？天安门这个辉煌而崇高的地方，是祖国心脏中的心脏，如一片虹霓，高高悬挂在我的心头。毛主席就站在城楼上挥手指方向。可我没想到，它居然是过去昏庸腐败帝王的家门。我悲哀了很久。——这就是我这个洪荒、封闭年代孩子的可悲之处。这个可悲的疑问曾经潜伏我心底许多年，如同一个死结。

一九六八年，父亲的另一件大事，也是让我自豪一生的大事，这一大事载入了父亲荣誉史册的经历，也是父亲令我仰慕和折服的另一个精神亮点。这一年父亲受命到一个叫精河的天山北坡农牧业县"三支两军"（支左、支农、支工、军管、军训）。父亲"军管"了精河。父亲准确的职务是精河县革委会主任。那一年父亲三十八岁。现在想来，他太年轻了，也太稚嫩了。我妻子说，她记忆中电影电视剧里的革委会主任都是那种很坏很狡诈的人。我说，那是他们瞎胡扯，那时还有很多忍辱负重的好干部。县革委会主任相当于县长。那照片是一张九人集体照，是当年革委会班子成员的集体照。

隆冬时节，父亲与其他革委会成员身穿五花八门的皮大衣、棉衣，头戴棉帽子，也分别是那种栽绒的、狗皮的、羊毛的。只有父亲一人是戴领章帽徽的军人。父亲身穿棉军服，整洁，威武，从容，洒脱。我以为父亲真正洒脱的标志就是棉军帽。那是一种羊皮制作的棕色皮帽，羊绒蜷曲着，呈现出温暖柔顺的样子，很像一个保暖的小火炉。这种棉军帽，我曾经戴过多年。我们野战部队军人子弟在小学时就开始享用这种特殊用品了。那时天山北坡的冬天异常寒冷，大院里的孩子们都会使用父亲们积压节省下来的棉军帽、棉手套和大头鞋。那时这种福利也是我们唯一可以享用的优厚待遇。年年冬天，我们数十个孩子们就穿戴着它们，玩打仗，打枷杀，滑冰，或者去红柳梭梭林里打柴火，套野兔。那时野战部队的物品是地方老百姓最羡慕的高档奢侈品。我曾经偷偷用一双军用皮手套换过一个爬犁和一只野兔。我始终未敢把实情真相告诉父母，那也是我迄今为止犯过的最大错误。爬犁和野兔都拿回家了。我和两个弟弟坐爬犁在雪野上奔跑撒欢，然后就吃母亲做的野兔肉，那野兔肉与鸡肉同煮，味道十分鲜美。至今我仍然能回味起当年我饕餮野兔肉的情景。

那时，北疆冬天的积雪很厚，雪没膝盖是常有的事。用爬犁滑雪就成了我们最大的乐趣。父亲的大皮帽子戴在我的头上显得很松垮，动不动就遮挡住双眼的视线，我于是就有一个上推帽子的习惯动作。那动作后来多年不改，戴单帽子也会不由自主地做。不过，我没有不适的感觉，我觉得我的棉帽子很合适。那时小孩们还会互相攀比帽子质量的好坏，说谁的羊绒顺溜，光滑，谁的羊绒龌龊，肮脏。滑雪滑热了，我们就摘下棉帽子，于是就有一股热腾腾的水汽氤氲地在我们头顶升起，如一个烟囱，白晃晃的阳光射洒在水汽上，如一条升腾的雾霭在头顶漂移，很是艳美。

那个冬天，父亲就一直在那个叫精河的县城忙碌着，春节也没有回家。虽然我家距离父亲的县城仅仅一百多公里，但父亲就像进入了痴迷状态一般，忙碌着，总是说在组织"两派"群众大联合；总是说在访贫问苦；总是说在安排知青到村里插队落户；总是说在修一条叫南干渠的引水大渠。

寒冷的十二月八日，精河县城广场聚集了数万群众，父亲的忙碌有了成效。精河县开始欢庆"两派"群众实现大联合——"革委会"正式成立了。父亲被任命为革命委员会主任。那时，"革委会"均由军队代表、干部代表、群众组织代表"三结合"而成。它取代了早已名存实亡的县委和县人委的职权——那是由"文革"的"动乱"走向好转的重要一天。现在看来，它可能还藏匿着诸多的瑕疵和可悲可叹之处，但它却带有那个时代的不可磨灭的光点。父亲夜以继日工作的回报是——头发莫名地脱落。当我在十个月之后见到父亲时，他的头顶居然秃了。他变成了另外一个父亲。一缕缕头发在清晨的枕边呈现窝巢状，如废弃的鸟巢。父亲爽朗地说笑着，就用手捋梳着头发说，哈哈，这一年掉的头发胜过过去十年的总和。父亲后来就不笑了，一边嚼着苞谷面发糕，一边深有感触地说：农村苦啊，老百姓苦啊，有的老百姓家里所有物品也就值五块钱，甚至还不到五块。父亲说着，表情就有些酸楚，让我感到那酸楚既无奈又力不从心。那酸楚也引出我的眼泪在我幼小的心灵里打着转。我默默组构着那个老百姓家里的样子，很恐惧。我想，新社会了，五星红旗下，怎么还会有生活这样贫困苦难的老乡呢？父亲那酸楚无奈的神情让我铭记了四十年。我知道，我肯定还会再铭记下去，直到我的肉体消亡。

照片上，身穿棉军装的父亲有些雄心勃勃。他是革委会集体中个头最高最魁梧的一个。紧挨父亲站立的是一位少数民族同胞，方脸，高颧骨，黝黑，粗壮。另一个年轻人，在灰黑色照片中脸部显得过于白净，并且消瘦，与实际年龄很不匹配。还有一个中年妇女，略显土气，但敦实，质朴。

六

犹豫了很久，我终于下决心将照片装进了我的背包。我看了一下母亲。母亲没有反对，母亲似乎希望我拿走更多的照片回新疆。

辗转数载之后，我奇迹般在精河县找到了一位当年与父亲共过事的干部，他已经是一位耄耋老者。观察了我很久，他才蠕动着皱纹稠密的嘴唇说，像，还挺像赵主任，只是皮肤比赵主任要白一些。我说，我的肤色随我母亲。

老者指着照片说，你父亲左边站的是蒙古族副主任巴德曼，右边的年轻人是群众组织代表副主任陈清甫，那女的叫邱忠和。我惊讶于这位白发老者的记忆力。他说话时如脱口秀一般，快捷准确地说出了他们的姓名。

老照片没了。它们像一个断带，隔断了以后的岁月。我觉得蹊跷，问母亲，母亲说，后来你爸去黑山头带人施工，到九工区施工，都没有留下照片。那时候，施工也都是保密的，你爸没有……带回一张照片。母亲红肿着双眼，不住地用手擦眼泪，我发现母亲苍老了许多，皱纹也更加浓密了。我知道，这是父亲离世，母亲心力交瘁的结果。我不再问母亲。

父亲转业回河北后的照片就基本是我探亲时拍照的了，那都是些彩照。第一次使用彩色胶片是一九八三年，我用海鸥 120 双镜头反光相机，在石德铁路线的铁道上为父母拍了两人合影。我很稀罕铁路，那时我所居住的准噶尔戈壁小城还没有铁路。父亲笑呵呵的，很知足的样子，比在新疆时瘦了但很健康。照片现在看来有些灰蒙蒙的，色彩还原得也不够真实。冀中平原的阳光似乎缺少准噶尔戈壁大漠的通透与旷远。因为是彩色的，我没有把它们划归老照片。

只有年轻英武的父亲还长留在我的胸间，定格在那些老旧照片上。仿佛，父亲的肉体依然存活着。在冰凉通透的阳光下，他迈着那种坚定的步履，并且老远就能听到他那响亮而磁性的声音。父亲永远呼吸着那些年轻而清新的空气。

伊犁将军：惠远古城之累

在我所有的履历表上，我都会郑重其事地填写我的出生地——惠远。这是我自小就留下的固执。派出所的户籍警让我修改为霍城。户籍警说，你必须写到县级行政区，惠远只是一个镇，不够级别。我没法向户籍警解释。惠远如今的确只是一个镇。我户口簿上的出生地还是被户籍警不容商榷地修改了。但我没法抗拒我的心灵，我仍然会坚守我的固执，除了户口簿没人跟你较真。

一

惠远，是新疆最西边的一个边陲小镇。泱泱中国，肯定没有多少人知道这个伊犁盆地曾经威名远扬的西域古镇。那时候，它是大清帝国最西边版图的中心，是圣彼得堡与伦敦野心家们常常放在嘴边咀嚼的东方重镇。我在2007年第五次回到它依旧有马粪的街道上时，我甚至看到了在伊犁已经绝迹的"六根棍"马车。当然，那马车是为旅行者准备的奢侈品。我还看到了钟鼓楼边上那棵粗硕的老榆树。它依旧苟延残喘地活着，并且刚刚泛出一些嫩绿的树叶，显得青春而可爱。我似乎又听到了它那久违的熟悉的喘息声。

公元1690年，是大清王朝的高官们最为头疼的一年。那一年，他们常常为西域的厄鲁特蒙古之准噶尔部的兴起心存焦虑。日渐骄横的准噶尔部不断扰乱、侵占天山南北平民百姓的草地、牛羊，并且一再向东挺进。紫禁城里的康熙大帝终于坐不住了。在一个秋高气爽的日子里，他竟然举着他的黄幄龙纛，浩浩荡荡地率兵开始征讨准噶尔部头目噶尔丹。

　　三百年前，辽远的惠远大地上，那广袤的草场，那苍凉的大野，那纷繁杂居的人群，那无奈的迁徙者们，似乎还在眼前晃动着，摇荡着，漂移着。那年秋天，康熙一剑砍下一棵苹果枝后，就挥手令子民们向西进发了。进发的清军一气讨伐了八十年。八十年呵，一个呱呱坠地的婴儿会变成没牙的老叟，或者早已驾鹤西去，或者他的孙子也已经变成满头白发的老者。

　　伊犁留给旅行者的大多是描有乌斯曼的美丽的姑娘，香气袭人的苹果园，奔放热烈的胡旋舞和大宛汗血马上彪悍的骑手以及奔逃的鹅喉羚。或许还有关于草原石人、生殖岩画、土墩墓及更远一些记忆。尤其是张骞通使西域和丝绸之路。实际上公元前五世纪，中国就时隐时现地存在着一条从伊吾穿越天山至北庭再至伊犁、碎叶、地中海、欧洲的商路，它是丝绸之路的一条。早几年，我曾看到过关于到底有几条丝绸之路的纷争文字，那其实非常幼稚。西汉中央王朝在公元前60年设立于乌垒的西域都护府，就早已炫示着那辽阔的巴尔喀什湖以东以南的广大群山与草原，为中国版图的一部分。那是西汉与哈萨克族先祖乌孙结盟后，震惊当时欧亚大陆的　件大事。

　　绝美的伊犁河流域有着丰饶丰富的资源和熠熠生辉的资本。它雄峻的西天山，温润宜人的气候，郁郁葱葱的蓝松绿草，让人们的内心充满了柔情。沿着这一条历史线路追溯，你会发现从乌孙昆莫猎娇靡娶细君公主为夫人开始，直至西突厥汗国、葛逻禄汗国、喀拉汗王朝、西辽王朝、察合台汗国、哈萨克汗国等都曾在它富饶的河谷里留居过，它们构成了中国西域伊犁的两千年的兴衰史。

二

　　历时八十年的平定准噶尔部叛乱，是大清帝国一个重要的里程碑。其实，平叛是一个复杂而艰涩的过程，它会伴随着骁勇的进击、血腥的杀戮和千千万万的人头落地。那时，强大了的准噶尔部一面扩大地域抢夺民财，一面勾结沙皇俄罗斯假称服从大清中央政权。康熙最初是大度而仁慈的，康熙曾在给噶尔丹的敕令中说：……海宇升平，惠泽宜溥，特遣大臣、侍卫官员等，赏捧重赏……但后来他终于发现无论是噶尔丹、达瓦齐、阿睦尔撒纳，都很会玩弄两面三刀的把戏。那把戏的中心意味就是背叛。于是，清廷悟出了一个道理——剿叛。后来的乾隆皇帝也延续了康熙的做法。乾隆于1762年在惠运城设伊犁将军，统辖新疆南北两路事务。

于是，剿叛胜利后的大清帝国，就在伊犁河流域正式设立了伊犁将军——总统伊犁等处将军，统辖从额尔齐斯河、斋桑泊以南，巴尔喀什湖以东以南，包括天山南北直至帕米尔高原的广大地区。将军府下设参赞大臣、办事大臣、领队大臣统筹各地方官员，分别管理伊犁、塔尔巴哈台、乌鲁木齐、古城、巴里坤、喀什噶尔、叶尔羌、和阗等地。

于是，首府出现了，它就是伊犁将军府所在地——惠远。惠远城就成了乾隆三十八年（1763年）在伊犁河北岸修筑的著名城池之一。乾隆皇帝亲自赐名惠远，取大清皇帝恩德惠及远方之意。

三

1962年的某一天，四岁的我，在惠远古城宽阔的土城墙上奔跑着。那土城墙厚实，高大，蔚为壮观。母亲说，城墙有五米高，上面能跑大汽车哩。于是，我就哭闹着让父亲的通讯员把我抱到城墙上。我看到了苍茫辽远的西域大地。那大地上生长着大片的庄稼，远到天边的美丽草原，和草原上游动的羊群与马队。我还看到了1949年冬天，我父亲身穿中国人民解放军军装，肩扛马克沁机枪在操场上练兵的情景。父亲说，那个操场曾经是从热河、凉州迁调来的大清守兵军训的教场。我父亲那天早晨忘了戴手套，他洗完脸就匆忙扛起机枪上路了。于是他的手就被刺骨冰凉的钢壳粘去了一层皮。我父亲轻轻皱了一下眉头，就开始操练了。我父亲后来当上了惠远驻军的营长，并且是炮兵专家。在我很小的时候，就常常企盼自己能向父亲一样当个炮兵。四岁时我已经懂得什么是迫击炮、加农炮和榴弹炮了。

1962年的那一天，我始终没有离开过惠远古城墙。那一天我母亲患阑尾炎住进了医院。我没人看管。于是我就和两岁的弟弟跟着通讯员小靳叔叔去了古城墙。我幸运地拾到数枚一面铸有汉字"乾隆通宝"，一面铸有满文"宝伊局"字样的铜钱。多年后，我的一位朋友告诉我，你拾到的是伊犁宝伊官钱局铸造的红钱，那钱局就设在惠远。那是新疆红钱的典型代表，现在很稀有。

那些日子，我和两岁的弟弟仍然无事可做，就出门去钟鼓楼看热闹。那里停放着许多"六根棍"马车，维吾尔族商贩们吆喝着嗓子在卖他们的西瓜和甜瓜。我看见那棵老榆树下长着一些小小的西瓜芽。它们刚刚从土地里伸出小脑袋，嫩绿嫩绿的，非常可爱。那小芽上还遗存着没有脱去的红色硬衣。

四

伊犁将军是大清王朝主管西域军事与行政事务的最高长官。伊犁将军府的第一任将军是满族人明瑞。他于1762年上任，就一口气开始兴建惠远古城。史书上记载，明瑞是一个开明又勤政的将军。他曾统领过清军平定了大小和卓的叛乱，功劳卓著。在明瑞执掌伊犁军事与行政的五年中，他似乎分析了地处位置十分重要的伊犁的战略作用，大兴国防设施，缜密筹划了行政机构设置，加速兴建了绥定、惠远、宁远、惠宁等城池，组建了满营、绿营、厄鲁特营、察哈尔营、锡伯营、索伦营等军营阵防，为将军府的战略国防地位打了良好基础。

可以想象，在那年深秋的时节，头戴花翎的明瑞亲率那些参赞大臣、领队大臣、总兵、抚民同知、三品阿奇木伯克等等，拉开了边陲镇防和屯田的阵势，多多少少对西域民众是一件好事。多年的侵扰、掳掠、奔逃、迁移、饥饿、捕获，多年的横刀立马，粮田荒芜，曾经让黎民心惊肉跳，也深恶痛绝。应该说，民众终于看见那晨光中的熹微了，也着实感受到了苍凉荒原上第一堆篝火的温暖。

那是一个让人有点向往的年代。初雪的原野上阳光明媚。军队开始演练行操，开始巡边守卡，开始习枪弄刀，宛如一支钢铁防线，留着八叉胡的官员们开始募捐移民，开始查勘屯址，拨发土地，组织修渠筑坝，开垦荒地；同时亦开始兴建军台，设置驿站，整修道路，开辟河道渡口，好一派繁忙。而更有大志者已开始操办铜矿，采挖金矿，铸造新币，生产硝磺等早期矿冶业，扬起了一股热气腾腾的新浪潮。我曾读过那个年代一些文人墨客的文字，他们皆称伊犁有书写不尽的美景。我仿佛看到了那河道的行船，那袅袅的炊烟，那升腾的篝火，那嘈杂的街巷，那曾经内心苍凉的移民，那南腔北调的士兵，那平静吃草的牛羊，都幻化成了平淡安逸又祥和满足的生活图画。清代著名历史地理学家徐松的《西域水道记》载道：惠远"临河有高楼，红栏碧瓦，俯瞰洪涛，粮艘帆樯，出没其下。南山雨霁，沙市云开……赋诗遣闷，苍茫独立，兴往悲来"。爱国抗敌英雄邓廷桢被谪戍伊犁后，也赋诗《伊丽河上》："万里伊丽水，西流不奈何。驱车临断岸，落木起层波。远影群鸥没，寒声独雁过。河梁终古意，击剑一长歌"。这其实只是骚人墨客描写在惠远望江楼凭榄伊犁河美景的一隅世界。还有更多的书籍，都留下了对惠远的深度记录。傅恒的《平定准噶尔方略》、林则徐的《荷戈纪程》、松筠的《钦定新疆识略》、洪亮吉的《伊犁日记》、祁韵士的《新疆要略》、和瑛的《三州辑略》、壁昌的《守边辑要》等等。

惠远，注定在许多文人雅士的笔下，在许多流放者的口中，在许多大清官员的心中，有着十分显赫的位置，有着一片辉煌的天空，还有着一角恍惚灰暗的记忆。惠远从无到有，从小到大，再从大到小，是一个令人思味的过程，也有一段令人心酸的往事。惠远的灰褐色黏土，永久散发着淡淡的忧郁和滴血的背景。

五

从1762年到1912年的150年间，惠远先后有三十四位大清国的伊犁将军职守。这些将军居住在曾经的深宅大院之中，手握着大清国授任的至高权力，执掌着旷远博大的西域疆土，雄视着众多的黎民百姓。他们是不是真的很敬业，很有责任感，也很有封疆大吏的气魄和雄心，我们后人不得而知，我们可以在那些厚重的历史典籍中，发现这些将军们的形象和后人对将军们的评说。他们当中似乎还真有一些勤政的角色，有的甚至异口同声地被标榜为——功绩卓著。看了那些记载之后，我不得不在脑海里树起一些同样的认可，但老实说，我还有疑问。不过我的疑问会显得过于苛刻。清正廉洁，功劳卓著的将军肯定是有的，史书上的喧闹也肯定是不真切的。我想，偏执的我还是可以列举一下他们的姓名，他们是：明瑞、阿桂、伊勒图、松筠、长龄、布彦泰、金顺、长庚、马亮等。所有的书籍都对上述将军表示出一种敬意，他们的口碑很不错，我甚至能从那些赞誉的文字中，读出一种忠于职守好官的面目。但我想，功绩政绩肯定不是他们个人就能轻易完成的，他们需要一个庞大的网络去支撑。那个网络的核心，还是那些镇守边关的军人和纯朴善良的百姓。所有成为历史的光荣部分，还是被湮灭了的那些没有留下姓名的兵丁和勤劳勇敢的民众。这似乎又有点过于苛求了。不过，我还是希望将军们是那种刚正不阿又清正廉洁的父母官。

我阅读了先后两次出任伊犁将军的蒙古正蓝旗人松筠的背景资料，他于嘉庆五年（1802年）起开始做伊犁将军。他是一位被评价为在国防、经济、文化建设上都大有建树的好将军。不管他是否真的兴修水利，扩大旗屯，尊重知识，选拔人才。但我还是看到了他主持编撰的《伊犁总统事略》和《钦定新疆识略》。那似乎是以官方口吻真实记录当时历史的最合乎情理的资料。我从中看出了松筠的严谨与孜孜不倦，但也看出了大清制度的弊端与浑浑噩噩。

《伊犁总统事略》里记述的军府机构是一个结构完备的大网络。它将天山南北各路官员编制、定额人员配备、薪俸规定都记载得清清楚楚。它让我觉得很真实，也让我觉得很悲凉。作为一个从一品或正二品高官的伊犁将军，他们除按品级拿俸禄之外，每年居然有高达五千两的养廉银，那五千两养廉银，是同样为清廷官员从九品小官岁给俸银 31 两 5 钱的 160 倍。我终于明白了什么叫高官厚禄。这是一个收入的怪圈。将军都统大臣们拿着优厚的俸禄与养廉银，而兵士们则是生活拮据甚至饱受饥饿的威胁。伯克官员们，一手拿着养廉银养廉田，另一手却在勒索民膏民脂。这或许就是大清帝国被西方掠夺者讥笑和鄙视的根源所在，也是封建王朝的悲哀。多少年来，中国皇帝们沾沾自喜的总是喜欢标榜自己的历史功绩，后人也围剿般跟着瞎起哄，名曰："太平盛世"。可那些老百姓真的就富足安康了吗？！

伊犁是遥远的亚洲大陆上最后一块肥肉。虎视眈眈的沙皇俄罗斯早就瞄准了这块肥肉。他们早先是想来的，但他们还没有摸清中国辫子军的深浅，当他们终于派考察员、测绘员摸清了大清国的国情之后，于是就淫笑起来。他们笑大清帝国自以为是，笑大清帝国的百姓没有吃穿，笑大清帝国仍然在使用长矛和大刀，笑大清帝国的官员们如此腐败和贪婪。于是他们就来了。他们猫着腰，手握洋枪洋炮等新式武器，一步一步地向肥肉逼来。

1842年曾经被道光皇帝革职发配伊犁的禁烟名将林则徐，在谪居惠远期间，便敏锐地感到了沙俄的威逼。他在1845年回到内地后，还大声疾呼道：终为中国患者，其俄罗斯乎！然而，林则徐的远见卓识，也仅仅只是一声呼号而已。大清皇帝的疆土太大了，大清皇帝要处理的事务太多了，他们无暇西顾。于是就有了一串沙俄鹰犬不断深入新疆的不良记录：扎哈罗夫、巴布科夫、郭尔帕科夫斯基等等。

六

2007年10月，我在俄罗斯圣彼得堡要塞看到了彼得一世的雕像，这个曾经亲自批准过《中俄尼布楚条约》的老沙皇，四肢奇长，手掌奇大，很像一个贪得无厌的大蜘蛛。我用手捏了捏他修长的手指，我发现那手指异常冰凉，并且贫血。据说那雕像是一个美国人创作的，那美国雕塑家抓住了彼得一世的本质。我看出美国人带有揶揄彼得一世的味道。这与我的思路很吻合。彼得一世的确是一个胃口很大的野心家。从彼得一世开始，叶卡捷琳娜二世、亚历山大一世、尼古拉一世、亚历山大二世，他们一个个都酷似欲望强烈的大蜘蛛，他们与中国的口碑不错的康熙、雍正、乾隆以及口碑不好的道光、咸丰、慈禧打交道。他们派出他们的间谍或者哥萨克骑兵多次与中国伊犁的将军们打交道。他们觊觎中国西域、觊觎中国伊犁的时间太久了。他们再也无法按捺自己的欲望了。于是在十九世纪的某一天，亚历亚大二世再次翻出了老沙皇的誓言，命令下属开始向中国西域进军。这时，他们已不再忸怩地说是地理测绘与科学考察。他们派出了以巴布科夫为首的哥萨克骑兵堪界团。他们要对付中国懦弱、腐败的伊犁将军、乌里雅苏台参赞大臣荣全和科布多参赞大臣奎昌。他们用洋枪和目光丈量着土地，然后就逼迫将军大员们签署那些不平等条约。没想到，他们居然成功了。他们强占了中国伊犁大片大片的肥沃土地，叼走了那块肥肉。历史让我们后来人感到无比心痛和耻辱。

当我在一百三十年之后偶然读到那个名叫巴布科夫的沙皇鹰犬的著作《1859——1875年我在西西伯利亚服务的回忆》一书时，感受到的就是奇耻大辱。巴布科夫居然嚣张地写到："娇生惯养的中国大员们留居在乌科克是更加不习惯的，他们比我们更急于离开乌科克"。"我决定利用空闲时间在这些山口设置界碑，没有中国官员参加……不会发生反对意见，后来也得到了证实"。巴布科夫是狂妄的，而伊犁将军荣全却是可怜与可悲的。清廷大员居然与沙俄官员形成了如此强烈而可笑的反差。在那次失衡的堪界表演中，中国官员荣全的昏庸无能与失态，怎能不让大蜘蛛们割走我们肥沃的土地？！

是的，这就是一位史料记载还不错的伊犁将军与一位参赞大臣的历史表演。他们拿着中国民众从牙缝挤压出来的优厚俸禄和养廉银，却干着让中国丢人丢地丢历史的勾当。

于是，大清国就开始签约了，一个接着一个。《中俄勘分西北界约记》、《中俄科布多界约》、《中俄乌里雅苏台界约》、《中俄塔尔巴哈台界约》、《中俄伊犁条约》、《中俄科塔界约》等多个不平等条约。于是沙皇俄罗斯不仅吞噬了中国新疆巴尔喀什湖以东以南大片土地，还侵占了奎屯山以西、斋桑湖以西以东广大地区，其中包括著名的唐努乌梁海十佐领牧地，阿勒坦淖尔乌梁海牧地，布鲁特牧地。1871年5月，在郭尔帕科夫斯基的指挥下，沙皇俄国大举进攻了伊犁。从这一年五月中旬开始，到七月初，不到两个月时间，伊犁的惠远、惠宁、宁远、熙春等九城被攻破，沙皇俄罗斯的入侵者烧杀掠抢，中国百姓尸横遍野，血流成河，惨不忍睹，其中惠远、惠宁城化为灰烬。读着那些凄怨的文字，我真不忍回忆那惨绝人寰的悲戚场面。

我在1965年5月5日离开惠远之后，有十九年时间没有回过这个我出生的地方。1984年5月我与几位修养颇深的学人来到了惠远。我爬上了小时候曾无数次上过的钟鼓楼，蓦然感觉，那钟鼓楼变得太小了，小得居然没法让我接受，仿佛就像一件玩具一般。曾经辉煌又巍峨的记忆变得没有了形状，让我十分陌生。我知道那是我的错觉。

严格地说，今天这个钟鼓楼并非 1763 年始建的那个钟鼓楼。那个乾隆皇帝亲赐的又十分得意的老惠远城，早已于 1871 年毁于亚历山大二世派出的那个叫郭尔帕科夫斯基的沙俄刽子手下。那一年郭尔帕科夫斯基的匪兵们一边烧杀着惠远的贫民，又一边咀嚼着丰腴的烤全羊，并且歇斯底里地狂笑着。他们甚至烧掉了这个高达四十米的钟鼓楼。

眼下，这座看似有些变小的钟鼓楼是清朝名将左宗棠与伊犁将军金顺于 1882 年收复伊犁后兴建的新惠远钟鼓楼。我不由自主地叹了一口气，仿佛有重任在肩一般。叹完气，我发现自己过于深沉了，显得那么不真实，简直有点故作深沉。我自嘲地笑了笑。其实这个新惠远是在离旧城七公里的地方新建的。那一年也是金顺受任伊犁将军的第六年。收复伊犁后重建新伊犁一定要超过前人。这是金顺将军重建伊犁的信念前提。后来金顺将军这个信念实现了，新惠远果然规模宏大，气势非凡。

史书上总是冠冕堂皇地记录着一个个伊犁将军的功劳与政绩。在中国近代史的教科书里，我每每读后，都会有片刻思索。我的思索也许只是一种极肤浅的疑问。伊犁将军是中国的要员，他们责任重大。他们是大清帝国的看门人，他们却没有看好门。我终于联想到那些受人拥戴的大清皇帝以及为皇帝主子出谋划策的军机大臣们。我似乎又发现了些什么？皇帝——大臣——将军，他们被串起来，仿佛一串形象不怎么阳光的落水者。他们组成了满清王朝的点点滴滴与是是非非，也写照了中国近代的屈辱历史。

1877 年左宗棠奏《遵旨统筹全局折》，提出了在新疆建立行省的主张。他说："为新疆画久安长治之策，纾朝廷西顾之忧，则设行省，改郡县"。当然，这一重大改革是前所未有的，也是困难的。后来左宗棠 70 岁高龄仍然痴心不改。清廷终于被左宗棠打动了。于是新疆于 1884 年建省，省会设在乌鲁木齐。我想，从另一个角度上说，应该是首府从伊犁退守乌鲁木齐。这是我们谁也不愿意说出的事实。从此，伊犁将军不再总统全疆军政要务，只管伊犁与塔尔巴哈台边防事务。刘锦棠出任新疆第一届巡抚。可以说，新疆建省削弱了地方官僚王公伯克的割据势力，防止了沙俄等帝国主义侵略者魔爪的进一步侵蚀，是历史的一大进步。

　　在新疆建省到清廷垮台的二十多年中，伊犁将军的命运亦是波澜起伏。据说慈禧掌政时期，曾两次历任伊犁将军的长庚，干过几件开明的事：推新政，办实业，练新军。这个练新军就是从湖北抽调官兵九百人，并在伊犁招募青年总计两千人，混编成一个旅——伊犁混成协，企图为已经千疮百孔的大清王朝练就一支勇武的守边部队。然而，早已腐烂不堪的大墙是没法再扶持起来。那个混编的"伊犁混成协"队伍中，有一个叫杨缵绪的，这个人后来领导1912年伊犁起义。他率领着伊犁新军活捉了清朝最后一任伊犁将军——志锐，并且在钟鼓楼下将志锐处决。

　　是的，伊犁惠远在经历了二百年的风雨首府之后，似乎也完成了它苦涩而光荣的历史使命。那其实是悲凉的历史一页。而伊犁将军留给后人的是许许多多令人心颤的痛心记忆。

七

　　我又专程去了一趟惠远。我心存一隅复杂的心绪。惠远已经变成我剪不断理还乱的成年记忆，远远不是1965年5月5日离开它时那天真可爱的心态了。那当年的老榆树依旧生长着，它百年老树皮如父亲一样慈祥，而那树下的小渠不见了，替而代之的是新修的围栏和介绍标签。站在修葺一新的钟鼓楼上，我看见那新油漆的飞檐画栋和绿柳红墙，铜铃发着悦耳之声。俯瞰那不远处的清真寺、喇嘛庙、文昌宫、魁星阁、城隍庙依旧人头攒动着，香火不灭；那远方屯垦戍边的大众、那成千上万的牛羊；那文丰泰、同盛和、德兴堂等老字号；那西域的烤羊肉、那湖北的馄饨、天津的锅贴都悄无声息地成长着、喧闹着，让我思绪不宁。

　　是的，惠远也开始发展旅游业了。百年古城值得一游。钟鼓楼的青砖墙上，有新挂的标语口号：发展旅游事业，重整古城雄风。这时，一位身穿牛仔裤的维吾尔族少女问我，先生，您需要讲解吗？我可以带您上钟鼓楼参观。我没有应答，只是微笑了一下。我看见她胸前挂了一个色彩艳丽的胸牌。

惠远，一个我深深依恋又刻骨铭记的地方。那些斑驳的将军们的杂乱故事让我的人生充满酸涩的记忆，也让我感到无比心累。

西 边 风

那一天，空寂的天空没有一丝白云，戈壁显得空濛而苍凉。王成吉有些凄楚。说凄楚是溢美他了，他没有那么高雅清逸的心境。凄楚只是一丝微妙的心理感觉而已，这其实是五十年后我蓄意添加给他的。王成吉那时还很年轻。在朝鲜战场上，他期望与一个大鼻子美国佬有一次白刀子进去红刀子出来的正面交锋。他拼刺刀很有一套。但很可惜，他只是用枪膛里射出的带着火焰的弹头击中了美国佬。他倒是亲眼看见了那个美国佬被弹头击中胸膛后抽搐而失控的状态。他多次对我们讲，电影一点都不真实，人倒下去的时候哪里是那个样子。

那一天，王成吉穿的依旧是战场上下来的黄军装。他的皮肤有些黝黑，但这并不是太阳弄黑的。这是他的本色。王成吉自认为是一个出色的志愿军战士，虽然他没有获得过二等功以上的奖励。

那一天是 1956 年 4 月 10 日。

王成吉从那一天开始就变成了一名石油钻井工了。他望着那个叫黑油山的小山丘，觉得很失望。曾经有宣传股的臭干事们口若悬河地说：黑油山是一座奇特的山，是一座神秘的山。狗屁，就这么矮矬矬的，远不如我们家乡的大巴山高哩。

王成吉就这样在那一天与中国人民志愿军另外一千二百多人一块西出阳关，再西出星星峡，再西过乌鲁木齐，还往西……一直到了黑油山脚下，开始参加这个旭日东升般的全新石油生产建设。黑油山是他生活的新起点。虽然这个起点多少有些令他失望。

黑油山是一个流溢了数百万年石油的奇异之山。这个奇异不是二十五岁的王成吉能理解透彻的。多年之后，王成吉对我说，宣传股宣传的是啥子玩意嘛，没有抓住主题，黑油山是一座圣山，它不是用语言来形容的，它是要用心去感受感悟和感觉的。

王成吉说，他第一次登黑油山时，看到的是一片被黏稠黑液粘连在一起的天空和大地。那黑色的天空与黑色的大地糅合得恰到好处。我觉得黑油山更像一头雄立的狮子，那狮子在雄起！

这个叫王成吉的四川渠县人，后来成了我岳父。不过那时王成吉还是小伙子。那时既没有我，也没有他女儿我妻子。

王成吉来到黑油山的第三十天，北京的《人民日报》发表了重要消息：新疆准噶尔盆地的克拉玛依地区，已经证实是一个很有希望的大油田。从此，黑油山油田就更名为克拉玛依油田。克拉玛依是维吾尔语"黑油"的音译。那报纸上还说：这标志着一个新时代的开始。

一个新时代的开始，就证明有一个旧时代的结束。我想，那就是中国缺油时代结束了。那天，我岳父王成吉并没有看到那张今天看来政治与历史意蕴都异常重要的报纸。那报纸是又过了二十天之后，由邮递员马成荣（此人后来是克拉玛依市政协副主席）亲自送到我岳父所在井队的。二十天之后，我岳父王成吉正在帐篷里做着一件女人们干的事。

王成吉在用针线补他的臭袜子。他一边缝一边对着正在叠被子的转业战友李心田说：咯老子要是早来一年早来半年就好啰，也能拿一个克拉玛依第一，披红戴花好安逸哟。

王成吉说这话是有原因的。高音喇叭里正在播放打一号井的青年钻井队的事迹。而李心田是不是在意更早一点来，我不得而知，但我岳父却相当羡慕青年钻井队和钻井队的技师（队长）陆铭宝。我岳父的羡慕是从心坎里发出的，这在他以后几十年的石油生涯里可以得到验证。他曾不止一次地提到过陆铭宝这个人物。

我岳父王成吉在油田这样一晃就到了退休。他现在依然黑瘦黑瘦，显得有些营养不良。其实不然，他每天吃香的喝辣的，有一群后代像羊群一样簇拥着他，他感觉很得意。他依然用那种改不掉的四川乡音说：一家人一块吃饭，闹热，好，好！

他嗓门很大，说话也从来不顾及周围的人，越是有人他就越发显得不可一世。他是有名的犟老头。

前段时间，他住进了医院。是旧病气管炎和肺病复发。他没有力气说话啦，但医院两天的吊瓶让他恢复了元气，于是他又来精神了。大约有一天没有一个人来医院看他。他于是就不平衡了，就开始随心所欲地痛斥儿子或者女儿甚至护士、护工，脾气大时就拔掉针头和输液管子，高声喧哗着要出院，并且对刚进门来探望他的亲人大声说：滚出去，啥玩意嘛！

王成吉永远是对的，你永远是不对的。这就是五十年前黑瘦黑瘦充满朝气的小伙子今天依然黑瘦黑瘦脾气暴躁的犟老头王成吉。他有十足的火药味。只要你有兴趣，你可以用任何一个线索一句话勾引他与你吵个天翻地覆。当然，他所有的亲人都了解他，都会因为他身体的原因护着他，都像软绵绵的绵羊一样聆听他的高见，任他摆布。他们想，他毕竟岁数很大了，七十八岁啦，就让他随心所欲吧。

早期开发黑油山油田时，年轻的王成吉还没有这么犟。论资格，他够得上一个老石油了，他当钻井工，在沙丘、在荒野、在梭梭林里游动，像流动的鼹鼠，也像戈壁滩上奔涌的黄羊；他打出过有名的三十号高产井，那口井曾一度霸占过油田产油的冠军宝座。在油田不断壮大的某一天，盛装原油的油罐车再也拉不完那些不断喷涌的原油时，就开始建一条长长的输油管道。他于是就被调到了输油泵站当输油工，看管输油泵修理柴油机，他什么都能干。那泵站其实很小，也就只有二十几个职工，而且被甩落在沙漠荒原深处的无人地带。他又变成了一个荒漠上孤独的守望者。是的，荒漠深处是寂寞的，冷凄的，但也是娴雅的，安谧的。我想，那正巧可以消磨他愈发刚烈的性子，陶冶他风花雪月的情操。

这当然是我这个晚辈对他的想象和期冀，那个荒野输油泵站是不是成功地扼杀了他愈发膨胀的烈性，是不是成功地陶冶了他的情操，今天看来是另当别论了。不过，我妻子就是在那个荒野输油泵站出生的，她是我岳父和我岳母的缱绻又朦胧的爱情结晶。她在温暖而阔绰的子宫里孕育，在柔润而坚固的胎衣里快乐地成长，她并不知晓那时的艰难和孤寂。她成为了油田子女，但她的童年却是以戈壁荒漠深处的沙鸡、野兔或骆驼刺、芨芨草等沙生动植物为伴而成长的。在岳父等大人们在泵房、机房里擦机器，摆弄扳手、管钳干活或是在食堂里搞革命大批判，看别人用木棍痛打自己的好友而又无助的样子或者为被脖颈上挂了一双半高跟鞋双乳被裸露并反剪双手的美艳女工而心颤时，我妻子就开始承担起大女儿保姆的功能了。我妻子从三岁起就开始带妹妹，四岁起就可以帮妈妈做饭。再后来，她就是手牵着妹妹背上背着大弟弟胸前抱着二弟弟的农村妹子形象。

这个场景绝对真实，那是我亲耳听一位熟悉我妻子的输油工长辈徐振太说的，他说这话的时候，身体还很健康，走路风尘仆仆，就像我年轻时感受自己的父亲一样，使我充满了敬意。这个叫徐振太的长辈，有一段时间经常叫我去他家里吃拉面，那时候我还没有结婚，是单身汉，我感觉拉面是世界上最好吃的饭。好人徐振太长辈于前段时间刚刚去世，我流着真挚的眼泪送别了他老人家，并且用手在他安详的脸上抚摸了片刻。我感觉到了那皮肤的温润与光滑。

从严格意义上说，我妻子的童年是比较辛苦和艰难的，她很有些穷人的孩子早当家的味道。当然她家并不贫穷。输油泵站是国家大企业的一部分，她有吃有穿有学上，并且受着良好的教育。只是我岳父岳母比较能生孩子，大小一共生了六个。后来我妻子大约看出了我的疑惑，说：我们泵站所有家庭都是六七个孩子，我们家不算最多。

我有些卑琐地猜想，是不是当时没有什么业余文化生活，大家就比着生孩子呢？当然这只是我庸俗的猜想，我绝对不敢当着岳父的面说，我怕他翻脸。

所有关于我岳父的信息，都不是我杜撰的。因为我岳父是个爱说并且侃侃而谈的人。他高兴起来，会说许多令人心动的话。我岳父说，当年石油会战虽然艰苦，但生活还是很甜美的。他还说，他现在每个月一千八百多元退休工资值得了，因为他没有干活，没有贡献，他只是在消费嘛，他很满足。比起朝鲜战场牺牲的战友，比起在百克水渠死去的兄弟，还比起过早地去世的同事，他满足啦。他有福，他儿孙满堂，够了，够啦！他的话让我很感动，让我的眼眶布满了潮润的液体。今天我们常常会用自己的工资与别人的工资进行类比，类比的结果往往是自己心里酸楚酸楚的，似受了莫大的委屈。

我岳父说，当年黑油山周围满是人，满是新来的转业军人啊。1955年来了一批五十七师石油师的；1956年是我们，我来时克拉玛依仅有四百多人，我们一下子来了一千二百多人，有朝鲜战场下来的，也有其他部队的，我们一路风光来到这戈壁荒野开发大油田，好激动啊；1959年又来了一批，这三批转业军人为克拉玛依立过汗马功劳，不过我也不是小看学校毕业和支边建设的队伍，他们贡献也很大，他们也应该让人敬仰。

我岳父只要一说起来，就有些失控，就好像他变成了一个大干部，一个演说家。他说话时，口气很大，一点不像现在的年轻人。他虽然没多少文化，但却着实很能侃。

其实我岳父王成吉曾经是一个很勤奋又笃实的基层干部。在我认识他时，他正在当一个输油泵站的站长，管着几十号子人，并且还附带教育我们这些接受再教育的一百八十多名知青队学生。他口碑很不错，为人耿直，能吃苦，懂技术，总是扛着铁锹或坎土曼走在最前沿，总能直接处理许多刚刚发生的小问题，让大家心服口服又心悦诚服。大家都亲昵地称他王队长而不是王站长。

有件事让我终生难忘，也让我对他刮目相看并产生一种久远的敬意。那次我家的抽水马桶堵塞了，弄得满房子臭气熏天。我使用了数种通淤办法，都无济于事。正巧岳父打电话让我们去他那里吃饭。我妻子说，去不了，得叫修下水道的管道工给疏通。我黔驴技穷，没招了，只好打电话请疏通公司。但很快就跑来了气喘吁吁的岳父。他带着手钳、管钳、皮碗、钩子等一堆工具一气爬上了五楼。一进门就直奔厕所，绾起衣袖大干了起来。我顿时觉得面红耳赤，心里极不是滋味。岳父在臭烘烘的马桶边弄弄这捅捅那，只一会儿就说，有东西给堵了。在钩子全部被下水道淹没后，他就将手塞进了污水般的屎尿里，不一会儿，他就拽出一条被捅得弹痕累累的旧毛巾。这件事，让我对他生产了一种依赖般的亲近感，也让我改称他为老爸了，就像称呼自己的亲生父亲一样。

王成吉就是这种适宜在基层工作的干部。他从钻井工开始，又干输油泵工，钳工，机工，班长，副站长，站长，农业队队长，技工学校副校长，输油队队长，文化站（中心）站长（主任）等等。不过，一直让我蹊跷的是，他退休前最后一个岗位居然是文化站站长。他一个没有什么文化的粗人，竟然要管文化。我曾在他担任输油队队长时，看到过他的风韵，那果真是他翱翔和驰骋的疆场。他带领一帮年轻人，满身油污地在闪闪烁烁的油罐群中晃动，很像一个风风火火的将军。那次，我还看见他与主管他的生产副厂长发脾气，弄得副厂长在大众面前很失身份和面子。我当时惊出一身冷汗。

我不知道最后他管文化是否与他跟副厂长发脾气有直接或间接联系，但我觉得他在五十六岁之后与文化打一打交道也是一件颇为惬意的事。这倒不是因为我现在还勉强算个文化人就喜欢文化，而是我们每个人如果都有了文化都喜欢了文化，那我们中国的事情恐怕就好办多啦。我希望人人都有机会抚摸一下文化的肌肤，体验一下文化的谐趣。

如今，我岳父唯一的爱好就是看中央电视台四套的台湾新闻和消息。台湾的一切尽在他精瘦的虚怀之间，也潜藏在他清晰善驳的脑海之间。他能熟练地说出马英九与陈水扁之是是非非，还能道出什么民进党、国民党或者什么倒扁行动的缜密细节。我常常听得是云里雾里一片紫霭冥冥，深深为自己的知识面狭窄和浅薄而羞愧。

我静静地聆听着，并不想打断他充满智慧的高谈阔论。我知道，他的心肺再也承受不起对峙和血雨腥风的压力。他需要静养。

古尔图，那个熄灭的驿站

一

一辆越野车载着我去寻找一个我十分熟悉的古代驿站。

驿站，在我们这个日臻全球化的新时代，显得越来越不合时宜，它可能只在交通不便的穷乡僻壤还残留着一些类似驿站的古旧气息。虽然，甚至在二十世纪七十年代，驿站还不可或缺地发挥着交通道路的生力军作用，但，在进入飞机火车高速车道交相辉映的二十一世纪后，兀立在茫茫戈壁上的驿站就骤然消失了，宛如一夜之间失宠的弃妃，被遗弃在荒野上。

驿站是中国汉唐明清以来官办驿站、军台和民间驿馆的统称。过去既有单纯的驿站，也有单纯的军台，但是在旷远辽阔的西域，驿站、军台甚至营塘往往是混合一体的，行使着军事、民政、邮驿多种功能。有些驿站还兼有卡伦、烽燧的职能。

二

我家曾经在天山北坡准噶尔盆地南缘缓坡地带一个叫古尔图的古代驿站居住过六年。那是我寻求人生目标也认识大千世界的关键六年。那六年对我人生的终极定位，是一把钥匙。那正是一个无知男孩生理与心理发育的奇妙时期。我几乎用探求寻觅的目光踏遍了古尔图周边数百平方公里的土地。我熟悉了天山山脉的中段，那钢蓝色的大屏障，那松蓝的古森林和一些深谷里向北流出的季节河。那山其实是天山山脉的一支,叫婆罗科努山。古尔图就坐落在婆罗科努山以北,准噶尔沙漠以南的斜坡状的冲积扇上。

古尔图驿站,地名是很早就有的,它的名字应该与整个华夏民族的成长史一样漫长。它是通向人类繁衍道路上的一个契合点,也是西出东进漫漫古道——丝绸之路上的落脚点。

那时候,天山北坡不断行走着一支支背景模糊的驼队。驼队引领者们似乎衣着很褴褛,似乎永远在辨认着方向,似乎也永远在寻找着太阳的阴影。当然,他们不怕干渴和饥饿。因为他们驮运的是丝绸、宝石、茶叶、瓷器以及女奴甚至颈戴碧玉项链、耳挂白玉垂环的嫔妃,他们在艰难地跋涉之后,会得到金钱和生存的机会。

实力雄厚的汉武帝时代就有了这条向西穿越丝绸古道前往乌孙、月氏,前往安息(波斯)、大食(阿拉伯)、身毒(印度)、大秦(罗马)的历史记录。它们在《史记》、《汉书》和《资治通鉴》里显得墨迹深邃又意味深长。公元前139年(武帝建元二年)张骞通使西域,他肯定不是第一个吃螃蟹的人。但张骞确是书写了官派使者的第一缕色彩绚烂的辉煌历史。张骞始终怀有一个高远的志向,他的志向的最终成果是细君公主成为了乌孙昆莫猎娇靡的妻子。张骞因此被封为博望侯,也成了著名的探险家。

古尔图驿站在二十世纪后叶还残留着西汉使者的气息和废弃物。我在1969年与好友吴宝宽在古尔图遗址拾到过一枚锈迹斑驳的铜箭镞,我们曾经兴奋了很久。我们固执地认为那肯定是张骞使团留下的物品。后来,我父亲告诉我,它更像乌孙国的兵器。我父亲对乌孙土墩墓略有研究。父亲说,距离古尔图驿站仅四公里的六个大土墩就是汉代乌孙贵族的墓冢。那墓冢像一座座小山包,兀立在荒野上。父亲的话让我非常惊愕。多年来,漂移在我眼前的庞大土墩忽然变成了墓冢,而且是古代大墓冢,它让我对历史产生了新奇与渴望。那一年我仅仅十一岁。我觉得历史很诡秘,历史也很惶惑。试想,两千年前怎么就会有如此多的乌孙人在古尔图大兴土木呢?那肯定是一支异常庞大的人工挖筑工程,至少也得数千人修筑数年时间吧。多年后,我看到研究资料说,为修建墓冢,乌孙国曾动用过三万人挖土、运输、堆封、加夯,并且少则三年。那大约是一个异常红火又血腥的场面。

我对我成长的古尔图大地有了新的领悟。

古代乌孙是一个以游牧为主的民族。那时他们就畜牧着大量的马、牛、羊、骆驼和驴，还有牧羊犬。《汉书·西域传》记载了公元前71年，乌孙在与匈奴的战争中，一次就掠获马牛等七十余万头。那是一个十分巨大的数字。从这个数字我们可以想象乌孙国肯定已是一个家业不小的大国。那时乌孙的良马久负盛名，张骞通西域，带回中原第一批良马，称为"天马"。

两千年前的古尔图驿站常常有乌孙人的光顾。乌孙人赶着他们的牛羊，在此悠闲地吃草。他们会在某个大风之夜来到驿站拴住他们的马匹，歇息休整一下身心。当然，也可能不仅仅在有风的夜晚，或许这驿站就是乌孙人主持的。《史记》上记载，乌孙是一个全民皆兵的国度。他们有十二户万居民，其中"胜兵十八万八千八百人"。可见，他们一边放牧，一边狩猎，一边战争，一边生儿育女。据说他们是从祁连山西迁而来，并且在天山谷地建立了相当规模的赤谷城。于是在距离赤谷城一千公里的乌孙人管辖的古尔图驿站上，常年流动着一队队汉人、匈奴人、月氏人，甚至大食人、大秦人。在岁月漫长的历史进程中，丝绸之路上和平的景象总是让人流连忘返的。

三

二十世纪五六十年代，古尔图是一个新型驿站。在它的斜坡状的冲积扇上，驻扎着一支部队，它的功能就是坚守那块土地。在过去两千年的岁月中，古尔图一直有驿站、守捉、军台、营塘的功能。它历来是兵家必争之地。我父亲是这支驻扎此地部队的团级干部。他也是一名干练、机智，又吃苦耐劳的军事指挥员。从1949年进新疆开始，我父亲就一直在天山北坡这条古丝绸之路上蠕动和坚守着。一晃就是三十四年，他从排长、连长、营长、主任、参谋长，一直干到团长。他熟悉天山北坡与准噶尔盆地的一切，并且把美妙的青年与壮年时代都给了它们。我1958年在伊犁古城惠远出生后，也命定了与古丝绸之路的驿站、军台和营塘发生着某种玄妙的纠葛。我家在1965年从惠远搬迁到精河，1967年又从精河搬迁到古尔图，我的古驿站情结就像一抹浓重的思乡结缠绕在我眉宇间，扭动着我的思维，也引导着我的人生追求。

大唐王朝时的古尔图驿站显得十分冷清与渺小。它昏黄地坐落在寂寥又朦胧的蜃气之中，宛如透着神秘的残壁废墟。从东西两边流动而来的游人，走马灯式地驮着重物，留宿在驿站土炕毡床上，而快马驿使们风驰电掣般换马兼程在苍茫的原野上，更是一道绮丽的风景。他们手持官府军令文书，以最快的速度从一个驿站奔驰到另一个驿站。唐代边塞诗人岑参写道："寒驿远入点，边烽互相望"。"一驿过一驿，驿骑如星流"。

中国唐代驿站的距离为三五十里不等，但在西域旷远的戈壁上，大多要一百里以上。馆驿的编制与马匹也不尽相同，驿员三人至十五人不等，驿马十匹至三十不等。唐代驿站、守捉、镇，都是官方设立的军政设施，行使军事与行政职能。驿站设有主持即驿长、驿家、捉驿者等。

而大清帝国的古尔图驿站是军台与驿馆合署办公的。自乾隆二十年（1755年），大清国统一新疆后，就在天山南北建立了完整的军政机构。其驻防军有满营、锡伯营、索伦营、察哈尔营、厄鲁特营等，总计四万多人，后来一度发展到九万人。而各地军政在伊犁将军的统辖下，得到了快速发展。伊犁河谷的惠远、绥定、宁远、广仁等著名九城，博尔塔拉、雅尔（在今哈萨克斯坦境内）、精河、阜安、塔尔巴哈台，还有兵屯、民屯、回屯、遣屯等，这里人来人往，物资转运，车马休息，公文差务，官民邮件，都需要驿站、军台及营塘的服务。据《新疆要略》记载，由乌鲁木齐向西至伊犁，共设有驿站、军台三十多座，其中有驿站，有军台，也有驿站军台一体的。古尔图就是一个驿站、军台合属公务的驿站。它的准确位置是：自东向西为库尔喀喇乌苏台，七十里至多木达都台，七十里至古尔图台，再六十里至托克多克台。自光绪十年（1884年）新疆建省后，所有的驿站、军台、营塘一律统称为驿站了。

可以想象，清代古尔图驿站，是一个非常重要的驿站。在十七世纪中叶，这个古尔图大地上就涌动着一支坚守军台与驿站的官家队伍。他们有驿长、驿员，有绿营步兵、骑兵，有马匹，有骆驼，还有家眷——女人与孩子。他们一手拿着马刀、马鞭，一手拿着镰刀与坎土曼，他们要传递军政信件，重大报捷消息，还要保护来往的商贾团队以及住宿、吃饭，并且管好自家兵丁、老幼的吃穿住行。于是，他们就种菜、种粮，割草，牧羊，打柴，狩猎。那时，古尔图的冬季是没有青菜的，他们还挖了菜窖，储存土豆、萝卜和大白菜等过冬。应该说，古尔图驿站在二百年前是一个异常艰苦的驿站。在遥远冷寂的戈壁荒原上，长年累月生存本身就是一件艰难的事。当然，再艰难，都会有一隅温馨和温暖，也会有一角美丽。有资料说，那些官兵大都是甘州、河州、固原等地移驻的汉兵。他们时常还会组织一些娱乐活动，甚至会编唱一种带有荒野味道的顺口溜。

驿夫也是从他们中间产生的。那是一件令每一位驻兵都十分敬重的工作。它显然已经规范化了。当任务到来时，他们会穿上那种有显著标志的号衣，腰间佩戴上小铃铛，然后骑马一路奔驰而去。他们是恪尽职守的军人。法国人阿里·玛扎海里在《中国——波斯文化交流史》一书中说，"中国最为令人瞩目的事可能就是这一整套机构和公共设施的持久性。它们……一直到十九世纪中叶均如此"。

四

是的，古尔图是一个流动的通商驿站。它最早是通过丝绸开始诱惑西亚人和欧洲人的。丝绸仅仅是一种商品，可这种商品的绮丽惊艳一度征服了那些巴比伦美女和罗马贵族，会让她们垂涎并且充满想象。于是贪婪的女人们就会以得到丝绸为荣。她们会为丝绸而勉励男人们角斗。那时期，中国谷子、中国高粱、中国樟脑也会通过这条驿站之路流入地中海、希腊或者罗马。在古希腊——古罗马时代，西方人还不知道珍贵的樟脑为何物。当它被阿拉伯人、波斯人刚刚认识，被拜占庭作家西蒙·塞特著书立说时，他们其实还远远不了解樟脑的用途。在古波斯萨珊王朝时期，从中国的古道——包括古尔图驿站——运去了樟脑，才开始渐渐为西方所使用。而作为生产樟脑的中国南方，早已将樟脑树干、树根、树枝一并粉碎，用容器蒸馏为樟脑了。中医也早就开始用作镇静剂、祛风剂、发汗剂、祛风湿了。中国老百姓还会用它治牙痛、治脚汗和保护衣物，消灭蛀虫。

当然，在这条丝绸古道上，有大量的中国茶叶、中国瓷器、中国桂皮、中国姜黄、中国大黄、中国麝香开始走向欧洲，它们被统称为"中国"或"中国的药"。麝香这种色黄味苦、奇味浓厚的东西，在公元六世纪之前的西方是没有记述的，可中国人在先秦时代就熟悉其性能了。中国有扬子江的花麝麂、有甘肃的西番麝麂等等。大清帝国时代每年出口七八百万芽月法郎的麝香。后来，麝香居然成为了西亚中世纪文化的象征。阿拉伯人丹尼说："在梦中拆开一麝香囊者就会与一富贵的女子结婚。"他们甚至认为，梦见麝香者将会变成智者或强者。

是的，古尔图是一个不断接纳官家贵族，见证宦海沉浮和接待流放遣犯的驿站。自乾隆1762年在伊犁惠远设将军之后，古尔图驿站就不停地迎来送往着大清的将军、参赞大臣、领队大臣等封疆大吏们，这些官位达二三品的高级官员们出行，总是前呼后拥地附庸着一支庞大的队伍。那粼粼的马车，那高扬的锦旗，那腰系银带的士兵，那滚滚的烟尘，都演绎着那个时代官场疆场的变幻与沉浮。

流放西域是中国各个朝代拥有的一种轻于死刑，重于徒刑的惩罚手段。流刑的惩罚对象，就是流人。历史上有许多著名流人曾流放西域，而清代就更多了。他们中有骄奢淫逸的皇亲国戚，有宦海沉浮的封疆大吏，也有满腹经纶的硕学之士。洪亮吉、林则徐、邓廷桢、徐松、铁保、明亮等等……都是这一长串流放人物里的名人。

洪亮吉于嘉庆四年（1799年）八月革职刑部，后从宽免死，发配伊犁。年底，五十三岁的洪亮吉在冰天雪地艰难地跋涉了五个多月，才赶到伊犁惠远。洪亮吉作为清代一名颇有声望的大学者、著名诗人，曾任翰林院编修、国史馆纂修官，因向嘉庆皇帝上书提出天下大治的两点措施，同时批评了嘉庆早晨睡懒觉上朝少并一气点了四十位大臣的名而被革职。洪亮吉在赴伊犁途中写有流放著作《伊犁日记》、《天山客话》、《万里荷戈集》。洪亮吉在嘉庆五年一月路过了绥来（今玛纳斯县）和古尔图驿站，二月经过了果子沟。一路有"青松万树，碧润千层"、"雪飘如掌"、"鸟不避人"之感慨。在古尔图驿站那静谧的环境里，洪亮吉心静如水，灵感忽然飞来，便对天山北麓老鹰叼公羊的见闻作诗《鹰攫羝行》，读来令人魂飞动魄。"羊群居前牛在后，鹰忽飞来攫羝走。群羊哀鸣牛亦吼，北巷南村集群狗。鹰攫羝飞势偏陡。云中健儿弓已拓，一箭穿云觉云薄。羊毛洒空鹰抓缩，天半红云尚凝镞。"

道光二十年（1840 年），两广总督林则徐被革职。他曾主持了著名的虎门销烟。那白烟升腾、人山人海的吐气场景，令民众欢声雷动，难以忘怀。林则徐也因其在鸦片战争中禁烟抗英的历史贡献，而成为中国近代第一位杰出的民族英雄。1840 年 5 月，英军的炮舰攻陷浙江定海，威胁朝廷，林则徐因"治国病民，办理不善"罪名，被从重发往伊犁。其实那是道光被谗言鼓噪，惧怕英军的投降行为。林则徐拖着病骨之身，用一年五个月时光于 1842 年 12 月才走完了悲凉艰涩的慢慢戍途。在经过古尔图驿站时，他顶风冒雪赶路，望见那一白连天的雪景，不禁感慨道："天山万物耸琼瑶，寻我西行伴寂寥。我与山灵相对笑，满天晴雪共难消。"林则徐在流放新疆的三年中，居然为农田水利建设，"改屯兵为操防"，抵抗沙俄入侵作出了贡献。

是的，古尔图是一个兵家必争的驿站。自汉唐设立守捉以来，古尔图就作为十分重要的战略要地，一直引起着关注。它南枕天山，北控大漠，西连伊水，是唯一一条东西走向的通道。多少年来，它也的确曾经无数次历练过战争刀戈和硝烟的洗礼，也遗留下了数不尽的黎民百姓和官家兵丁的尸骨。最近距离的战争记载，就是著名的伊犁——迪化（乌鲁木齐）战争。那是 1912 年初，为了推清朝统治，伊犁革命起义军与大清皇帝的迪化军在古尔图曾经血战数十天。上一年，清王朝似乎再也无法支撑它的腐朽没落了，在 10 月 10 日爆发了辛亥革命，以孙中山为代表的资产阶级革命洪流冲垮了大清帝国的统治。而这个洪流也波及了新疆大地。伊犁革命党人、前伊犁陆军协统杨缵绪于 1912 年 1 月 7 日发动起义，迅速击溃了驻防清军，占领了伊犁首府惠远，逮捕了伊犁将军志锐并当众在钟鼓楼旁处决。随后，杨缵绪任新成立的伊犁大都督府司令部长，而这时据守在迪化的新疆巡抚袁大化恼羞成怒，调集了步、骑、炮兵迅速开往精河前沿，准备进攻伊犁。伊犁民军被迫东征。从 1 月 21 日开始，两军在五台开战，民军长驱直入到大河沿、精河、托克多，并在古尔图进行了一场血战，双方死伤无数，血流成河。后杨缵绪又亲率察哈尔、厄鲁特骑兵，包抄了古尔图清军驻地，杀敌无数，并缴获了大批枪弹。那次战争是一次共和与帝制的殊死较量。最终袁大化看大势已去，无力再战，宣布共和。应该说，是发生在古尔图的伊迪战争结束了大清帝国在新疆的封建统治。我以为，在古尔图可以为伊迪战争树一块纪念碑。因为它向文明迈进了一步。

五

1970年暑假，我带着大弟与一个叫耀来的男孩去古驿站遗址——老农场旧地掏麻雀。那里有不少低矮且被遗弃的旧房子。我们的目的是将手伸进鸟窝掏小麻雀。这样做有些残忍，可我们当时并不觉得。我们有无穷的乐趣。我们把一窝窝小麻雀掏出来后，装入自己的衣兜，然后带回家养到一个硬纸壳改装的鸟笼里。我们让小麻雀过一种群聚的集体生活。我们喂它们吃的，听它们鸣叫，看它们成长。那时我家门口有两个大鸟笼，里面各生活着三四十只小麻雀，它们叽叽喳喳地叫着，在鸟笼里自由飞翔着，而更小的一些小麻雀，我们就掰开嘴喂食，会将一块很大的苞谷面馍馍或蚂蚱塞进小麻雀的大嘴里，小麻雀会伸着脖梗将其吞下。后来这些小麻雀就离不开我们了。有时我大弟会带着它们到家属院或营区去玩耍。它们会跟在我大弟身后扑扇着双翅，连飞带跑地尾随着，非常可爱。

在我们认为的驿站遗址不远处，还有三间圆形土坯房屋，它们的屋顶均是土坯垒砌的圆顶，没有房梁。当时我十分惊讶，并愕然地观察了很久。三间房很像我们在电影上认识的鬼子炮楼，矗立在荒原之上。它们显然已经被遗弃了很久。屋子里空无一人，也没有丢弃物。但却可以居住。一次我与妈妈闹别扭，就带着大弟企图在那三间房中最好的一间内过夜，但是，在天幕刚刚黑下，我就产生了巨大的恐惧，我害怕了。于是，我狼狈地快速跑步回家了。多年后，我依然清晰记得那房子的模样，甚至那房子里酸腐的空气味道。我想，那三间房与古驿站有着莫名的纠葛，甚至发生过一些令人扼腕的故事。

在古尔图我曾跟随母亲去红柳繁茂的沙窝子里打柴火，我很卖力地用斧子十字镐挖砍那些几近枯死的红柳根和梭梭柴。那些红柳梭梭因为缺水而大片地死去，它们的尸体成了我们的宝物。我们用红柳梭梭生炉子、烧火做饭或取暖过冬。比一簇簇红柳林更远更北的就是大片的胡杨林了。那是一片原始状态的胡杨林。在胡杨林入口处有一口清澈的泉水。那泉水不停地渗冒成一条清澈的小河。小河周边长着葳蕤的芦苇。在那里，我们还经常能看见放羊的哈萨克族或蒙古族牧民，他们时常骑着会边走路边放屁的马闲逛，或者悠然地赶着羊儿吃草或饮水。

六

古尔图就是这样一个自古就被兵家必争，被四方来客恩宠，被驻守兵民厚爱，也令五洲朋宾充满遐想和回味的地方。两千多年来，古尔图忠实地行驶着接纳、容留、守卫、传递、连接的众多职责，同时又彰显着一个古驿站的温暖、温馨、温润和温情。它规模不大，始终像一个小小的蚁穴，角立在苍凉的戈壁上，固守着两千年的西域岁月，炫示与支撑着两千年的丝绸之路文明，也支撑着两千年生生不息的人类传承。在这小小的驿站上，真正可以称道的，大约还有那些尸骨早已化为灰烬，化为一棵古榆，一叶绿草或一缕空气、一滴水的美丽状态。他们为后人留下了大片的屯垦戍边的熟地、高贵华丽的丝绸、清香四溢的茶和麝麂行走的踪迹，他们被岁月升华得伟岸而辉煌。

古尔图已经无法找到那些古旧斑驳的遗迹了。其实它早先就简易而匆忙，显得卑微，褴褛，没有高大的城墙，没有宫阙殿宇的森严。其实，它本来就是一个供人临时休憩的憩所，一个小小的客栈。在宏大的历史的背景中它会显得渺小和微不足道。

七

我又来到古尔图旧址，但它早已不复存在。一条铁路正巧穿过曾经是驿站心脏的地方。那铁路被人们叫做欧亚大陆桥。它是从中国东部一个叫连云港的地方延伸过来的。它穿过古尔图的戈壁荒野与黄沙绿浪，进入了艾比湖区域性大风地带，然后从阿拉山口进入哈萨克斯坦国的阿拉木图。这铁路一直向西通到了地中海,最后停歇在荷兰的鹿特丹。欧亚大陆桥实际上是古丝绸之路替代物。它应该是新世纪的新丝绸之路。虽然它已不再驮运丝绸、茶叶或瓷器、麝香这些旧时震颤世界的器物。但它却依然让人们产生古丝绸之路的某些奇妙联想。

我见到一个骑马的哈萨克牧人,他依旧手握皮鞭,头戴一顶不合时宜的皮帽子。我问他这地方是古尔图吗?他诧异地看了我一会儿说:从前是,有军人……早就搬走啦。然后他用手指了一下北面的某个地方说,那……里有古尔图大队。说着,一种悦耳的"吉祥三宝"音乐响起。我惊异地四处张望起来。哈萨克牧人从身上摸出了一个翻盖手机,然后用哈语与手机交谈起来。我下意识地拿出自己的手机看了看,我发现信号是满的。顿时,平添了一种坦然的轻松感。哦,他就是当代牧羊人了。

当年的古尔图驿站不用再寻找了,它肯定已经消隐在历史的烟霭之中。虽然我依然在自认为可能是古尔图旧址的地方寻觅了很久,但我很失望。我只是听到了自己悲泣的心跳和越野车发动机的悲恸嚎哭声。

享受回家

多少年来我一直耻于谈回家,因为欠家里的实在太多,无法面对突发脑血栓住院数月后又步履蹒跚重新学步也咿咿呀呀重新学语的父亲和瘦弱的满头银发的母亲。

回家是四十多年来我唯一的渴望与企求。

这个长假因参加一个公共管理培训班,我滞留在了上海的大学校园里。我一个接近五十岁的人,本打算七天时间安排自己上北京看读大学的女儿并一块回石家庄探望父母。可临时班主任宣布,长假只休息三天,其余四天上课。

我从小就是乖孩子,老师安排怎样就只能遵命了。这倒不是一点私心也没有,我也摸着胸脯算了算账,三天时间确实太紧张,即便是做夜班火车上北京找到女儿再倒车去石家庄,等真的到家已经是一身疲惫,肯定倒头就睡,还搞得两位老人颤颤巍巍地为我们晚辈跑上跑下,问寒嘘暖。待我一觉睡醒,揉着惺忪的睡眼,吃着父母做得香喷喷的饭菜时,却发现时间已到,我和女儿都该返校了。

权衡往往是痛苦的。我选择了滞留上海。可心里不免有些遗憾。妻子在遥远的新疆家中留守,女儿在北京加码苦读,而我将要在上海的学生宿舍看仅有四个频道又没意思的电视,很不是滋味。于是,我出门了,坐轻轨倒地铁去了浦东和南京路。人山人海,无论东方明珠、金茂大厦还是正大广场抑或南京路步行街,到处是攒动的人头和窸窸窣窣的人流。

我突然觉得我就像游荡在人流中的一只孤独的蚂蚁。

回家，对我这样一个有着一定经历的成年人来说，应该不是什么不能承受的问题，可今天我却格外伤感。细细想来，我已参加工作三十多年。三十年在人类的历史长河中，只是短短一瞬，可对一个人来说，它就十分的漫长了。可偏偏这三十年，我居然没有回家与父母过过一次春节。

早先因为年轻，刚工作总要卖力苦干，那时兴过革命化的节日，不是安排挖厕所就是上农场修大渠或者下车间搞翻砂。后来就是节日值班。那时没有什么长假，要从我工作的城市回一次河北老家，路上单程至少七天，而来回就得十四天，现在想来真是太可怕了。

父亲母亲总是说，你工作忙，不用想我们，我们一切都好。他们这样说，看似很平淡也很随意，但我还是感觉到了他们盼子回家的急切心情。我甚至能想象出他们心底是如何埋怨我作为长子长期不回家却总以工作为借口来搪塞的失望神情。

现在，我常常会做一种怪梦，我梦见与父母在一起吃饺子，而那饭桌却是我小时候依偎过多年的木制小圆桌。

小时候回家是一种快乐，一种向往，一种实实在在的依恋。

我的小学分别是在四个不同的地方上完的。"文革"期间由于这种三换两换的折腾，我的小学满打满算只上了五年。等上中学时，我小学的同学都变成了比我低一级的小字辈。

记得上小学三年级，我八岁。那时父亲是新疆解放军一个野战部队的团职军官。是的，军队也是社会，军人也要有家庭有老婆有孩子。大约那时军队规定连级干部可以有随军家属。于是每个野战军的团部所在地，都会有几十个或更多一些年龄不等的孩子。

于是我们团下一帮孩子，就统一被卡车拉到了 200 公里外师部军人子弟学校上学。在孩子们眼里，那种集体生活如同天堂一般。我们团下住校的孩子大约有数百人之多。试想，一帮不懂事的孩子吃住玩都在一起，那是一种什么样的景观？我们八个人一个宿舍，都是八九岁的样子。一到晚上总会有脑瓜灵嘴巧的家伙弄出些吊死鬼、梅花党或给你手纸之类的恐怖段子，吓得大家不寒而栗，总觉得后窗有一个长舌黑影在低沉地喊叫你的名字。当然，这帮孩子还会讲父辈们在甘肃临夏剿匪或者追捕乌斯曼匪徒的故事细节，讲得津津有味时，还手舞足蹈地做骑马追捕的动作，仿佛那追捕者就是他们自己。

欢乐归欢乐，可总是要放假回家的，尤其是冬天。二十世纪六十年代的冬季似乎非常的寒冷，北疆的冬天零下三十度是常有的事。那年冬天回家，我们三十多个孩子拥挤在一辆解放牌大卡车上，走了近十七八个小时的路程。棉衣就像薄纸一样，接我们的司务长还带了十几件军大衣，让我们两人一件裹上，仍然冻得浑身发抖。所有的女孩子都冻哭了。没办法，司务长在半路的乌苏买了几双毡筒（新疆一种用羊毛羊绒做成的长靴子）发给年龄小的孩子，并找来许多棉花塞进鞋里。就这样，当我们在迷蒙的深夜回到家时，已经在车厢里不能动了，全是被大人们一个一个地抱下车的。即便这样，我还是冻坏了脚和耳朵。以后许多年，每到冬天，我的脚与耳朵都会不听使唤地被冻伤，仿佛是一个约定。

1970年春天，我上中学，十二岁。依然在离家160公里以外的地方上学，并且住校。这时住校的条件就远远不如在部队子弟学校了。所有衣食住行要靠自己照顾。这时"文革"还没有结束，革委会成立不久，学校虽然喊着复课闹革命，但却没有更多的课程。我就被安排去挖防空洞。那时候兴"深挖洞、广积粮、不称霸"。我年龄小，青春期发育似乎还没有起步，身体瘦弱，说话童音，自然不像现在这么五大三粗，但抡十字镐、推小车或开卷扬机之类，我都不甘示弱。

可过了两个月，我就犯难了。

我想回家。难点有二：一是我要找老师请三天假，感觉张不开嘴，我从小胆小，怕老师批评。其实我想错了，女班主任很通情达理。二是要坐车，可哪里有车呢？那时不像现在交通发达，到车站买票就走。那时新疆的小地方根本没有班车，也没有车站。我于是就去路口，自己挡车。

那年五月一日，天还没有亮我就去路口搭车，待回到家时，竟然已是第二天金红的太阳缓缓地跃出地平线，大地被洒得一片彤红的那一刻。

那是我一生中最难忘的一次经历。那一天，十二岁的我为了回部队的家，居然分别搭乘过三辆卡车、一辆拖拉机并且摸黑在洪荒可怖的戈壁行走了二十多公里路，经历了漫长、恐惧、痛苦、饥饿和悲哀，也经历了一次凄凉的人生五味俱全的滋味，才回到了日思夜想的家。它在我十二岁的心灵里留下了一道深深的印痕。

那天早上，在许多车从我身边一擦而过之后，有一辆老式嘎斯车停了下来。我看见是一位很瘦的中年男人，这与我印象中的司机反差很大。我谨小慎微地说：叔叔，我搭车。

你去哪？司机严肃地说，并露出一口黄牙。

我去那个古尔图。我如实地说。

古尔图是天山以北，准噶尔盆地边缘一个荒野上的小小绿洲。一个人迹罕至的小村庄。我父亲的部队和我的家就驻扎在那个小村庄。

不去！司机又说。

叔叔带我一段路嘛。说着，我急了，居然眼泪流了出来。我知道，搭停一辆车实在太难了，我不能放过一点机会。我于是就抢先爬到了驾驶室司机旁的空位上。

捎你到九公里吧。司机叔叔显得有些无奈。

九公里其实只是一个岔路口。那里有几间简陋的土房子和五六户人家。在新疆，像这种岔路口很多。作家张承志先生就写过一个类似这种岔路口的散文叫《汉家寨》。那大约是吐鲁番附近通往南疆的一个三岔口。他写出了那个三岔口的苍凉寂寞。我知道，新疆至少有三四处叫九公里的岔路口。它们都像荒野上的顽石一样，孤零零地承载着戈壁灼热的骄阳和冬日的奇冷，期待着每一个过往的行人留给它们坚守的雨露和温暖的阳光。

那里毕竟是岔路口，各种过往车辆会增加许多。但事实并不乐观。大约焦灼地期盼了两小时以后，我仍然一无所获。在我非常懊恼地在一间小泥屋拐角处解手时，竟也有一位肤色黑红的胖司机停车解手。我于是向胖子发起进攻。

我眼泪汪汪地说：叔叔，我要回家。

那黑胖子没有尿完,就心软了。

他答应拉我到四棵树煤矿拐弯处。他要去山里拉煤。

我简直高兴得要疯了,因为从这个九公里到四棵树煤矿拐弯处要六七十公里,那就意味着我回家的路程减少了一半。

过半,就是成功的前兆,就是你有了绝对的控制权和拍板权。当今社会,你只要占有公司51%的股份,你就是当然的董事长,你就可随心所欲地主宰你公司的一切。

在四棵树煤矿拐弯处下车后,我又孤独了。空旷的铁青色戈壁滩上没有一棵树,也没有一个人影。唯一能看到的,就是遥远的地平线上偶尔隐隐约约显现的一辆踽踽独行的车影。车影又在溟蒙的蜃气中颤抖着。

当空旷死寂般的世界面对你时,当未来在一片充满希冀又充满忐忑不安的狂躁中煎熬时,它在一个十二岁孩子的灵魂深处埋下了不满,也埋下了凝固的哀怨,它像一尊蛰伏的怪兽,时而腾跃起来企图撕咬世界,时而又软弱无力而笨拙地瘫倒在地上粗粗地喘息。它留下的是那种近乎原始状态的狭隘的悲愤。

我开始往公路上扔大小石头子。那自然是用来拦路的。如果是现在,我可能就会扔三角铁钉,专门扎汽车轮胎。

不知等了多长时间,天空阴沉了,大片大片的黑云低低地压了过来。下雨了。那天我幸好带了一件父亲给的军用绒衣。本来感觉天气渐热,绒衣已没有用处,准备拿回家的,没想到却用做了雨伞。

我顶着草绿绒衣,冒雨开始沿着公路往自认为是家的方向前进。途中,碰到过几辆过往的车,却没有停。我想,也许别人以为你在走路,就不停了,也许司机还认为你家就在附近呢?想着,想着我也就释然了。

滂沱大雨过后,天空一片蔚蓝。路上出现了一座大桥。天山北麓经常能看见这种从山谷里冲刷而下的季节河。每当天山的雪水融化时,就有奔腾的雪浪裹着沙石,一路狂泻而下,漂流在准噶尔盆地的腹地,被柔软的沙粒和梭梭红柳植被吸收而消失。

这是一座超过百米的大桥。桥下奔流着浑浊的雪水。流量虽然不大，但水势湍急。我灵机一动，决定在这里等待。

汽车会喝水的，我想。我曾经多次见过司机们屁颠屁颠在荒野戈壁找水的情景。

不多时，来了一辆老解放车，它拉了满满一车煤，还挂了一个拖挂，行动起来就像笨拙的老牛，步履蹒跚并且干号着。

我暗暗地喊：停、停、停。

果然，它停了下来，一个维吾尔族司机下车，并提了一个方铁桶来取水。

我迅速迎了上去：叔叔，我帮你打水。就抢过水桶跑下大堤，由于激动过度，我被石块绊住了脚，狠狠地摔了一跤。我被摔得鼻青脸肿，鼻血四溅。可我仍然提了满满一桶水上来。

我的举动征服了维吾尔族司机，他说可以带我到高泉。我知道，高泉有不少店铺，并且是新疆生产建设兵团的一个团场。

高泉下车后，太阳已经西斜。我感到胃里一阵怪叫，饥饿感猛然袭来。是的，我已经整整一天没有吃东西了。我从书包里取出来一个苞谷面烤发糕啃了起来。这是前一天为了出发专门在食堂多买了四块烤发糕，备作干粮。那时出门都是自带干粮的。如果你想买着吃，恐怕也找不到饭馆。

多少年以后，我听过一个著名经济学家的讲座，他说：计划经济，就是短缺经济。我联想到了高泉。高泉虽然有几间小商店和买西瓜的草棚，但却没有一个饭馆。我那时就坐在一块被许多屁股磨得十分光滑的深灰色大鹅卵石上，吃着烤发糕，喝着自带的军用行军壶里的水。我显得十分沮丧。

2002年夏天，我女儿考上大学，我们全家去了一趟伊犁，游玩了西天山美丽的草原那拉提，途中路过高泉时，我居然不认识了，一问才说是高泉。现在的高泉，公路两旁盖满了造型新颖的小饭馆和小商店，外表还装潢了瓷砖，与城市街道两旁的建筑已没有什么区别，唯一缺少的就是喧闹和嘈杂。

吃完干粮，天色渐渐地黑了下来。

回家，就如一个缥缈的梦，想时很近，摸时又异常的遥远。

由于气愤，还由于童孩片面的认知社会的能力，我又开始骂过往的汽车。每过一辆汽车如果不停，我就骂一句脏话，而且尽量不重复骂过的语言。待可骂的话语用完了，就改用方言或者半生不熟的维吾尔语骂，最后全都用完了，再重复最先的语言。现在想来，这是一种愚昧的自暴自弃心态。精神物质的匮乏，竟然造就了我这个年仅十二岁的孩子用一种古怪的颇有些下流的方式回报社会。

由于多年住校，我们一帮来自五湖四海的孩子们，整天混迹在各种方言的围剿之中，真正的方言没学到，却把那些土得掉渣的陕西、陕北、河南、四川、甘肃抑或是东北的骂人话学了不少，以至于可以串联起来骂人。这似乎也变成了二十世纪六七十年代一种新疆独有的地域文化了，只要你走进这类杂居的移民城镇，就能看到这种奇怪的现象。随着普通话的日益推广，今天已经很难见到这种奇特景观了，历史将把它们长久地掩埋。

在我骂到七十一辆车时，停下一辆带拖斗的拖拉机。这是一种据说是从社会主义国家罗马尼亚进口的拖拉机，在当时的兵团农场经常看见。我们十分羡慕能坐这种拖拉机上下班的兵团农工。拖拉机上下来几个叽叽喳喳扛铁锹的中年妇女，下车时，能隐约看见她们浑圆屁股的补疤上沾着许多泥土。

趁拖拉机手去小卖部买烟时，我爬上了拖斗。

一位上海口音的大姐问我：你上哪儿？

我说去古尔图。她说她们去黑水渠农场。

那我在路口下来行吗？我用一种近乎企求地口吻说。

她说：好吧。

在那辆罗马尼亚出产的拖拉机拖斗里，伴着轰鸣的发动机声音，我居然像婴儿一样靠在这位上海女知青的身上睡着了。还是女知青在黑水渠农场路口推醒了我，让我下的车。

荒凉凄冷又黑魆魆的夜，四野里一片死寂。

我在极度的恐惧中开始了独自的行走。我知道这里距离我的家还有二十公里的路程。我的眼泪终于簌簌流了下来。我不知道这是恐惧的眼泪还是哀伤的眼泪,但我知道,在漆黑而幽深的荒野上,我的眼泪和哭声就像无助的小草,得不到丝毫的怜悯和同情。起初,我听到的是自己单调而孤独的脚步声,接着,我又听到了一种来自冥冥天庭的嚓嚓声,再接着,就感到有一个异样的声音在尾随着自己。我的心脏咚咚地狂跳着。但我还是屏住呼吸佯装听不见,继续前行。我真害怕在我转过身体的一瞬间,会出现更加可怖而又求助无援的一幕。

我从小养成了坐车记路的习惯,因此我能摸清哪里拐弯、哪里有深涧、哪里又有沙丘阻挡的细枝末节。最初的恐惧过去之后,我就像一只孤独的黄羊,只知道疯狂不停地向前奔跑。大约行走了数小时之后,我清晰地看到了两座硕大的土堆。于是我靠在一座较大的土堆上休息起来。我感觉恐惧已被远远抛在了脑后。这座硕大的土堆就是我的后盾,我想。

这时,我看见了两样东西。一堆骷髅状骨骼的散乱骨架和一对幽亮的发着绿光的眼睛。我静静地盯着它们,许久许久,没有一点恐惧。我仿佛已与杳无人迹的夜晚融为了一体。我甚至觉得它们是怕我的。后来,那对幽幽的眼睛就消失了。我分析,我的胜利多半来自我背后那两座硕大的土堆。

以后,每每回忆这次独旅,都感觉异常的后怕。亘古荒漠、恶狼、惶悚、陌生感、阴森。似乎那十二岁的我只是别人的装饰物。

多年之后,我偶然在乌鲁木齐南门书店里转悠时,看到一本由王明哲、王炳华先生合著的《乌孙研究》的书,竟然惊愕地发现,书中附图中的第一幅照片,就是我在十二岁那个夜晚神情木然背靠着歇息的那个荒野上熟悉的土堆。我兴奋得几乎跳了起来。那书上说,这座硕大的土堆是古代乌孙民族上层贵族的墓冢,距今已有2100多年历史,在新疆天山以北的古尔图附近。我翻着那本书,眼前掠过一组身穿铠甲的乌孙精兵镇压奴隶劳作的场面。我似乎看见那闪着幽光的冷兵器,在杀戮着一个个体魄健壮的身躯,幻化出一股股令人生畏的寒气。书本上清清楚楚地记载着,这里曾经是尸横遍野的古战场。我倒抽了一口凉气。我为自己有一次沧桑千年的经历而深沉了很久。

天蒙蒙亮时,我终于疲惫不堪地倒在了古尔图部队自家门口。当我的母亲惊异地看见我血肉模糊又脏兮兮的脸的一刹那,她已经是泪流满面了。

成年以后回家，是一种温馨，是一隅感情的寄托，更是一泊停靠港湾的期待。

1982年春天，我父亲转业回到了河北石家庄老家。父亲是解放战争时参加革命的，曾是西北野战军彭德怀司令员的部下，参加过解放西安、兰州的战役，后编为第一野战军第六军，1949年随王震司令员在罗元发军长的带领下，进入北疆的伊犁地区。在清代非常著名的伊犁将军府所在地惠远，我作为军人子弟，在部队的大院里出生并且渐渐长大。我父亲在当兵整整三十四年之后，重又回到了阔别多年的老家。而我就被留在了新疆。

多年来，我一直试图写出一点关于我父亲作为一个个体革命者革命历程或者是生存经历的得与失。但每每问及父亲时，我都觉得我的设想过于幼稚，过于浅薄，过于苍白无力。父亲抑扬顿挫的讲述，常常会蕴涵着精深的哲理，总是一次次击碎我天真烂漫的梦想。

新疆是一个奇异的地方，它荒凉的大漠和美丽的草原是两种极致的美，它莽莽苍苍的昆仑和嵯峨峻拔的天山又是两种极致的美，它夏天的酷热与冬天的奇寒还是两种极致的美。新疆，当我在呱呱坠地的一瞬间，就注定了我的生命将与它发生长久地纠葛，就注定了我将在我的父辈们的第二故乡我的第一故乡繁衍生息。

我有家了。我有妻子和女儿了。我只能留在新疆。我得独立谋生，还得精心呵护和潜心营造自己的小家。

于是回老家于我就成了一种渴求，一种奢望。随着年龄的不断增长，这种渴求与奢望就变得氤氲和具有了象征意味。

1989年冬天，我到山东东营胜利油田参加了一个小说笔会。一帮来自全国各大油田的文学作家们像相识多年的老友一样，不停地交流着由于文学而带给他们的郁闷和烦恼，几乎没有人说到喜悦和欢乐。那天，我从新疆到这个黄河三角洲的全国第二大油田，竟然走了整整八天。当著名作家陈建功先生听说我用这么长时间才赶到时，眼睛怪异地放着光，连连说：辛苦、辛苦哇！

后来，在蒲松龄故居参观时，那张蒲先生曾用过的破旧斑驳的桌子，蓦然勾起了我马上回家的欲望。

于是当天晚上我就从东营赶到了济南，婉言谢绝了文友们邀请一起去泰山极顶远眺的计划，独自买了去石家庄的车票，一路狂奔地回家了。

六十岁的父亲显然比先前老了和行动迟缓了许多，而母亲的头发也开始花白了。早先在新疆时，父亲是威武高大的军官形象，走路时腰板笔挺，双臂甩动有力，现在显然已今非昔比。父亲平静地说，我今年满六十了，已经退居二线了，不用每天忙着骑自行车上班了。父亲还说，近来血压很高，血糖也都很高，需要好好休整一下啦。

母亲虽然清瘦，但身子骨还很硬朗。她曾当过军人家属队多年的队长，带领着几十名家属阿姨下大田、种菜种粮，曾经红极过一时，人称"铁娘子"，并参加过全师毛泽东思想积极分子代表大会。那张她保存多年的大会合影照片，就只有她一位是女性，也只有她一位是不穿军装的"老百姓"。可自从1982年回到老家以后，母亲就再也没工作了。她于是就自作主张地在每年夏季去批发冰棍，然后背着一个木箱子在国道的车站零售冰棍。她的执拗，让一起随父母回家并长大成人的小弟痛苦了很久。我回家探望父母时，母亲已经卖了五年冰棍。当我看到她那堆放在墙角里的木箱，看着她眼角的皱纹和满头的银发，联想到她在过往的中巴车上叫卖的情景，就不禁一阵阵心酸。母亲啊母亲，你是一个老党员啊，你还是一个曾经在古尔班通古特沙漠边缘工作过二十多年的老先进工作者，可是在回老家后，你没了工作，但你却没有任何的埋怨。

你要自立，你还要自己养活自己。呵，这就是我高尚的母亲啊。

我苦口婆心地向母亲讲述了许多反对她继续卖冰棍的想法和道理，母亲默默地听着，并不反驳。我想，她总算默认了。可是，第二年夏天，她依旧不知疲倦地背着木箱出去了。她还用那永远不变的浓郁的河北方言说：可不，我不能没事做。

是的，家就是一个你永远惦念的地方。是你在迷茫、绝望、孤独、懊恼、沮丧或是欢乐、高兴、大喜后最想放松歇息的地方。它不是因为那间房子如何豪华如何宽敞而倾心，它是因为那里有你最最亲的亲人，当然，它还会跟随着亲人的搬迁而搬迁，跟随着亲人的跌宕起伏而起伏。

我在父母身边只待了五天，就准备回我新疆的家。

父亲为了让我顺利回家，在三天前一个漆黑的早晨，悄悄地只身去市里给我排队买回新疆的卧铺车票。他用一个年迈父亲平淡真挚的形象和深藏不露的人格魅力感动与激励着我。我在他那宽厚的胸膛里永远是一个稚嫩的婴儿。虽然我比他高出一大截。他让我感到无比的幸福。多少年来，父亲就一直这样默默地毫无声息地保护着爱抚着我们，从每一点每一滴到每一隅每一角都浸透着他深厚的永远不用回报的真情。

我焦灼地赶到石家庄火车站售票口，我看到我父亲已满头大汗地从长蛇一样队伍里出来了，他一只手正用手帕擦着脸上的汗水，另一只手就捏着那张T69次列车的卧铺车票。

父亲看见我，高兴地说，你跑来干啥？票已经买上了。他看我用埋怨目光看着他，并不回答，知道我是对他独自来买票有意见，就岔开话题说：我来时天还黑着，没什么人排队，一不留神排了这么一大溜，中国人就是多啊。

就是这一年，我攥着父亲买的火车票从乌鲁木齐下火车后，又重温了一次十二岁时走路回家的经历，这倒不是我有意逞强，而是那辆从乌鲁木齐发往我所在城市的班车，到站时已经很晚了，所有换乘的班车最后一班也已停发。那时，我们这座城市还没有出租车。我推算了一下，于是就决定提前在九公里下车。当然，这九公里，并不是我十二岁时那个挡车的九公里。我说过，在新疆叫九公里这个地名的有好几处。我想，走路回家是我的特长，走八九公里路应该没有什么问题。

于是当我扛着大包在深夜两点钟敲开自家的门时，我妻子顿时眼泪就流了出来。她一边哭一边还嘟哝着说，你怎么这么傻这么木呀，住一夜就住一夜嘛，非要走这么远的路，出事了可怎么办?!

妻子很快端出一碗热气腾腾的面条，说：吃吧，饿坏了吧！

我嬉皮笑脸地搂住妻子说：回家的感觉真好！

1996年夏天回石家庄父母家,是让我最难受的一次。那次是我与妻子女儿一起回家的。

这年我女儿小学毕业,我们趁放假回了一趟老家。我们一路上坐飞机到成都乘轮船走三峡(那时还没有建大坝),游南京玩上海过青岛北京,最后才回石家庄,而且当我们打出租车从火车站回到父母家时,天色已蒙蒙黑了。

我几乎惊厥了过去。

房子没有开灯,模模糊糊中,我看见我母亲扶着一个蹒跚的老头,颤颤巍巍地向我们走来。这老人面部表情似笑非笑,嘴里说着吱吱呜呜的语言,我一句也听不懂。

这人就是我的父亲。

我母亲眼泪汪汪地告诉我:你爸爸半年前突然得了脑血栓,从二楼楼梯上摔了下去,差一点没有抢救过来……住了几个月院,这才刚出院不久。

我被这突如其来的事态弄懵了。我的父亲得了大病,我这个当长子的却丝毫不知。

母亲说,你爸不叫我告诉你们,怕影响你们工作,耽误你们上班。新疆那么远,回来一趟不容易。

我仔细地打量着病后的父亲。他的确比过去老多了,虽然头发并没有花白,但一眼就看出是个病人,尤其那木然的神情与喝醉酒一样失语的状态,还有那一厘米一厘米艰难的挪步。即便是这种艰难的挪步,也要有人牵引着搀扶着,不然就没法行动。

我上前扶着父亲,企图让他坐下休息。可父亲坚决不肯,他执意让我搀扶他继续在房间里行走。嘴里还不住地说着我听不懂的话。

母亲说,你爸说要多活动,争取早日恢复,不然就是等死。

死是我们常人最忌讳说出的字。在这样一个特殊的时刻,我母亲说出这样的话,那肯定不是戏说。那是因为我父亲与我母亲已经经历过这样一次死一般的洗礼。他们觉得死其实是很容易的事,但他们同时又知道,当你经历过之后,死其实又是一件不像常人想象的那么可怕的事。

接下来的几天,我开始慢慢地适应回家后的新感觉和新气息。

我觉得我的家，准确说是我父母的家，缺乏一种勃勃向上的气息，这气息来自于我这个不孝之子，来自于我这个自私自利的后代。我作为长子，我没有尽到责任，我更无颜面对年迈的父母。

这一刻，我忽然觉得我不能失去这个家。当今社会已非昔日了，只要有一双手，只要有一个智慧的大脑，只要有真诚和勤奋，还有什么事不能做呢？难道我就不能换一种生活或生存方式来照顾一下年迈的父母，照顾一下这个因我而欠账太多的温馨的家吗？！

割舍其实是很痛苦的事。从那一天开始，我就经常陷入这种割舍的矛盾之中。我异常地痛苦，但我的痛苦又是那样软弱无力。

父亲已经不能自理了。他的起居、穿衣、吃饭、喝水、解手、行走、一切的一切都需要人照顾。我母亲已变成了他的一切。母亲是父亲的手，是父亲的车，是父亲的耳朵，是父亲的眼睛。

有时我看着母亲搀扶父亲在楼梯上一脚一脚地挪步，感觉母亲那弱小的身躯，有一种似乎很难支撑下去也很难扛起这沉甸甸的家的心痛。

我的眼睛模糊了。妻子更是每日以泪洗面。妻子不停地为父母做这做那，无论做饭、洗衣、买菜、擦地全包了。妻子的新疆拉面、大盘鸡、酸菜鱼做得奇好。父亲母亲赞叹的表情可以看出是从内心深处发出的。早先父母就喜欢吃拉面，这与他们在新疆几十年有关。母亲总是和不好面，总也拉不出合适的粗细，每次吃饭吃得总是不舒服，于是就不再做拉面了。离开新疆这么多年，每每想吃拉面，也只是在电话里说说。于是，每次回家妻子的首要任务就是要展示一下她的拉面水平。

父亲其实什么都明白，他的思维非常清晰。虽然说话与表情都有些滞后，但并不影响他向我们表达他的意愿。他说，你们回新疆吧，我没有问题，慢慢就会恢复正常，医生说了，我这病再活二十年没有问题。他说着，就古怪地笑了起来。在这古怪的氛围中，我听出了先前那熟悉的爽朗的笑。

2002年女儿考上了北京的一所大学。我们又一起回家了。

送女儿，回家，两全其美。

父亲几乎完全变了一个人。

说话虽不是字正腔圆，但已吐字十分清晰，快慢适中；走路虽不是威武勇猛，但依然能看出早年军人的遗韵。母亲高兴地说，你爸爸两年前就能骑着三轮车，满街到处乱跑，甚至家里装修房子，拉东西，搬家具，他都能帮着干了。现在的三轮车，是你小弟刚买的，前些年骑的那辆已经骑坏了。

我又一次仔细端详起父亲。我发现父亲的精神果然很抖擞，满面红光，比六年前简直不知要好多少倍。我为父亲的毅力和耐力折服了，同时也被母亲的坚韧所倾倒了。

妻子在一边打趣说，爸都七十多岁的人了，看起来比你都年轻，脸上没有皱纹，你看你，眼角皱纹一层套一层，又老气横秋的像个小老头。

女儿也凑过来用手指摸着我的眼角皱纹，说：爸，你真的老了，赶快去做美容吧！

这个长假，我滞留在上海一所大学的阶梯教室里，想起了回家。

家是什么地方？家是你家人走到哪里，哪里就蓬荜生辉，哪里就充满悠悠深情、充满活力的地方。

我想，我还有两个心愿抑或叫两个遗憾要弥补。一是估摸着在下一个春节，与妻子女儿一起回家和父母过团圆年；二是争取近年接父亲、母亲回新疆一趟，让他们感受一下曾经生活过地方的变化，感受一下新疆的家。

补记：四年多前（2007年6月），我写完这篇文章，还没有将它寄出，我父亲突然于2007年12月11日去世。我悲痛无比。我的人生大墙崩溃了。我的两个心愿抑或两个遗憾变成了永远的遗憾。在此我补记几句，以告慰父亲在天之灵。因为工作，我没能回河北石家庄老家见父亲最后一面。这是我这个不孝之子的最大遗憾。

陪母亲逛街

父亲去世后，母亲就一个人过。虽然小弟与她在一个城市里，但小弟也有自己的家，自己的孩子，关键是小弟得了一种很难治愈的病——股骨头坏死。电视里经常播这种病的恐怖镜头广告，一看到那些大腿扭曲的病痛者，我就会想到小弟。小弟其实连自己都照顾不了，更别说母亲了。

于是七十四岁的老母亲就成了我的心病。我时常会琢磨怎么孝敬清寂的母亲。说起来我与母亲相距三千多公里，真想孝敬她老人家，其实只是一句虚伪的空话。我什么忙也帮不上。我这个五十多岁的儿子，从小到大就没有真正帮过家里什么忙。从七岁开始住校，一直到高中毕业，下农场接受再教育，被招工，我一直远离着父母，颇像一只离巢的小鸟，自由而散漫。帮父母尽一个长子的义务，对我来说就是天方夜谭。这也是我几十年来自责内疚的根源。

我在西部邈远的准噶尔盆地沙漠地带，而母亲在华北平原的老家。我觉得母亲就像一个踽踽的孤行者，蹒跚而落寞。

前段时间，我得到一个去内地出差的机会，而且就在母亲家附近。我打算把母亲接到我身边尽一下儿子的义务。然而，母亲说什么也不肯跟我走。她说，她一个七十多岁的老太太，还到处跑啥哩。我能回来陪她两天，她就十分满足了。小弟和弟媳也说，母亲只要说定的事，谁说也没有用，她可有主意了。

争执的结果是，我妥协。当然母亲也很给我面子，她让我陪她逛一趟街。

也好，五十岁了，我居然没有真正与母亲逛过一次街，至少成人以后是这样。街坊邻居看到我与母亲一起走，就觉得蹊跷。母亲就说，这是我大儿子，从新疆回来看我啦。母亲边说边快步走着，声音很大，神情很自豪。别人于是就投来羡慕的眼光。

说是逛街，其实就是在县城（已撤县改市）的街上走走。母亲其实天天都在街上游走，或买菜，或锻炼，几十年如一日，她逛什么呢？说是我陪母亲逛，其实就是母亲陪我逛街。中国县城的街道，大体都一样。小商铺，小门面房，一个挨一个，既显得很繁茂，又显得杂乱无章。我其实也没有心思闲逛的。

我想，还是给母亲买件衣服，几十年了，我居然没有真正给母亲买过衣服，总是妻子操心这事，她甚至知道母亲穿衣的尺码。这次出差，妻子还专门交代，要我给母亲买衣服。

走了几家服装店，几乎是清一色的年轻人服装。那种露胳膊掏洞的奇异服饰，再配上咚咚作响的疯狂音乐，让人心烦。老母亲便拽我出来，说，这里嘛也没有，我什么也不缺，不买！

于是，就走到了新华书店。我对全国统一标志的新华书店有一种特殊感情。几十年来，只要看到它，我就会毫不犹豫地走进去。于是，我不由自主地走了进去，待进门刚走了两步，蓦地想起了什么，就不好意思地退了出来。我知道，母亲是文盲，不识字，没有上过学。战争时期的农村女孩，不可能上学。虽然新中国成立后，母亲在村里担任过妇女主任，但很快她就嫁给了在新疆当兵的父亲，并跟随父亲在天山北麓的野战部队一待就是二十多年，并生下我们兄弟三人。她是没有机会念书识字的。

我退出的举动被母亲制止了，并用手把我推进了门。母亲说，进去进去，你从小就爱买书，我今天陪你看看书。

如今的县城书店还真不小，几层高的大楼，各类书籍应有尽有。人头攒动，热闹非凡。

走进书店，我就再也没有时间概念了。我将老母亲抛到了脑后。

书店书挺多，尤其是十几年前的老书还能偶尔见到，而且那时的书价格便宜。我就翻找阅读起来。老兄长周政保的论著《非虚构叙述形态》，一直没有买到，自从他调入北京，就再也没见过。但他那犀利文笔依旧让我警醒和受益。早几年出版的纳博科夫的《洛丽塔》，一直想买，却总也碰不上，如今也有幸被收入怀抱了。

正集中精力地阅读张承志的新书《聋子的耳朵》，却忽然有人夺我夹在腋下的书籍。回头一看，竟是母亲。母亲说，我给你拿书，你慢慢看。

我不好意思了。母亲居然一直跟着我，她一个不识字的老太太，就这么一言不发地在儿子背后默默地看他翻书，在偌大的大厅里显得奇怪而滑稽。我感动了，说：妈，你先出去转一转，我一会儿就完。

母亲说，不碍事……你买书我来拿。说着，就拿去了我挑中的书，而且在离开我数米远的地方站下。

拗不过母亲，我只好随她。

从小母亲就支持我读书，记得"文革"期间，书籍很少。我常常会从母亲给我的生活费中挤出一点经费，购买喜爱的书。诸如《海岛女民兵》、《虹南作战史》、《雁鸣湖畔》等等，都给我留下深刻记忆。有一套橘红色的《十万个为什么》还是母亲陪我买的。当时一套数十本，比较贵，我因挤不出钱来，就只有求助母亲了。母亲很宽厚地说，走，我帮你去买。其实那时家里只有父亲一人挣工资，一家五口，我常年在外上学，吃喝拉撒睡，支出最大，父母还要时常给老家爷爷奶奶姥姥们寄钱，费用很紧张的。

一晃四十年过去了，我的两鬓已夹杂有不少稀疏的白发，而母亲已彻底蜕变为白发苍苍的老太太了。可我们一起逛书店的举止，宛如从前。

我不再顾及母亲。母亲是我的母亲，虽然她不识字，虽然她年纪大，但她乐意在书店里陪我。即便这样想，我心里还是有一股淡淡的酸涩。

我似乎没法再静谧地选书了。读一会儿书，我就会斜着目光看一眼母亲。我发现，母亲站在书架的另一头，双手抱着我选的书籍满头银发显得孤独无援，也显得异常清瘦苍老，脸上的皱褶浓密而清晰，神情里有一种凄楚的倦怠。

我的眼眶湿润了，浑浊的液体瞬间模糊了视线。

母亲看到我在观察她,就诚惶诚恐地走过来,又要帮我拿书。我于是又交给她两本。难道还有什么比母亲陪自己逛书店更幸福的事吗?!

然而,令我惊讶令我激动的一幕发生了。

母亲竟然给我选了一本《王蒙——我的人生笔记》。母亲说,我看你买过这个人的书,总说写得好,对不对呀?!

它果然是王蒙的一本新书,时代文艺出版社的最新版本。

我愕然地望着母亲,说:妈,你认识这书上的字吗?

母亲回答:"王"字知道,其他就看照片,这个人照片在你过去买的书里见过,上次回家你就买过他的书。

哦,这就是我的母亲。她居然默默地观察和铭记着儿子的一切。她甚至记得儿子几年前买书的点点滴滴。——她一个大字不识的老太太。她那潜藏在心底的东西一定是深邃的、博大的和意味深长的。平常它可能凸现的并不明显,但它肯定蛰伏在心尖的敏感处,闪着拙朴的光,流着绚丽的彩。

记得上次回家,我确实买过王蒙的《虚掩的土屋小院》。当时我就看到母亲坐在窗边,摩挲着翻阅了很久,可我并没有在意。我想,母亲只是好奇随便翻翻,没想到,她竟然摄像般存储下了那些斑驳的图片。

够了,已经足够了。我为有这样一个母亲而自豪。她让我这个五十岁的儿子感受到了幸福。虽然这幸福有点凄婉,有点哀怨。

走出书店,天已经黑透了。母亲怀抱着我购的新书,显得不堪重负,脊背也变得弯曲了许多,仿佛是书压弯了她羸弱的身躯。

我企图夺过那些书,母亲执意不肯。

暮色深沉,我隐约看见母亲的银发在夜灯下闪着莹莹的光泽。

我的恍惚的农场光阴

短命队长

满十七岁,我高中毕业了。我们是"文革"后期"复课闹革命"的第一批高中生。我对未来的生活与斗争充满了朦胧的期待,希冀到阶级斗争的大风大浪里锻炼和考验自己。那时我十分崇拜英雄,是英雄的脚步引领着我的生命旅程。在我逼仄的视野里,英雄像婆罗克努山(天山支脉)一样巍峨,像苍鹰一样高翔在蓝天。我记得英雄的名字和事迹。欧阳海、王杰、金训华、杜洪亮和张德新———一个本校比我低一级的学毛著积极分子。他潜心学习的笔记就记满九本,我很仰慕他。张德新不认识我,我认识他。他的事迹常常被工宣队列举。他是我身边的英雄。三十年后我居然与张德新同在上海财大研究生院短训了三个月,我挺失望,不仅没找到曾经的熠亮,那絮絮叨叨也让我对英雄另眼审视。

初秋的天山北坡弥漫着一层轻薄如纱的霭气,青山迤逦,繁茂的枝叶影影绰绰地爬满露珠。这是一个极为罕见的日子。许多个世纪来,干渴的古尔班通古特沙漠不停地用燥热侵袭着温润的天山,以至于天山北坡缓地极少会出现这种奇特景观。我记住了这个奇异的日子。

一九七五年九月二十三日。我们二十九个知青带着行李和洗漱用具挤上一辆解放牌卡车,向正北的沙漠进发了。陌生的戈壁、荒野、沙丘、虬髯一样古怪的梭梭、红柳,似一组可怖的鬼魅镜头冲击着我的心灵,使我战栗,渺小，孤独无助。天黑了，我们终于被卸到一个土坯大食堂门口。期待很久之后，有人拿着钥匙来分配房间。男生两个屋，七八个人上下铺。女生全部住一间土坯垒砌的大屋，中间有两根木桩支撑着，屋顶很低，被熏黑的芦苇把横叠着延伸了很远，有一些蜘蛛网类的东西挂在墙角和低凹处。因为个子高，我伸手就能摸到屋顶的苇把子。

这一天，我在日记中写下到：今天我踏上了新的征途。我要把自己炼成永不生锈的能为无产阶级的理想——实现共产主义而英勇奋斗的钢铁战士！今天是我走向人生的第一步，应该走好这一步。

那是一本漫溢着稚嫩气息的日记，它镌刻着那个时代的鲜明烙印。显然我带有未涉世青年的天真和文革的浮夸。我学会了不少概念混沌的大话和空话。但我认为我正接近着理想。

那时候我正走火入魔地学着绘画，我为自己描绘着前程似锦的画家未来。我喜欢的画家是陈玉先、董辰生和范曾。他们常常在报刊上露面。《解放军报》、《解放军文艺》常有陈玉先、董辰生的插图和速写，一种活页宣传连环画有范曾的"批林批孔"线描画。我临摹范曾的一组法家人物白描，如商鞅、王充和揭竿而起的柳下跖可以乱真。同学们说，这个家伙画得就是像。"家伙"在这里是褒义词。

我们接受再教育的农场是新农场，叫农业二队，离我们一百多公里的另一个农场是老农场，叫农业一队。队长黄义质，副队长杨继智。一个是江苏人，一个是山东人。他们都是脸色黝黑，手掌老茧很厚，风尘仆仆，忙忙碌碌的基层干部，他们常常在暴晒的阳光下带领大家翻地，浇水，拉粪，搅拌房泥。黄义质矮小，杨继智高大。黄义质的门牙外凸，仿佛永远关不住嘴唇，门牙龇着。杨继智具体管我们知青，但他并不怎么负责，开会也不怎么说话，说话时喉音很重，与他精瘦的外表很不谐调。黄义质重点抓全面和管理种地的家属们。那些唧唧喳喳的家属娘们，都是职工老婆，但不是正式职工，就成立了家属农业队。农业二队的主力就是一百多位家属阿姨。

一天晚上，全部知青被集中在女生宿舍选举。女生宿舍大，而且是大通铺，还有一块现成的黑板。黄队长先组织学习了邓小平主持召开的《农村工作座谈会》精神，那个会议提出了整顿问题。黄说，农业要整顿，工业要整顿，文艺政策要调整，调整也是整顿。然后就说选举知青队长。黄强调，虽然有杨队长负责管理你们，但还必须有你们自己的负责人，这个负责人要负责你们的日常起居。你们是一支有高文化的队伍（那时高中生很少，周边农场都是初中毕业生），你们一定能自己管理自己。我有些不解，想，我们是来接受贫下中农再教育的，怎么变成了自己与自己较劲呢？但我没有说。

黄队长让知青推举候选人。开始大家都很沉默，黄队长急了，说：你们都在一起几年了，很了解，怎么不发言。还犹豫着，有人率先提了我，于是附和的声音此起彼伏，当然也有推荐另外两人的。黄队长高兴了，龇着牙说，投票开始。选举的结果没有悬念，我高票当选。当时，我没有一点思想准备，就极力推辞。我是真心推辞，没有一点想当队长的意思。那时我心中只有绘画，我的目标是色彩斑斓的高远的画家之梦。我骨子里很蔑视那个知青队长。

黄队长笑眯眯地当众宣布结果。昏暗的白炽灯下，他的门牙异常突出和白皙。黄说，我们已经了解过了，赵同志在学校是班干部，长期担任团支部委员，学习委员，学习成绩好，人也本分，群众威信高，你们的选举与我们的研究非常一致，厂党委很快就下发任命文件，任命小赵同志为知青队长。说完，黄让我讲话，我推辞着，心脏突突快跳，不知该说什么。推不掉时，我只得说，服从组织安排。

黄队长笑着说，哈哈，我很欣赏一个中央领导说的"摸屁股"理论。希望小赵队长也大胆管理，大胆摸老虎屁股。中央领导说得好啊：六十岁的老虎屁股和二十岁的老虎屁股都要摸。我很蹊跷和惊讶，黄队长居然把中央领导的理论运用得如此精到。

说心里话，我不愿意当队长的另一个想法是，感觉压力太大。我们这帮同学大多娇生惯养，调皮捣蛋，由于家庭背景较好（全是干部子女），真正能干农田苦力活的为数不多。

当天夜里我分析了知青现状，就划分了两个班组，分别安排了班长副班长。我像一个土著头领，开始了在草屋里筹划劳动进度的蹩脚计划。黄队长又单独给我说，小赵你要敢于摸老虎屁股，由我做你的后盾，你就放心。我心里很甜润。我把知青梳理了一遍，认为有三人是老虎——当然是纸老虎。他们睡懒觉，不愿出工，平时欺负老实同学（知青），比如总让个头矮小的高小强打饭、倒洗脚水等等。我下决心要摸一摸这些老虎屁股，让他们好好接受改造。

可我还没有开始"摸屁股"呢，却被借调走了，黄队长很恼火，但他也没有办法。一天，刚吃完早饭，一个戴眼镜的干部在黄队长的陪同下，来到我们宿舍，让我到厂政工组报到。我求救般地看着黄队长，黄队长很无奈地说，厂机关让帮忙，就去吧，过两天就回来。

我充满信心的知青队长整顿计划只好搁浅了。

新任务是参加一个忆苦思甜展览的筹备。我惊讶于上级对我的摸底程度，也忐忑不安地对自己的工作能力怀疑。但我暗下了决心，我要竭尽全力。

跟一位跛腿蒋主任乘坐老式吉普车，一路颠簸到了一个叫705的工地。那是这个厂的一个基层单位，因事迹突出，要在工地做忆苦思甜展览开现场会。蒋主任把我交给一个正伏在展板写魏碑毛笔字的人，介绍说，他是小程，工程的程，你就跟他。我怯惧地点头，看着小程。小程面部没有表情，比较严肃，约摸二十七八岁。他并不说话，只是交给我一堆广告色、排笔、毛笔、排刷和一个调色板，然后又给我一张有沾满花花绿绿广告色的宣传画，说：你把它画在展板上。说完又自顾自地写展板上的魏碑了，不再理我。他的字写得很不错，工整拙朴，方圆疾缓适中，是那种标准的展览魏碑。

我的头懵了，嗡嗡直响。那是两块高两米四、宽一米六的大展板，是一幅多大的宣传画啊?! 我一个刚出校门的中学生，从未见这种阵势，更别说画这么大的画了。我愣怔着好一会儿，觉得有一种窒息感令我惊悚。同在一室还有一位戴眼镜的中年人，他在用铅笔尺子打小方格，忙自己的，并不看我。

忽然，我心内升起了火苗。哼，他们肯定是想考验我，也肯定是在将我的军。火苗开始燃烧了，那是一个十七岁少年的酷烈火苗。

我走到小程身边说：小程，给我一支铅笔吧，我需要打底稿。

蹊跷地是小程并没有抬头，似乎愣了一下，然后就仍然埋头写展版文字。

我不知所措了，尴尬地定在那里。

那位戴眼镜者走了过来，递给我一支铅笔，悄悄说：你不好叫小程的，你应该叫程师傅，你以后就是他的徒弟。

我倏地脸红了，啊，原来这样，我太不懂事了。这时，我才明白学校与社会是不同的。别人可以叫小程，因为别人都比小程年纪大，我叫就不行。我无地自容了，脸发烧得厉害。那即将燃烧的酷烈火苗迅速被淋灭了，如泄了气的皮球。

我知道错了。

我垂头丧气地走回展板前。我有些腕弱笔疲，意违势屈。拿着铅笔，我的手瑟瑟颤抖，很久都不能平复。没法，我只得琢磨怎么把那张小宣传画变到大展板上。许久许久我才稍稍定过神来。那是一张工农兵一同手指几个渺小变型人物的彩色宣传画，红黑色块居多，人物形象高大英武，气魄刚劲有力，而变形小人物则干瘪，卑琐，肮脏，污浊不堪。我喜欢这张画，但知道我的功力不够。我胆怯地看了看小程——程师傅。

程师傅大约用眼角余光看了看我，然后走过来说：你把这三个工农兵都改成穿工作服的工人，颜色要鲜艳一些。下面再写一行美术字——阶级斗争一抓就灵。现在有人要搞复辟，你不知道吗？

我认真地听着，不敢再三心二意。程师傅说一口四川普通话，就是四川话不浓，普通话也不标准的那种口音。谁要搞复辟？我很惊讶。我不懂，但我不敢问。我想，大约是工厂有人要复辟。"复辟"就是让我们回到解放前，吃糠咽菜，我也不答应。我又想，工农兵代表广大正义人民，跳梁小丑代表企图复辟者。

咬咬牙，我开始在展板上打起了底稿。我两天两夜没合眼，在偌大的画屋里，只有灼亮的白炽灯伴随着我，我显得孤独无援。有时那个戴眼镜的师傅（后来我才知道他姓李，是"文革"前的大学生）过来看我画，给我鼓励和信心。第三天，我完成了那幅硕大的宣传画。几乎所有人都说，不错，画得不错，这个小伙子不错，但，只有程师傅没说话，他不评价。

我其实很想让他说话，哪怕只是一丁点儿评价。我知道，只有他一个人是懂画的"专家"。如今，我依旧能回忆起那幅画的幼稚样子，线条破败，色彩晦暗，人物形象丑陋不堪。

应该说，我的第一次攀登是有效的。没有评价的程师傅把那张画安排在了展览的最醒目处，然后又给我部署了新任务。我开始进入一种无师自通又自我摸索的新境界。我在迟疑、怯懦、审慎中不停地攀援着一个又一个绘画山峰。

二〇〇八年十月，在离开这个我人生起步的单位二十三年之后，作为嘉宾被邀请参加庆典活动。当年的程师傅变魔法一样端着酒杯出现在我眼前，话语很多也很杂乱无章。他刚退休，已办完手续，为了这次厂庆，他被特别留用，负责宣传推介工作。我们举杯对喝，都有些醉眼蒙眬。我看出他的眼眶积满了湿润的液体，仿佛一碰就要溢出来。他老了，顶秃了，皱褶密集地散落在脸上，像一个陌生的老人。他说，你是从我身边走出去的最有出息的人，当年我就看出来了，如今你衣锦还乡，很风光，我经常拿你教育年轻人。他还是那种古怪的四川普通话。

我有些受宠若惊，感动地说，当年没有你手把手的指点和提携，没有那些昼夜苦熬就没有今天呵。于是，我们不停地碰杯，碰得杯子砰砰乱叫。后来，程师傅还说了什么？我就想不起来了。总之，他变成了一个话多的人。

七〇五工地的忆苦思甜展览结束后，我回到了知青队。

黄队长告诉我，你走的这段时间，知青队散漫，疲沓，懈怠，如没人管的马群放荡不羁。他们酗酒、抽烟与不三不四的人来往，还偷鸡摸狗，煮着吃，也不好好干活。杨继智调到山东去了，只能靠你一人抓了，你要好好摸一摸这些老虎屁股，摸屁股是你的职责。有一个叫贺四眼的，最爱闹事，动不动就提要求，你要重点摸他的屁股。我听着，感觉很委屈，似乎有被侮辱的意味，好像厂部抽我是我的错。

盖房子开始了。我们去农田附近盖房子。我们与家属阿姨们每天坐拖拉机上工地。在一块较为平坦的场地上，要盖两幢能做宿舍及办公室的房子。家属阿姨们很能干，她们会和泥，打土块，会使用坎土曼，会当泥瓦工，还会挑双桶上房泥。我对家属妇女们崇拜得五体投地。与她们一同干活谐趣无限。她们时常会与男工们开玩笑，也不避讳我们小知青。一次，一位男工玩笑开过头了，就被五六个家属弄倒后拽住胳膊腿抛起来玩"蹾屁股"游戏，蹾够了，就撂到了泥巴糊里，搞得那男工很狼狈。

上房梁是盖房子中最耗体力的活。那房梁不是普通的圆木房梁，而是钢筋水泥浇筑的水泥檩条，每根檩条约有二百公斤重。两幢土坯房的墙砌完成后，就是上檩条。我们被分割成两个小组，分别从房屋的两头干起。人站在墙体上，一根接一根用绳子拴住檩条后，一点一点地向上拽，几个人齐心协力，使出很大的力气才能将水泥檩条拖到墙顶，然后再一点一点移放到事先预留的檩条槽内。

我们知青都是第一次见盖房子，哪里见过这阵势，都有些惶恐不安，阵脚错乱。其中有三个男知青始终没敢上山墙，说是头晕想吐或双腿无力。

的确，这些知青平时在家娇生惯养，根本吃不了那种苦。第一天上檩条，我带一组六位知青使出了吃奶力气，呼哧呼哧地大汗淋漓，一上午才上了六根檩条。午饭时，大家都闷头吃，没有一个人说话。

不过我实现了我作为一名知青队长的承诺，我时时处处冲锋在前，承担了最累最危险也最耗体力的活。虽然我是知青队年龄最小的，但我知道我必须人模狗样地像领军人物一样全力以赴。

把檩条从地面一点一点拽到墙体上，是体力与胆识的测量和较量，因墙体很窄，只能一边两人一组提拽檩条。而那二百公斤重的水泥檩条，死沉死沉的，只能一点一点往上拽。也因两人一头操作不便，劲使不到一块，刚开始时我们频繁出事故，甚至把水泥檩条摔断到地面上，摔成了数截。黄义质气呼呼地大声训斥着，发了火，嗓子喊得像公鸡打鸣一般。如果连人带檩条都从墙上掉下来，那危险就更大啦。

其实，檩条从地面拽到墙上还不是最危险的活，因为上拽的过程一头有两人共四人操作，而从墙体上抬运到每个预先留下的檩条洞里，才是最危险的工作，因为只能一头一人操作。没有臂力，没有勇气，没有胆量，是没有人敢冒险的。

活终于摆到了那里，檩条静静地躺着，如一堆沉重而令人恐惧的炸弹。短暂的静谧中，隐匿着残忍，逃逸，哀怨，懦弱，也隐匿着穿越，英武，意志，骁勇。一瞬间，我狂吼一声跳了起来，说，来，谁来和我一起干，谁来，谁就是我大哥！（这是什么样的带队伍方法！其实我已经黔驴技穷了。）贺四眼忽然站了出来。如一只猛虎，剽悍而狂放。他往手上吐了口唾沫，说：我来，我就不信，我斗不了它。我感动了，心存感激地望着他，为这只老虎的慷慨和仗义，也为这震撼人心的一幕。

于是我和贺四眼两人一头一个站在了山墙顶上，如两只展翅的雄鹰。我们勇敢地扛起了这个既繁重又危险的力气活。那是一件得有膂力又要小心翼翼搬运的力气活。二百公斤重的水泥檩条四人抬都很困难，现在仅两人在墙头操作，难度就可想而知了。我和四眼变成了两个人的竞技表演。

黄队长看得热泪盈眶。

我实现了自己勇于争先的诺言。我也实现了吃苦在前，享受在后，勇于肩挑重担的责任。在和平的枪林弹雨的战斗中，我成长了，我的心底通透而明亮。

贺四眼成了我哥。他的老虎屁股被我拿下了。他大我两岁，成了我知青抑或以后岁月中无话不说的知己。新农场的半年，他对我支持最大。有时我为了压住另外两只老虎的嚣张气焰，时常会采取打击贺四眼的办法来抑制他们。我甚至专门用上勾拳去打击贺四眼的脸，因为我胳膊长，我总能占上风。我占上风的一切就被另外两只老虎看到了。我其实是做给那两只老虎看的。这果然很见效，另外两只老虎也开始敬畏我了。我用这种方法摸了三只老虎的屁股。多年过去，我依然会怀恋那充满幼稚、纯真，充满爱憎的集体生活。

上水泥檩条之后，我的威信大增。那威信是我用一个男子汉的力量和尊严证实与威慑出来的。那些老虎屁股我摸过了。我认为是纸老虎。在这之前我的威信是有的，但我明白，它仅仅来自我优秀的学习成绩和绘画能力。但是站在那个山墙之巅，我看到了曾经小瞧我的"老虎"们愕然复杂的目光。我亢奋和自恋了很久。

二〇〇八年九月，从台湾高雄参加完一个文艺交流活动，回大陆在深圳小住一日，我给在深圳拼打多年的贺四眼打了电话。他兴奋地请我去一个海边村寨吃海鲜。那海鲜大宴既鲜嫩又便宜，让我这个久居沙漠戈壁的土包子，着实开了一次"海荤"。二十世纪九十年代贺四眼就心急如焚地去深圳闯荡了，如今有华贵的房子和风格另类的越野车。交谈中，我依稀还能分辨出当年的老虎气味。我说，你小子什么也没变。他说，老了，头发都没了。

干完上檩条、装苇把、上房泥、抹房顶等一系列工序，冬天就来了。乌拉尔山刮过的冷风呼呼地吹黄了不再泛绿的大地，沙土裹着细碎的石子拍打、吞噬着孤寂的知青点，让人情绪缭乱和浮躁。

我又一次被厂里调去搞一个反击"右倾翻案风"新展览。我没有一点快乐，只有缭乱和沮丧。知青队刚刚有起色，却又要群龙无首了。它似乎也在扼杀我日益膨胀的当官欲望。主管知青队的黄队长忽然被换成一个姓冷的负责人，他天天组织知青反击"右倾翻案风"——那是一场关系到国家生死存亡的斗争，是无产阶级文化大革命的继续和深入。

临行前，贺四眼在宿舍里为我摆了酒肉。他弄来两瓶五五大曲。那是一种当时很有知名度的新疆烈性白酒。

我作了一首狂妄的歪诗，其中有一句至今令我后怕。那歪诗说：到那时，看两杰，脚踩汗山九空炸，响彻云天。所谓两杰是指我和贺四眼。汗山就是我们背后的成吉思汗山。

冷风不住的侵袭着我们，刺骨透寒。我们裹上了皮帽子和膻味浓烈的老羊皮袄。一天我正低头走路，忽然有人拽住了我的大衣，回头一看竟是黄义质队长。数日不见，他竟然消瘦了一圈。黄队长沮丧而伤感地说：你走后，知青队就一盘散沙了……有人批判我宣扬"摸老虎屁股"理论，说我是搞"翻案"搞"复辟"的邓某某的孝子贤孙。黄义质说着，还不由自主地看看四周，样子很猥琐，然后叹口气，走了。我发现他的门牙显得更龇也更凸了。

倒抽了一口凉气，懵懂中，我想，阶级斗争就是复杂，我真该在大风大浪里锻炼。那天夜里我在日记中写道：革命是非常不易的。我应该拿出一个革命者的气魄，不怕风吹雨打，勇敢地在阶级斗争的风口浪尖上锻炼……我要向阶级斗争的烈火中勇猛地冲去！

在那页纸的右下角，我还画了插图——一个昂头迎风奔跑的青年。那青年的头发被风吹得变了形——那青年就是我。

时间不长，一个重大决定就来了——新农场知青队解散，二十九名知青全部安插到一百公里外的老农场。那是一个有二百多名知青的大农场，那里才是广阔天地。我短命的"摸屁股"知青队长生涯到此结束。

至今，我仍然不知道我的档案袋里有没有任命我的文件。

圆月之夜，我被捉住了

我在老农场的再教育生活悠闲而自在。由于和厂政工组的特殊关系，我似乎变成了农场场部的工作人员。没有下过大田，没有种过菜，也没有夜里伴着蚊虫叮咬浇地（那时用漫灌的方法浇地），只是在收麦子、收冬白菜时，才与场部干部和知青们一起去夏收秋收。平时我很安逸，我的真实身份是：卖菜的。二百多人的知青队伍，只有我一人很特别，很吃香。那时我穿一件四口袋绿军装上衣，勤勤恳恳地在菜棚里晃动，没少让知青们羡慕和妒忌。

我灵魂深处有点沾沾自喜。

老农场离厂部较远，在古尔班通古特沙漠边缘地带，菜地、玉米地、麦子地与沙丘时常交错着，起伏着，干活干累了的人们，常常会往沙丘的细沙堆上一躺，放松筋骨，有一种幸福而宁馨的感觉。如若再往东往南走，就都是浩渺的沙漠了。

我的特殊待遇，许多年后总有知青们聚会提及，口吻依然是羡慕和妒忌。女知青说，就你一个人没有被太阳晒过。男知青说，你小子在老农场没吃过苦。我知道，没有把我分到各知青班的真实原因，是我没准什么时间会被上级调去搞临时性展览。

我没有流露出沾沾自喜的浅薄，但我的心里很傲慢，有点小人得志的样子。不过，那时我确实很刻苦，很有坚忍不拔的毅力，虽然我的工作显得超脱闲逸，但我不自满。没了新农场知青队长和团支部书记的职位，无官一身轻，我的绘画水平也飞跃了。在老农场的七个月当中，我的身影时常在农场与厂部之间交替变幻着，它使我的再教育生活像栖息在美丽小岛上一样，迥异而慵懒。

跟随一位叫曹培恒的农场领导——农业一队副队长卖菜，是我的工作。

这个曹培恒是湖南人，口音难懂，脸膛黑红，约摸四十五六岁的样子，很能吃苦，也极其敬业。他一手拿一杆大秤，另一手拿一根粗木杠，让我拿称菜的大筐。在我知道该怎么做之后，我会主动拿过他手中的木杠，紧跟在他身后走。

清晨，我们行走在菜地和西瓜地的田埂上，两个黑色的剪影显得古怪而滑稽——曹队长在前，矮小敦实，我在后，细长干瘦，颇像某个童话里的一对人物。踏着曹队长的脚印走，我的腿会迈不开，伸展得不舒服，有点像样板戏中杨子荣的小碎步，让我着实着急。偶尔，我还会踩上曹队长的条绒布鞋，鞋子掉了，他就穿袜子走几步，袜子上有洞，土和沙子进去了，他也不计较，拿回鞋子边走边穿，也不回头看我。我不好意思了，就拉开一些距离。

卖菜点主要是自销，偶尔也会把产量高的菜、瓜和鸡蛋，卖给慕名而来的过路客。那时，我们农场的西瓜声名显赫，产量也高，来买的人就开解放牌汽车进来，一车一车往外拉。我于是就站在卡车顶上，用大杆秤称装满麻袋的西瓜，样子很风光。有时太忙我就估算一下重量，买者不信就与我计较，待过秤时，几乎都是我估算得对，客人于是就伸出拇指赞叹，目光露出服气的神情。

曹队长喜欢自己动手干，并不指挥我。他说，小赵，你有文化，你负责收钱记账，登记本你管。我诚惶诚恐。那时我年轻，希望自己在大风大浪里锻炼，就是用体力战胜私心杂念的锻炼，而不是用账本。但我知道，与私心杂念斗争是长期的。

我学会了装车，卸车，分堆，过秤，打算盘，记账，收钱。熟练精确是我的标准——看一眼菜堆便能估计出重量，提一捆韭菜就知道有几斤，装几个西红柿或称几个鸡蛋，就知道有多重，基本不用再过秤。有挑剔的知青跟我急，一过秤，他就傻眼。我的眼力不再有人怀疑。

我卖菜很讲职业道德，也严格要求自己和别人。曹培恒说，偷吃一根黄瓜就是偷了两分钱，很可耻。我很同意曹队长的观点，十分敬佩他，再渴再累也未想过要吃东西，曹队长也不吃。曹队长家就住在农场，他从不往家里拿蔬菜，他家吃菜也是孩子来菜棚子排队买。我过意不去，有时会偷偷挑好的给小毛和尾毛。小毛是他的大儿子，尾毛是他的小儿子。现在，我依然能记起尾毛虎头虎脑又脏兮兮的样子。

一次，刚卸下几筐西红柿，曹队长和我正往菜棚子搬运，来了两个女知青。她们俩与曹队长熟识地打招呼，然后就大方地让我给她们称体重。那时，我使用秤的技能已十分熟稔，小杆秤、大杆秤、小台秤、落地台秤样样得心应手。开口说话的女知青，眼睛黑亮，性格开朗，头上扎着两个小辫，脸上洋溢着甜甜的笑意，给人一种丰润纯美的感觉。我知道她，她是农场一位副队长的女儿，姓王，家在农场。另一位没说话的女知青，姓邱，比较腼腆，是一般不敢正视别人眼神的那种羞涩女孩，家也在农场。她俩住知青宿舍，但在家吃饭，不吃食堂。她们是农场仅有的两位不吃食堂的知青。

我给她们分别称了体重。下农场之前，我上学的中学男女生之间挺封建，男女同学是不说话的。除非公务活动必须说时才说，而且简洁洗练，现在想来，十几岁的孩子，很不正常。本应顺应自然，可男女之间愈授受不亲，就愈显得神秘。但到了老农场之后，我发现农场的知青很融洽，男女知青一起下地，一同聊天，甚至也有互相嬉闹开玩笑的，就很羡慕这边的知青，有一种青春勃发的激情和冲动。不过，让我吃惊的是，那些我们一块儿从农二队来的知青，居然突飞猛进地与这边女知青迅猛地建立了亲密关系，胆大者公开说某某某是他的小妹。那时小妹不可以随便说的，只有关系不一般才可以这么叫。

活力四射、靓丽朝气的黑眼睛女孩小王的体重是五十四公斤，而邱姓的女孩是五十二公斤。我如实地报着她们的重量，却没敢抬头。我觉得她们落落大方，有一种纯真明快的清新之气。我似乎想接近她们，尤其是王姓女孩，令人心跳，令人迷眩，有一股穿透性极强地诱惑力。我心脏突突快跳着。这快跳又让我感觉自己的灵魂很龌龊很肮脏。由于男女生之间不说话，我对女孩始终有一种朦胧而陌生的怯惧。那是一种渴望交往又忐忑不安的怯惧。

黑眼睛小王和腼腆小邱互相议论着自己的体重，说又重了，太让人烦了。我就笑，心想，才五十四公斤就烦躁了，将来再重怎么办？虽然这样想，但我却没有评说。我只是觉得心脏怦怦地快跳着，血液在脸颊上的潮涌。

这时，她们提出了一个非分的要求——要西红柿。

她们异口同声地说：给我们几个西红柿吃吧?!

我被突如其来的要求弄懵了，不知所措。我求助地看了看曹队长，却发现他不知什么时候不在了。

我于是结巴着说：不，不行的，有规定不让给。

黑眼睛小王忽然就红了脸，也没了笑容，旋即转身就走，明显是不高兴了，而腼腆小邱似乎还没有反应过来，嘴里还说着给两个西红柿，又犯不了错误之类的话。王女孩就一把将她拽走了。

我顿时后悔起来。不就是几个西红柿吗？望着她们青春的背影，我很沮丧，但我没有喊她们回来。

我呆立着，像被遗弃的孤鸟。

那是我一生中最坚持原则也最窝火的一次。多年后我分析自己当时的心态，觉得自己可能处于一刹那的淳朴正直与显摆交织所致。我存下了那个心结。那是我一生都将自责的心结。

西瓜熟透的时候，也是农场最甜美甜蜜的时候。老农场的西瓜沙甜，爽脆，口感极佳。那是古尔班通古特沙漠绿洲奇特的气候条件和阳光日照哺育的结果。大家都垂涎三尺地盯着那些甜润的西瓜。

上高中时，从河北唐山转来一个同学，个头矮小，肤色黝黑，乡村气味很浓，姓施，于是同学们就叫他小虱。有双重的贬义。在新农场，小虱积极向我靠拢，要学习绘画，力图有所建树。自然我很欢迎，就倾心相教——我这个自不量力的半瓶子醋。我自小喜欢有志向的人，不愿意与好吃懒做或欺负人的同学打交道。小虱属于受欺压的那一类。

在新农场时，六个男知青一个宿舍。小虱与我同住，属于我这个知青队长的亲信之一。他有时会为忙碌中的我打饭（从食堂买回宿舍），有时也会乘我不注意倒洗脚水或叫我师傅。我很亢奋也很内疚。

到老农场后，我与小虱就不住一起了。我属于场部的自由人，被安排与后勤放羊的两个知青住一块。那时我经常能喝到两位羊倌带回来的羊奶，我喝羊奶时吱吱有声。二十年后，农场知青聚会，两位羊倌居然还能说出如何偷带羊奶的细节，他们说，为了带羊奶，遭了不少罪，有次刮大风，他们一边赶羊群，一边保护盛装羊奶的饭盒，从黄沙梁回到宿舍天已经黑透了。我听着，如听天书一般。我说，有这种事？我怎么不记得。他们异口同声，你那时只管喝，根本不问我们如何受罪。我万分内疚。

在老农场小虱依然经常到我宿舍来玩。但小虱不学画了，我看他没灵气，也没有持之以恒的毅力，就不再要求他。

在西瓜摘二茬的一个初秋之夜，天气凉爽宜人，小虱来我宿舍，一顿神侃之后，提出一个棘手问题。小虱说，我们去你的菜棚子拿西瓜吧，口渴得要命。我说，不行，半夜三更去菜棚子拿瓜，属于偷窃行为。

小虱说，那怎么算偷，是主人，又有钥匙，拿两个西瓜不算偷，况且这么晚了谁看得见，走吧，师傅。小虱很久都没叫我师傅了，那次叫，让我有种麻酥酥的感觉。

我是一个重感情的人，看小虱那样蜜语软磨，就心软了。想，拿一次瓜也算不了什么，小虱毕竟给我打过洗脚水呢?!

情感战胜了制度。好在菜棚子离宿舍挺远，黑灯瞎火没什么游人，况且那年秋天来得早，夜晚有些微微寒意。

我们一高一矮向菜棚子走去。浑圆的月亮发着杏黄杏黄的柔光，从沙丘上悄悄地升了起来，如一个硕大的月饼。我说，月亮很美。小虱说，再过几天就是八月十五了。

夜深人静，阒无一人。菜棚子是两扇大铁门，开锁后，拉门就发出很大的吱呀声。那一瞬间，我的心像被碾压一般，也发出了那种奇怪的尖叫。屏息静气，我听到了自己胸腔里咚咚的声。门开了一半，小虱就机敏地钻了进去，很快摸出一个大西瓜。

我强压着恐惧，也进去摸了一个大西瓜，那西瓜居然在我手上滑脱了两次，好像一个活物，抓起来，滑掉，再抓，再滑……就在我终于抓紧它，双手环抱着转身出来，正准备搁下时，出事了。

一道手电光柱，直射在我们身上，准确说是照在了我和小虱的脸上、手上，接着，就是一声严厉的吆喝如从天庭传来一般：干什么的?!

被突如其来的吼声震呆了，我失控地定格了，同时，头嗡的一下鸣叫起来。——我被"捉贼"了。

"捉贼"者是农场的另一个副队长，叫何生财；也是湖南人，有一口浓浊的湖南口音，平时少言寡语，不苟言笑，表情漠然，并有些阴郁。他讲话，知青们时常要琢磨半天才能揣摩出大意。其实何生财是分管工业的副队长，在我的视野里，他是被忽略的领导。

待我分辨出是何生财的声音后，双腿瘫软，不由自主地蹲了下去。

手电光的强烈照射，使我肮脏虚伪的灵魂被展示得体无完肤，我有一种"光天化日之下"被裸体展示的羞耻与狼狈，感觉就像电影里多次被民兵当场抓获的国民党特务一般。

巨大的恐惧和耻辱湮没了我。

我和小虱卑琐地蹲在墙角里（那个墙角时常会有人解大手或小手，升腾着一股骚臭混合气味），如同两个罪犯。许多年之后，我脑海里依然会回闪那个耻辱的丢人细节。那一刻，十八岁的我萌生了一种前途渺茫、生命黯淡的感觉。

我悔恨万分。

何生财关灭了手电，叽叽喳喳地厉声说了起来。那是我有生以来第一次听别人用如此恶毒的语言攻击自己，那些危言耸听的话只有在批判林彪反党集团时听到过。那些话铿锵有力，掷地有声，字字千钧，句句真理。它让我心惊肉跳又毛骨悚然。

何生财滔滔不绝地说——你们是老鼠，是隐藏在社会主义大家庭里的盗贼，是挖社会主义墙角的蛀虫，是屎壳郎……你（指我）是一个权力很大的知青，你带头偷窃，你装腔作势，你损人利己，你无法无天，你个臭狗屎……

我完了。

说了很久，何生财收住嘴，大概说累了。他开始命令我们把西瓜吃掉。——吃掉它！吃掉它！他用那种艰涩的湖南口音说。那是一种节奏与韵律都比较滑稽的音调。如若是平时，我会笑出声来，然而，那时我觉得它像一个魔鬼发出的命令,充斥着残酷、灼痛和沦陷。

我们狼吞虎咽地吞噬起来。——是那种被称为饕餮的吞噬。那是两个很大的西瓜,每个都有十公斤以上。我们怎么吃得完?!

夜深了,圆月由昏黄变得惨白,像一片冷艳的剪纸,平贴在凄冷的墨黑天空。一阵寒意袭来,我忽然浑身失控地抖动起来。我企图控制住自己的抖动,但是徒劳。我觉得极度寒冷,不仅双腿抖动,吃着西瓜的牙齿也上下磕碰着发出咔咔嗒嗒的声响。

发抖——我发抖了。这就是我曾经无数次听说过的、批判大会上人们常用的话——"让他们发抖去吧!"此时,在我吃西瓜的时候品尝到了。我品尝到了发抖的滋味。我颤抖着,哆嗦着,恐惧着,没法自控。

多年之后,我依然能清晰地回忆起当年身体哆嗦的样子。那一刻我寒冷无比。那也是我迄今为止唯一一次发抖。

不知是怎样将那个大西瓜一口一口吃完的,我只是觉得肚子奇胀,浑身瑟缩成一团,颤动和奇寒覆盖了我。其实,那个圆月之夜,气候温润,清爽,初秋的沙漠些微醉人,舒适惬意。可我却异常寒冷。

吃完瓜已经很晚了,何生财让我们把瓜皮收拾干净,然后,才命令让我们撒尿、回宿舍,等待处理。

那是一个刻骨铭心的夜晚,也是一个让我终生受益的夜晚。从那个夜晚开始,我常常会思想一些古怪的问题:什么是权力?什么是纪律?什么是感情?什么是欺骗?这些问题当下看来很幼稚,但它对于十八岁的我却是一次摧枯拉朽的冲击,也是一次前途命运的挑战。

我失眠了,连续几夜忐忑不安,头脑胀痛,双手战栗。我期待着那个处理决定的到来。我没有食欲,寡言少语,也不再愿意与人交流。眼前还时常会浮现刺目的阳光下自己被反剪了双手五花大绑的画面。

奇怪的是,几天过去了,并没有人过问此事。带领我的曹队长依然风风火火地喊我上菜地,依然放心地让我管菜棚子钥匙。我蹀跶着挥汗如雨地苦干,希冀用汗水冲刷自己污浊不堪的灵魂和羞耻的过失。

多年后的一次会议上,我偶然与何生财碰面,他显得异常苍老,两鬓已布满白发。我想起了那个发抖的圆月之夜。我难以启齿地说起当年的过错。何生财想了一会儿,才猛然想起了什么似的,慈祥地说:哈哈,那天把我也冻得够呛,我真怕你们有个三长两短。他的湖南口音依然很重,样子变得生动而可爱。

  七个月的卖菜生涯很快过去了,它像一颗流星闪烁了一下就消隐了,掩埋在了繁缛的世俗之中。多年后的今天它让我有所顿悟,有所思考。那是一个有纯洁、有背叛、有诱惑、有警醒的圆月之夜。我思念它。

  那个曾经向我索要西红柿并被我拒绝了的黑眼睛女孩,后来成了我的妻子。她和那个腼腆的小邱多年后还常常会提起那次尴尬的境遇,她们认为我的执行力很虚伪。

隐现的疤痕

扛　面

天还黑着,我被母亲喊起了床。母亲声嘶力竭一遍又一遍喊。我揉着惺忪的睡眼,懵懂中搞不清母亲为什么这么早叫我。放假了,本可以享受轻松自由了,可那天气氛却有些紧张。前一天我看见母亲在缝干粮袋,那是一种细长的草绿色袋子,斜背在肩上,就像曾经的八路军战士一样。母亲把馍馍切成片放在火炉边上烘烤。我吃了一块干馍,母亲打我的手说,这是备战粮,苏联打过来,我们才吃这个。我明白了,这段时间备战形势紧张。母亲说,苏联飞机八分钟就能飞到咱这,然后就会撂炸弹。我打了个寒战,再无睡意。

那年我十岁。

摸黑穿上母亲为我改装的父亲的军服,我有点神气。那时全国人民都酷爱绿军装。好几次我戴军帽走在上学路上,被骑自行车的人抢走了。穿好绿军装下床后,我才感觉气氛似乎并不紧张。母亲说,去操场听重要广播,赶快!

小聪明得到了验证,不是打仗,是"九大"召开了。操场上黑压压聚集着人群——随军家属和大一点的孩子。朦胧中,我心脏突突快跳着期待那个幸福时刻的到来。我比两个弟弟幸福,因为母亲没有叫他们。不一会儿,我就听到了北京的声音,那声音在高音喇叭里弹跳着,纯正而尖厉。一瞬间我也跟着人群潮动雀跃起来。

听完广播，天已经大亮，母亲说白面没了。我就屁颠屁颠跟母亲去粮店买面了。春天的气息正悄悄在红柳枝条上聚集，原本的干燥和枯萎，忽然就变成了淡淡的柔绿。早春的古尔班通古特沙漠南缘风寒犹在，冷风宛如无数个小刀在吞噬你的肌肤。母亲穿了一双小号军用胶鞋步履快捷。母亲双腿十分有力。我跟着母亲如小跑的羔羊。这时，我蓦然发现，我个头居然赶上母亲了。我兴奋无比，我觉得我有了男子汉英武俏拔的意味。可以帮母亲干活了，我沾沾自喜。

粮店其实就是一个代销点，只有两名店员，服务范围仅限于随军家属。那几年粮食供应紧张，按比例定量，白面百分之三十，玉米面百分之七十。白面就是小麦面。那时我每月定量二十一市斤，百分之三十小麦面也就勉强三公斤。粮店的阿姨肥硕、粗俗，她夸奖我懂事，声音似沙哑的母鸭：海子能帮大人干活啦，好啊，你老胡有福啊！胖阿姨乜斜着眼看我，嫉妒地继续说：个子长高了，过两年就该娶媳妇了！我霎时就有呕吐的感觉。我想，太流氓了，那样肮脏的语言也能说出口。我藐视了一眼胖阿姨。哼哼，难道我今天才开始帮母亲干活么?！前几天我还跟母亲去荒野沙窝里打梭梭、红柳柴呢！我们拉回满满一架子车虬龙般的干柴。我用绳子捆好那些枯朽的红柳梭梭，还驾辕了。我晃晃悠悠地双腿哆嗦，但我还是驾车走了好几白米。后来母亲就不再让我驾辕。母亲说，你还要长个子，不要压得不长啦。胖阿姨说我时，白眼仁很重，眼神直勾勾地，让我脸上火烤一般。我不敢直视她，就低下了头。胖阿姨说，还害羞哩，像个大姑娘。我于是头更低了。我很不服气，我一个小伙子，怎么就大姑娘啦。我要让你看看我是怎样一个威武的男子汉。我讨厌这个古怪"流氓"又叽叽喳喳的胖阿姨。母亲接过话茬说，海子还会打柴火、做饭哩。母亲褒扬我时，神情很满足。

后来，我就扛起了那袋白面。母亲买了粮本上的最后十公斤白面。那是我们家一个月的全部细粮。胖阿姨称完面，就继续与母亲唠叨，我烦于听她们叽叽喳喳，就用细麻绳把面口袋扎好，扛上了肩。

那时的白面是八五面，比较黑。但，我知道那袋八五面的分量。我希望通过我的主动呈现来证实自己威武的男子汉形象。我扛起了那袋白面。

但是，出事了。

英武地扛起那袋白面走出粮店，我趔趔趄趄感觉很重，走了约摸十几米，正在后悔放不放下面袋时，只听扑哧一声，面口袋从背后开了，白面如天女散花一样在背后撒了一地。瞬间，我变成了一个白粉人。

脑袋嗡的一声，我顿时呆住了，手上就拽着几乎空空如也的面袋子。

胖阿姨失控地尖叫一声，那凄厉的尖叫让我母亲惊讶地转身跑了过来。母亲一下就明白了我犯错误的症结。母亲说，你这个傻孩子呀……

我似乎也忽然明白过来——我真傻。我怎么会犯如此低级的错误呢？我居然把面袋口扎到了我背后——那袋口大约也扎得不紧。于是，在我扛着面袋英气逼人地行走时，面粉就挤压着向袋口聚集，最后就挤脱了捆扎的麻绳……

母亲跑过来，看着一地白面，心疼地用手轻轻收捧着表层干净的面粉……母亲用手打了一下我的脑袋，有点恨铁不成钢。我看见母亲手上的白面在我头顶如爆炸一般飞溅到很远。母亲再也没有说话。

我呆若木鸡，愣怔着伫立了很久。

胖阿姨慌张地跑过来，拿铲面的簸箕轻轻撮着白面。我看见那白面里掺杂有一些灰色的浮土……心里一阵悸疼。

寒风轻轻拂动着我青春萌动的脸，我羞耻又烦躁无比，我感觉脸上的一颗青春痘有些痒痒。我抠了抠脸，我知道我的肤色变得惨白惨白。

后来，我就不记得母亲与那个肥胖阿姨是怎样把撒落的白面收拾出来的。我一直懵懵懂懂站着，如一个弃儿。我的灵魂蜷曲着，茕然孤立，并且声泪俱下。

那个假期我们全家只得以吃玉米面为主，母亲天天为我们变换花样，玉米面糊糊、玉米面搅团、玉米面蒸发糕、玉米面烤发糕。我的胃从那年就开始时常发酸，后来还经常疼痛。两个弟弟为此对我也埋怨不止。我哀怨着，内疚着，耻辱着，自责了很久。我觉得我犯了滔天大错，比阿斗还傻。那时我居然知道阿斗。于是，我就爬在几块木板合对的大床上怅然若失地思考。我思考起一些看似深奥又悠远莫测的哲理。现在看来那只是甬道上、墙角里时常能瞥见的普通道理。——我想,在你以为你什么都能做的时候,你可能就被你的自满和傲慢蒙蔽了,就故步自封了。于是你就成了世界上最土鳖最没用最傻帽的儿子。——我悲悯无比,那胖阿姨给我的褒奖仿佛是对我最大的讥讽和嘲弄。我无地自容。

我再也没去过那个代销粮店,我无颜面对那个肥硕粗俗的胖阿姨。

痛苦的核心症结是,我把面袋扎口扛到了背后。多年后,我依然刻骨铭记着我的失误。那一天,"九大"召开了,氤氲中,我享受了最早聆听北京声音的待遇,但我的自足与惬意很快被疼痛淹没了。

冲　撞

那一夜,我在被窝里读《欧阳海之歌》,为了不影响同学睡觉,我用手电筒照亮。贺四眼边说梦话边放屁,小虮牙齿磨得吱吱怪叫。我全神贯注地潜入欧阳海深处。欧阳海短暂的二十三年人生瑰丽。欧阳海先后三次跳进水里救了四个小孩。我却没有碰上。我想,我要碰上了我真敢跳水吗?! 欧阳海在"关键的关键"跳了,欧阳海使我澄明又高远了许多。我迷迷瞪瞪睡着了。

后来我被吕新民推醒,说,练车去。吕新民家住矿区,是同窗密友。我迷糊着,磨磨叽叽半天才爬起来。吕新民说:我给你拿了自行车。于是,我没洗脸就跟他上了操场。那里停放了两辆自行车。我问吕新民是用什么"高招"把两辆自行车弄到操场上的,他咧嘴笑笑没有回答,我看到了他一口整齐的白牙。那时电影《地雷战》盛行,画外音有"各村都有许多高招"。我蹊跷地看吕新民,感觉他很高大,有仰视高山的敬意。

那时我在矿区中学寄宿读书,家在数百公里之外。"文革"后期,商品匮乏,买布要布票,买肉要肉票,买粮要粮票,买自行车更要自行车票。我十分羡慕和崇拜矿区子弟骑自行车的洒脱样子。

学得很卖力,两个小时,我就能自如地上下,还可站在脚蹬上溜车。吕新民松手让我自己骑。我围着操场转了两圈。我说,怎么样,是不是可以出师了。吕新民说,你的悟性不错。那时吕新民能说出"悟性"这样生僻之词,令我惊讶。我说,那我们上路吧?吕新民犹豫了一下,说,好吧。

于是我们就不知深浅地上路了。吕新民在前我在后。我们沿马路过五区、四区、过人民电影院，再过炼油厂中门，我亢奋无比，我想我居然真的会骑自行车了。马路上汽车很少，偶尔会碰上一辆拉焦炭的老解放槽子车，车过之后，一股尘土扑面而来，很呛人。我和吕新民就张嘴骂一句脏话，骂完后，并不计较，而是继续骑车前行。

潜在的危险其实就蛰伏着。当然那危险蛰伏得很深，我一丝一毫都没有察觉。我依然一路高歌地踩着脚蹬子。

行到红旗商场附近时，马路中间有一个提网兜和铝饭盒的人。网兜和铝饭盒是那个时代司空见惯的用品。那个时代人人都提网兜和铝饭盒。那人在马路中间埋头走，也不看四周。我有些烦躁。在我烦躁的那一瞬间，我们的自行车就离那行人很近了。那人走在马路中间，我们就往右侧路边靠。吕新民在前我在后，吕新民穿过那行人后，那行人似忽然苏醒了，猛地往右侧路边靠来，于是出了事。

那人往路边靠时，我正巧已走在了那人要靠的线路上，由于我是新手，对突发事件没有应对能力，慌乱了，居然忘了捏闸……于是就与那个行人遭遇了，准确说是我的自行车前轮重重地撞在那行人的后腿上。我听到一声沉闷的轰响，感觉冲撞到一个很重的物体。——那行人被撞出数米远，网兜和饭盒也在马路中间叮叮当当地颠簸着，发出了凄厉的尖叫……

我也摔倒了，自行车还压在了自己身上，待我慌慌张张翻身推开自行车时，发现那人还趴在马路上……我愣了一会儿，意识到出大事了，决定拉他起来。推开自行车，我径直跑到那人身边推推他，然后拽他的胳膊，那人却冷不丁地翻身爬了起来，惊我一跳。

那人翻身的动作敏捷麻利，我没有一点思想准备。那人一把推开我的胳膊，恶狠狠地瞪我一眼，跑到我的自行车前，用劳保皮鞋踩踏起自行车辐条，咔咔咔，他凶狠地踩踩着……我看见自行车辐条在劳保皮鞋的踩踏下，渐渐弯曲变了形。

我傻眼了。这是吕新民的自行车，跺坏了可怎么办。于是我跑去扶自行车，那人就与我争抢起来，龇牙咧嘴，用大皮鞋踢得更狠……

吕新民听到争抢的声音，折返回来为我解围。

这时，我才发现被撞者其实是一位约莫四十岁左右的老师傅。那时，我们把年过四十的人都叫老师傅。那人大约发现我是个毛头孩子，就气咻咻地啸叫起来，愤怒地说：什么东西？！专门往人身上压吗？！小杂种！没有教养的畜生！有人生没人管的土匪！走，上公安局去！上公安局去！于是抓住我的自行车不再松手。

我懵了，一句话也说不出来。一个十四岁的孩子，哪里见过这种阵势，泪水迅速聚满了眼眶。

围观的人群黑压压一片，我惶恐不安，脸色煞白。我的耳鼓里充塞着土匪、小杂种、流氓等污秽指责和侮辱之声。自小我还是第一次这样反面地成为中心，我惊惧万分，再也无法承受，我的眼泪簌簌掉了下来。曾经在这个红旗商场前的广场上，我亲眼目睹过数千人开会"批判走资派杨伯让"的情景。那个叫杨伯让的人是一位老红军，他被反剪了双手站在舞台上。杨伯让怕了，双腿在发抖，不住地打战，然后就颤颤巍巍蹲了下去。当时我想，走资派就是走资派，他害怕革命群众。眼前，我觉得我变成了杨伯让，有一种被黑魆魆人群批斗的惶恐。双腿瘫软，我怎么也站不起来了。

如一只柔弱的羊羔，我无助而惶遽。被撞者在无数围观群众的呼啸中精神倍增，更加猛厉和疾言厉色地指责我、漫骂我。——我成了一个坏人，我想。我真是个坏人。我不配当红卫兵，更不配当红卫兵的优秀代表。因为前不久我刚刚参加完全市第三届团代会。作为中学生和优秀红卫兵代表我列席参加了那规模庞大的会议。我无上光荣。与那些大哥大姐们一同开会，我忐忑不安。我暗暗下定决心，今后要勇挑重担，狠批自己的私字一闪念，为解放全人类受苦受难的劳苦大众而奋斗终生。然而，眼前我辜负了学校，也辜负了推举我的老师和同学，根本不够一名优秀红卫兵资格。我是一个本质肮脏的坏孩子，我没有学会骑车就狂妄地到处乱跑，还骄傲自满，孤芳自赏，为所欲为。那都是被资产阶级思想腐蚀的结果，我已经掉进资产阶级泥坑了。

我蹲伏着，惊骇着，自责着，悔过着，泪流满面。我虔诚聆听大家对我的批斗和指责……有人愤怒地说，送公安局关他几天！众人异口同声附和。

我浑身更加哆嗦不止。

许久许久,有一个异样的声音出现了——一位阿姨说话了。那阿姨说,他还是个孩子,你们看他哭得可怜样,就算了,放了他吧。那阿姨对我说,不会骑车就别骑,撞死人可咋办哩。那阿姨河南口音,稍胖。

阿姨的话比较灵验。我的确是个孩子。——那被撞老师傅只是胳膊腿和脸上有一些擦痕,虽然流了血但并无大碍。

在那位阿姨的斡旋下,人群渐渐散去了。我挺幸运,没有被扭送公安机关。

吕新民也是孩子,他比我矮小一截,他只有聆听批斗的份儿。吕新民的解释在强大的"文革"氛围里渺小而微不足道。

此后,我再也没骑过自行车。我记住了我的耻辱和恐惧。直到下农场接受再教育时,为了去十多公里外的五五新镇,我不得不重新骑它。那一天,我跨上一辆很旧的永久牌自行车,晃晃悠悠,似有即将摔倒的惶遽。围着打麦场转了数圈后,才七扭八拐找到控制平衡的感觉。虽然那年我已经长到一米八零,但我骨子里畏惧那颗深埋下的肮脏种子。

撞人事件半年后,我下工厂锻炼,接受工人阶级再教育,到了一个汽车保养厂。我成了主修一班组员,任务是修理老解放车与老嘎斯车。我从地坑爬到地上,又从地上下到地坑,不断在汽车的下半部踯躅游动,拆卸轮胎,修理传动轴,更换弹簧钢板,加打黄油。我汗流浃背地蜕变为一个地道的浑身脏兮兮的汽车修理工。我学会了使用各种规格形态的扳手——开口扳手、活动扳手、套筒扳手、梅花扳手。

一天,有师傅让我去库房领材料,大约是领手套、大布、肥皂之类用品。我轻捷地往库房跑,保养厂似乎已经变成了我的家。疏朗,清旷,幽雅,我穿梭在厂房之间,如畅快的小鸟。可当我跑进黑洞洞库房大门时,却看见了一个人,我不禁打了一个寒噤,顿时语塞。

我看见一个满脸阴郁的人。他正直勾勾地盯着我,让我头皮一阵发憷。那人就是被我冲撞过的老师傅。他竟然也在汽车保养厂工作,而且就是库房保管。我脑袋一阵晕眩,双腿发软,浑身没有了一点力气。冤家路窄,我吱吱呜呜竟有些神魂颠倒。

那老师傅张口说话了,非常严肃:你来领什么?我嗫嚅着嘴唇,竟然想不起要领什么东西,我面红耳赤。那老师傅语气稍稍温和了些说:我听过你在"批林批孔"大会上的发言,挺有胆量嘛!不过,你把孔老二"克己复礼"批得还不深不透,没有抓住根本,应该再深挖深究。

我诚惶诚恐地点头,如鸡啄米一样。再深挖,深究。我心里应答着,觉得老师傅很像威虎山的座山雕。那天我始终没有想起要领什么材料,我十分沮丧地返回了主修一班。

爆　炸

选择了她的生日去领结婚证。那个日子于是就有了象征意味。我到行政办开了证明,然后就在那个秋高气爽的日子坐敞篷车到市里领证。那时我对住房没有更多的奢望,曾梦想过在一个旧式水房改建的小屋内营造缱绻的小家——外间挂衣帽,里间有书桌,有自制的书架、台灯和双人床。温馨就从一盏台灯的光晕下散射出来,昏黄,静谧,漫溢着罗曼蒂克的味道。事实证明我的梦想太过浅薄。有证才能领住房,但总务科管理员分给我的住房让我沮丧。那是一间老式土坯平房,墙壁污浊,有不少噬洞,外间是自建的低矮小屋,墙体歪斜,似瞬间要轰然倒塌的样子。即便如此颓破,我心潮还是激越了很久。几个同学主动帮忙,在低矮的小屋内又加固了一道新墙,虽然地方更拥挤了,但不必担心它坍塌。随后,我就开始自己粉刷房间,我在石灰中加入了过多的洋蓝——我的创意。于是,瑰奇出现了,湖蓝色的新房别具一格,迥异,宁馨,让同事朋友们惊叹不已。

剩下的事情就是做家具。那时刚刚兴起做大立柜,有木工走街串巷背着刨子和锯子揽活,样子有些嚣张。管吃管住还要付钱,木工当然气宇轩昂。

三个月后,我的新房配置基本就绪。我沉浸在自我陶醉的幸福之中。须臾间,严冬就不知不觉来了。那年冬天西伯利亚的寒流很凶,从黛苍苍的北山峡谷里呼啸而出,如无数个砍刀在削砍着豁然开阔的准噶尔大地。我们身穿棉工服、头戴羊皮帽子还冻得浑身发颤。那时,我们穿竖条纹的道道棉工服，胸前印有"石油"字样。

气温骤降至零下三十八度，我只得自己动手盘砌炉灶。那是一种两用炉灶，可烤火取暖，又可放锅做饭，并与取暖火墙相接。那火墙是红砖垒砌的，先前的住户已使用多年，我看它耐用，就没有推倒重砌。我新砌的炉灶看似龌龊，但挺好用。砌炉灶是我从小看大人盘砌时偷学的，中学住集体宿舍时，还大胆地自己盘砌过，居然火势呼呼旺盛。那一天，我砌完炉灶，没等它干透就点燃了炉膛。炭火在炉膛里劈劈啪啪，火舌一直穿插到火墙深处。我很欣慰，我知道我砌的炉灶很争气，心中犹有一抹清逸轻轻滑过。

那一天，家具油漆也进入尾声——待明天再刷最后一遍漆，就大功告成。我进入一种云缠雾绕的自恋境界。家具一律被我刷成了淡绿色，还带有精致的绿木纹，象征着活力与勃勃生机，更象征着绿荫和清润秀雅。油漆工惊讶地说，这是我们刷家具史上碰到的第一个。后来我的绿色小家一度成了青年新婚者效仿的典范，多年后还有人会提及。

那一天，油漆工走后，我有些困乏，不想再回集体宿舍了。自拾掇婚房开始，我就搬来一个单人铁床，在床上铺上毛毡褥子，再把被子一搬，就可以安睡了。我常常睡在了我的"工地"婚房。

那一天，我开院门送油漆工时，发现下大雪了。黑魆魆的夜，密集的雪花在空中曼舞，穹窿深邃博大，旷野一片幽白。冷风嗖嗖，我迅速关上了门。

回屋后我给炉膛添加了一些碎煤，希望它能长时间燃烧，随后就入睡了。煤炭在炉膛里燃烧着，火苗沿着火墙七扭八拐的烟道，慢慢向烟囱消散而去。我摸摸火墙，感觉温度不错，还有些微微烫手。那些年，火墙是房间最好的散热器，还有保暖功能，是冬季最好的取暖方式。刺骨冰寒的冬季，火墙给室内带来了一番别样的盎然春意。

我进入梦乡……我在飞翔。我穿着喇叭裤（当年最新潮的象征）在森林里追逐嬉闹，那森林树木低矮、粗硕，绿草萋萋，花蕊吐艳，电子琴空幽梦冥的乐曲中，一只小鹿探了一下身子就跳着跑了，那小鹿探身子的动作十分优雅，我飞着追了上去，我的速度与小鹿一样快，且轻盈敏捷。我发现那小鹿其实是一只梅花鹿，斑点是橘红色的，婉丽华缛，韵味迷离……于是，音乐就更清晰了，我四处张望起来，寻找声源……我发现下雪了，弥天覆地，冷风漫卷，小鹿若隐若现，瞬间消隐了，我打起了寒战，奇冷……

被冻醒了，厚实的棉被居然抵挡不住寒冷。我伸手摸摸火墙，发现火墙已变得通体冰凉。哦，炉火烧完了，我想。开灯，下床，披一件外衣，我来到外间火炉旁，发现睡前添加的碎煤居然没有燃烧——肯定压多了，我想。于是就用火钩子捅了捅炉膛，看见火已经奄奄一息。找来一张报纸放在煤块上，点燃，但那报纸很快烧完了，煤块依旧不燃。我有些懵。室内温度已经很冷，我披着外衣就像一张薄纸，浑身瑟瑟发抖。我焦躁地在房间里打起了转转。看看表，才下半夜两点——怎样才能把火引着呢？

这时，我目光聚集到了墙角立放的酒瓶子上。我心头一亮。

酒瓶子！我亢奋了。那是一个用来盛装洗刷油漆排刷的汽油瓶，里面装有气味纯正的加铅汽油。我的思绪被激活了。哈哈，汽油是好东西！它会燃烧，会引火，会让煤炭迅速变成火球旋即光芒四射。

我忘乎所以了。

不再犹豫，拿起酒瓶，起开软木塞，往炉膛奄奄一息的煤炭上倒了一些汽油……但汽油并没有燃烧。我知道煤块里有星火，它很快会燃烧。但是，期待了一会儿，我发现煤块还是没有燃烧。

于是，我急了，撕了一张旧报纸，用火柴点燃，伸进了炉膛……我看见炉膛火着了。但是，就在炉膛火燃着的一刹那，轰的一声巨响，爆炸了，接着就是噼里啪啦的碎裂声，撞击声，顿时，黑烟滚滚，尘土弥漫，呼吸困难……我意识到火墙爆炸了。

我愣怔住了，待回过神来，才发现室内已乌烟瘴气，狼藉一片。火墙完全坍塌，床上堆满乌黑的砖块——幸亏我不在床上，不然后果不堪设想，我一阵余悸。——刚刚刷过漆的大立柜损失惨重，穿衣镜被击碎，柜面门上留下数个黑洞，一块残破的砖块还卡在侧板中央；写字台桌面上堆满砖屑、黑灰、粉尘；后窗的双层玻璃也被击得粉碎……

我终于被炸醒了，一阵奇寒袭来，浑身哆嗦不止……我找出被压埋在砖块下的棉工服穿上，蹲伏在墙角，肮脏而卑琐，如一只丧家之犬。——静观着，我开始诅咒自己。新房还没启用，就变得狼藉，污秽，残破，漫漶。我悔恨万分。一个多么简单的道理呀，我却不懂。这时我似乎才回过神来，由眼及心，由表及里，有一种罪孽和崩溃的痛苦。傻瓜！傻瓜！我自虐着，歇斯底里着，木讷着。傻瓜啊！汽油是极易挥发的，它遇热就会蒸发，就会装满整个火墙烟道，那气体一遇明火就会裂变……我懵懂地拍打着自己额头，被悲哀和伤感击败了。

蜷缩在墙角，我再也无力站起。

天亮后，妻子（新娘）来看家具，发现屋内烟雾缭绕，混浊不堪，几乎晕厥了过去。

妻子惊恐地说：火墙怎么会爆炸得这么厉害?!

我低头没敢说话。

妻子发现了我脸上的异样，慌张地说：满脸怎么都是血迹？

我用手抹抹脸，竟然一手鲜血。——我的前额、脸颊和下颌均被砖块击破了。

那天下午，黄义质老队长手拿一把瓦刀来了，我很惊讶。我惊讶的是我新房爆炸的消息居然传播如此之快——悲哀，无奈。黄义质是打火墙高手。他说，一会儿就砌好，这种事经常发生。不过你这火墙爆得太凶，我也从未见过。

搅拌着泥巴，我没有吱声，我的手颤巍巍抖动着，有些失控。我佯装着极其卖力地翻搅着泥巴。

几天后，我的故事就被毫无节制地演绎了。故事说，那天我赤身裸体与新娘双双被砖块埋在被窝里，如一对猥琐的土鼹鼠。

第二辑
行走笔录

围墙与大厦
口红粉饼与教堂
飘忽的马克思之魂
永久的错觉
征服者的废墟
……

围墙与大厦

德意志是一个在我心底留下许多缺憾的国家。这可能是由于二战留下过多的阴霾所致。任何来自德国的信息，似乎总会被一种令人厌恶的情绪所笼罩。我于是对德国就不再有深层的关注，也缺乏应有的兴致。德意志似乎就停留在了卡尔·马克思、歌德的《浮士德》和贝多芬的钢琴曲的谜环之中。再一深究，我发现自己竟然还有一段永远无法抹去的画面：那就是前苏联电影《攻克柏林》和《解放》中那俯视纳粹总部国会大厦的场景。虽然那时我在读中学，年龄远远没有达到真实评判好坏、真假的水平，但我确实清晰地记住了苏联红军站在国会大厦顶端欢呼雀跃的画面。

多年后，当我踏上德意志土地的一瞬，这个画面就自然而然地突兀了出来，像一座突兀的山脉，显得极为清晰。我于是琢磨着如何去目睹那座曾经被苏联人和美国人都极度争抢又见证过一次次重大事件的国会大厦。

可最先看到的还是柏林墙。

它是一堵先前用来分割东部柏林和西部柏林界限的墙。因为纳粹的暴行，还因为冷战的思维，这座城市就被当做西瓜一样分割开来了。实际上，它变成了一座分割信息、分割观念和分割人群的墙。

当然，这也许是当时分割划界的没有办法的办法。

但有一点可以肯定，它是因埋葬纳粹法西斯罪恶行径而起，却又因为划归成果转化成了利益分割纷争而变异。

然而，这座墙在1989年一夜之间轰然倒塌了。它倒塌的那么突然，那么悲怆又那么令人难以置信。

它是一座水泥和钢铁筑就的墙。一座试图让墙两边人民都安然无恙的墙。它不宽，也不十分高。它与我们常见的那种围墙没有什么两样。那么，它建设的初衷目标是否达到了呢？

墙是历史的产物。诸如，我们一家一户的院墙，是为了防贼，为了安全而建，但随着现代城市的崛起，楼群远远替代了古老的墙的功能。

大约最早长城也是秦始皇阻隔外族入侵最好的军事设施，那个充满自信和想象力的始皇帝嬴政，做梦也不会想到，两千年之后，这个大围墙居然变成了人们参观游览的休闲圣地。但是，老实说，没有几个人能够读懂这个博大精深又充满沧桑的大围墙。

柏林墙只是一座划界的小墙。这个小墙也只能代表它的一个小小的时代。这个时代是历史的一个小产物。

我于是静静地观察起遗留下来供人们参观的柏林墙，它的内容还真有些丰富多彩。

那些涂抹大多是艺术家表现他们心态的绘画。剪纸状的红太阳在闪着蓝光；张牙舞爪的几何状怪人在喧叫争吵；歪歪斜斜的花房子似幼童的布贴或积木，而更多的是奇形怪状的色块、色条在竞相争艳，还有那随意乱喷的字母符号，更使得这堵长长的围墙变成了巨大的展版。

我想，德国人留下这截围墙不拆除，肯定不仅仅是为了展示这些墙壁艺术家的涂鸦水平，他们肯定还想告诉人们更多的东西，那东西能穿过这截坚硬而又花里胡哨的围墙，长久地留存下去。那也许就是：记住战争，为和平！

导游说，这堵墙在1990年之前是白色的。

终于在穿过绿冠成荫的菩提树下大街之后，我们来到了德国议会大厦门前广场上。浓郁的大片深绿色的草坪，使得广场显得开阔又凝重，冥冥中似乎还透着一种异样的挤压感。

无论如何我得为这幢纪念物留下真实的照片。

或许是由于对当年苏联红军头戴钢盔进入大厦的场面记忆深刻的缘故或

许是受到红军战士狂喜的感染,我始终对国会大厦有一种莫名的冲动。总之,在我蓦然看见这幢建筑时,我还是暗暗地惊了一跳。

这是一幢背景沉重的建筑。它勾引出我对一段历史的叩访。

那个由纳粹党自我导演的臭名昭著的国会纵火案,就发生在这幢老建筑里。有资料记载,那些纵火的特务就是从后来自杀了的纳粹战犯戈林官邸地下通道进入大厦的,并将罪名强加给了共产党。而那位也因此事声名远大的保加利亚共产党领袖季米特洛夫,在我很小时就因此事占领了我的心灵,成为我敬仰的英雄。

在莱比锡昏暗的法庭上,季米特洛夫有力的陈述,始终似明灯一般萦绕在我幼小的灵魂深处。以至于多年之后,我还能记住英雄那魁伟的身影,犀利的目光和被宣判无罪时的坦然。

是的,距今近八十年的纵火案,留给我们的是什么呢?我喃喃地自语着。仰望着大厦上那冰凉的石柱,任凭德意志21世纪秋日里温润的阳光抚摸,我似乎感受到了那种复杂而又渐渐明晰的心绪。

我收回了目光,审视起安静地徜徉着的日耳曼民众的面容,以及排着长队期待到大厦参观的老外们饥渴的神情,我似乎又猛然悟出了什么。

时间总能公正地以救世主的身份释然历史。希特勒凭着他的一张伶牙利口登上了德国历史舞台,又通过纵火案实现了独裁统治,但是反过来说,也是从这里开始,希特勒又将自己一步步逼向了死亡深渊。这个狂野的纳粹党魁,后来还是精神崩溃了,终于挟情妇爱娃双双自杀于他的肮脏的地下室。

柏林墙与国会大厦虽然坚硬,虽然隐藏着许多秘密,虽然曾经壁垒森严,并极忠实地履行过守护的职责。但它们终究是小墙,终究是墙与墙组合出的细碎的阻隔符号。它们永远无法阻隔穿透万物的思想,无法阻隔正义,更无法阻隔时间行进的脉络。

柏林墙被拆除了,因为它承建的初衷就蕴涵了将要被拆除的不良阴影。国会大厦就幸运多了,它灰色的墙面显得彬彬有礼又沉稳大方,它华丽的石柱显得既粗砺敦实又严谨肃穆，完全像一件可以收藏的艺术品。当然，它后来改建的透明圆形穹顶更吸引了世界各地人们好奇的目光，人们也许企图通过这个穹顶看到德意志民族文明的新内涵。

　　站在这个圆顶的走道上，你可以俯视到德国议会议员们开会的场景，并且绝对真实。

口红粉饼与教堂

看教堂是欧洲之旅的一道风景,就像在国内看佛寺、庙宇和宫祠一般。

你会被一个又一个接踵而至的教堂弄得很疲惫。它们的面孔都极为相近。古罗马穹窿拱顶、高耸的哥特式尖顶、浮华的巴洛克装饰,或者千篇一律的色彩艳丽的花窗。教堂里总是幽深隐秘和昏暗的,虽然有精美的壁画、雕像和象征意义浓郁的圣经故事,你还是永远没法看清里面的饰物,你也永远弄不懂幽幽烛光散射在虔诚教徒心中的感受。你永远能听到一种似曾相识的似来自天堂的管风琴奏出的宗教音乐。

教堂就这样给了我一个偏执又根深蒂固的印象。教堂永远是灰暗的光线和冰凉的石块的结合体。

但,我错了。

这座威廉一世大教堂让我过于自信的经验变得没有了根基使我十分懊丧起来。

教堂难道可以这样建么?!

当我以一个公务活动者身份在它的大门前寻找那些作为教堂存在的基本要素的时候,我真的把它判定为了一个大型商场。虽然在车上,领队一再强调,下一个参观点是威廉一世大教堂。我仍然把它理解成了类似国内中途被导入某个购物场所的推断。

它太令人难以置信了。它太不合常理了。教堂不是从来都是那种严肃而冷峻的面孔吗?!

威廉一世大教堂，它就这样极其怪异地耸立在柏林市区最繁华的布莱希特广场上，它的周边就是著名的库达姆、掏恩沁恩和康德三条购物大街。它像两幢简洁明亮的现代商厦坐落在那片三角地带的交汇点上。

这个威廉一世大教堂最亮的反叛点，就是：那乳白色蜂窝状的结构外墙，让你感到惊奇，比蜂窝状的外墙更为惊奇的就是整个建筑的外形，它居然是女人们日常使用的粉饼和口红。

只是这粉饼和口红太大了，大得变成了两幢大楼。

如果不告诉你实情，如果不让你看到大粉饼与大口红中间仍然竖立着一幢破烂的古老教堂的遗迹，谁也不会想到它是教堂。

是的，这是一座二次世界大战中，被苏联红军和盟军飞机连续不断轰炸所留下的一片废墟，德国人为了让后人记住那段黑暗而酸涩的历史，将剩余的半截教堂保留了下来，用做纪念和展示。同时于二十世纪六十年代，在废墟边上新建了十分怪诞的口红与粉饼大教堂。

这确实让人惊异。

柏林人怎么会突发这样的奇想？！按我们常人的思维，它怎么也应该恢复原貌或者至少建一个变形的现代哥特式翻版。

然而，不！柏林人偏不这样做。

从欧洲回国后很久了，这口红与粉饼依然像一股股敬佩的热浪，搅得我心情焦灼。

在我们正常的思维定势中，事物总是有规律的：急湍的大江总是向东而流的；无休无止的太阳总是每天从东边升起的。它们的定律就像一幅天经地义的图画，没有可以推翻的理由。

然而，如果我们启用威廉一世大教堂的思维，这幅田园式的法则就会动摇了，就会如一堆烂泥无法扶持。

试问，大河永远向东流吗？不，中亚腹地的伊犁河就是向西流的，而额尔齐斯河又是向北流的。还试问，太阳永远从东方升起吗？我想，当你了解了天文天象知识之后，你就会说，那其实是一种幼稚而肤浅的说法。

女人们化妆使用的粉饼盒与口红桶，是一对天然的艺术组合。当初设计者肯定冥思苦想了很久，不然不会用这种小巧方便的造型来涵盖它。

它的造型太完美了，恰似一幅幽雅的生命组合体；它的功能太完备了，更是从人最美丽的部位，美脸与美唇的最佳搭配中衍生出来的。它们正是女人得以美丽的资本。脸蛋和嘴唇不仅承载了美貌和自信，更承载了多姿多彩又风情万种的大千世界。

试想，这世界没有了女人那柔美靓丽的脸蛋和红润饱满的嘴唇，将会是一个什么样的世界啊?！还请试想，这世界如果没有了因漂亮的脸蛋和性感的嘴唇而繁衍出的浪漫爱情故事，那又会是一个什么样的世界哟?！那一定会太平庸了，太乏味了，太混浊不堪了。没有了美，没有了生命的亮点，没有了内心深处的跌宕起伏和心潮澎湃，没有了灿烂耀眼的美丽的喷发，那世界肯定会压抑，会失去支撑，更会失去发展。美就是匀称，就是平衡，就是和谐；美就是人类永恒的追求，就是生命运作的万古不变的轨迹。

美是恒久不变的企求。

教堂一向是严谨肃穆的地方。教堂沉重如铅的氛围与美丽浪漫的女人香艳似乎有些格格不入。

我走进了这个硕大的粉饼教堂。我看见蜂窝状的方格透着迷离的亮光，使得原本就飘摇的烛光更显得漂浮不定，而背负着十字架的耶稣，仍然在十分痛苦的表情里继续受难。

教堂是教徒们用来洗礼内心的地方，教堂也可以成为我们这些不信教的旅者观光的地方，教堂甚至还可以让凝重的空气中漂游出一些温馨的化妆品的香气，那也未尝不是一件愉快的事。于是，教堂变成一个名义上的粉饼盒与口红桶，也顺理成章。

我想，在二十世纪五十年代末六十年代初，柏林人在兴建这个现代化风格的新教堂时，肯定也遇到了这种疑虑和困惑，但稳重的柏林人还是用骨子里的聪明与果敢，击败了踌躇和优柔寡断，坚定地完成了这个举行礼拜和宗教仪式的口红粉饼。他们大约企图让人们在惊诧中记住那段历史，也警示未来。

求新求异常常是设计者们追求完美的最高境界。但这个境界常常又被深藏不露的传统给湮灭了。这种湮灭是很难超越的。要冲破那古老的传统定律，就必须有极强的撞击力和震撼力，还要有滋生这种撞击力和震撼力的土壤。我想，柏林是不是就有这种成熟的土壤呢？

我以为，中国是有这种土壤生存条件的，因为我们有五千年文明和文明所滋生的历史，可反过来说，或许正因为我们有了太丰厚的历史和传统积淀，我们又被紧紧地束缚和捆绑了。于是我们就会有一个坚强的思维定势，这个定势牢不可摧，至少我自己就是这样。

在中国，我们可以轻而易举地在任何一个城市看到那些似曾相识的建筑，看到那些千人一面的楼群。我们甚至不知道我们究竟生活在哪一个城市。我们的思维甚至会被那些日新月异的城市建筑弄得轻浮而盲目狂喜。

我们可能还会觉得口红和粉饼其实只是一个非常没有意思的构思。

飘忽的马克思之魂

理想是一个遥不可及的梦。它组装着纯洁多情的心灵，也组装着你为它赴汤蹈火的实践。多年来，我一直为自己是一个有理想的人而庆幸。

这个理想在我呱呱坠地后就不容选择地一直萦绕在我耳边，它给了我分析和判断事物的基本路径。我像温室里的花朵一样，在它的光环的精心呵护下茁壮成长着。我会为这个理想的存在激动不已，我更为这个理想就是我的追求而自豪。

我来到了德国。我内心深处管涌着一种亢奋，它像汹涌的波涛一样翻滚着。虽然表面上我似乎依然很平静，但这种亢奋其实从我确定将要去德国考察时就隐隐地开始腾跃了。

这就是马克思故乡所传导给我的最初信息。我的亢奋多半是由于我将要去追寻马克思的踪迹，而引发的焦灼不安。

清晨，我们一群来自遥远东方的中国人，在柏林马克思恩格斯广场上寻找着什么。

我们一行人都默默无语。

可能由于太早的缘故，广场上只有寥寥几个人。除了我们这帮中国人在观看雕塑外，其他人大约都是过路的。

这是前东德修建的广场。深秋的阳光抚摸着金黄的树叶，散发着一种久违了的亲人般的温暖。几片稀疏的秋叶在殷红的光晕里，轻轻地柔软地在空中漂移着。

马克思恩格斯全身铜像就坐落在广场中央。我不加选择地站在了马克思与恩格斯中间，感受着与这位伟人零距离接触的兴奋。我似乎坠入一种崇高的氛围之中，那氛围里有一个真实的自己与伟人马克思肩并肩站在高山之巅俯瞰大地的画面。那崇山峻岭嵯峨多姿，那湍急的河流舒缓而奔放。

我知道我这是狂妄的假想。

我激动的真正缘由，是我人生的初级阶段，七岁至十二岁，就像一个学者似的，曾经把这位大胡子伟人的经历搞得清清楚楚，以至于我的臭名居然是小范围小朋友圈中的马克思通。1965年5月5日，我家从清代名城新疆伊犁将军府旧地惠远搬迁到精河县。我记住了那个特殊的日子。它在我幼小心灵里埋下了伏笔。卡车在天山北坡一个有着密密松林的山坳里休整了，那里叫二台。我在一幢铁皮屋顶的俄罗斯式建筑后面玩耍时，被一种叫蝎子草的植物给蜇了。多年以后，我依然记得自己嚎哭的样子。我被一个和蔼的中年人带进了他的铁皮房子，并涂上了一种特效药。这时，我看见了墙上的日历。5月5日，上面还印着鲜红的大字：马克思诞辰日。我像储蓄所一样瞬间就储留住了这个神圣的日子。于是，马克思与我的搬家与蝎子草就有了一种奇妙的因果关系。

许多年之后，我站在东、西德重新统一后的马克思恩格斯广场上，除了颤动不已的心跳之外，还流露出一种淡淡的忧伤。

我曾经认真阅读马克思著作的时间是1973年和1974年。那时候我正在发育也正在寻找深刻的思想。我对马克思主编的《莱茵报》和《黑格尔法哲学批判导言》的文字崇拜得五体投地，甚至读《路易·波拿巴的雾月十八日》和《资本论》时，竟然挑出了一百零八个词汇，天天去我生活的城镇唯一的书店去买可能读懂那些词汇的新书，然而我始终没有买到所需要的书。我还能回忆起马克思与写过长诗《德国——一个冬天的童话》的诗人海涅的交往，似乎那是马克思与美丽的燕妮婚后不久在巴黎居住时的收获。那几年，马克思与恩格斯还写出了一部被燕妮称之为渊博的著作，就是《德意志意识形态》。那时，尤其不能让我理解的是，一代伟人马克思，居然会背诵海涅与歌德的许多诗章。多年以后，我似乎才真正品味出了其中的滋味。

马克思一生始终在一种动态的氛围里游荡。他的生活更是动荡不安的。他常说：要为人类工作。他说到了也做到了。无论在柏林、巴黎、布鲁塞尔、科隆，还是在海牙、伦敦和卢森堡，那些曾经留下他足迹的图书馆、博物馆、宾馆，都会长久地漂泊出一个满脸胡须的智者的动人故事。

在柏林，前民主德国的遗迹似乎已经淡出了。只有距马恩广场不远处的柏林电视塔，还散射着昔日的辉煌。那电视塔高达 356 米，曾经是前东德的骄傲和象征，也是欧洲第二高塔。还有沿用至今的卡尔·马克思大道，它依然是一条比较繁华的大街。虽然它不像两德统一后迅速崛起的波茨坦广场那样豪华和气魄，更没有波茨坦广场那样的珠光宝气，但在我的目光里，它总有一种亲和的东西在缠绕，以至于它甚至能穿透时空的阻隔，带我走进那些斑驳而亲切的记忆。

特里尔是所有关于马克思的记载都会涉猎的地方。因为它是伟人马克思的出生地。从婴儿开始到牙牙学语再到掌握德、意、英、法、俄等多种语言，马克思就在这里渡过了他的童年和少年时代。

我对特里尔的兴趣都集中在了布吕肯大街 10 号——马克思故居上。

到达特里尔的时候，已是黄昏。夕阳红红地洒在摩泽尔河宽阔的河面上，像是在举行盛大的欢迎仪式，橙红的浪波泛着星星点点的光泽，恰与不远处浓郁的中世纪古堡形成了一组耀眼而煌煌荧荧的风景。而微风轻轻抚过的金黄葡萄园里，更似一片熟透了的红海，漾溢着一股股醉人的芳香。

我就在这种醉人的氛围里来到了特里尔。看着熟透了的风景，我想，这里还真像个红色发源地。

特里尔其实是欧洲一座最古老的城市。它大约是阿尔卑斯山北部第一座可以称之为城市的地方。浩浩世界，不是所有的古城都能称为第一的。

黑门就是特里尔深厚历史积淀的见证。

这黑门曾经是古罗马帝国西部地区的首府——罗马城的北大门。冷兵器的刀光剑影和黑黢黢的狼烟，使它完全变成了一个漆黑的黑石建筑。1984 年，喜爱聚会的特里尔人曾经用他们特殊的方式，举行了特里尔建城两千周年的庆典。我想，他们也许喝着那种当地产的白葡萄酒或优质黑啤酒，吟诵着一支连他们自己都莫名其妙的古老小调，在黑门前的广场上昼夜狂欢。

当然，生于1818年5月5日的卡尔·马克思，也许在烂漫的童年，经常会在这座黑石建筑前玩耍，也许还会在它的某个石块下与青梅竹马的燕妮私订终身，还也许因为有了"黑门"的浮想联翩，才引发了后来那些震撼世界的马克思主义经典理论。

傍晚，我们被领队带着匆匆从市中心步行沿行人稀疏的街道，拐了几个弯后，来到了一个三岔路口的弧形街面上。于是，我们看到了一幢淡黄色墙壁的三层楼房。那是一幢德意志莱茵河地区常见的典型建筑。据说当年这里是布吕肯大街664号，直到1947年特里尔市政府重新修葺时，才将这个门牌号定为布吕肯街10号。

这就是马克思的故居。

天色已昏昏沉沉地暗了下来。朦胧中我看见紫色的大门紧闭着，旁边墙壁上悬挂了一个铜牌，大约写着参观时间，而铜牌上方有一个写着阿拉伯数字的小牌"10"。在大门右面两个窗户中间还挂有一张刻有马克思浮雕像的金属牌，雕像下面有几行醒目的德文。领队说，那是马克思故居博物馆的意思。

我们都感到很遗憾。呼哧呼哧大汗淋漓地跑了好一阵，还是没能步入故居。

只好在大门口留张影吧，总算有伟人的行踪伴随着我们，也还是快慰的。这时，我突然想起了自带的小手电筒，就抓住故居窗台上的手扶栏杆，向室内张望起来。

展室里陈列着许多珍贵的历史照片、书籍和手稿。那些照片大部分是大胡子马克思与夫人燕妮的。具有领袖气质的卡尔·马克思总是穿着笔挺的西服，系着十九世纪盛行的领结，而燕妮则是一袭古典的长裙，袒露着美丽的脖颈，完全是一副贵妇人的模样。其实，燕妮正是一个德意志贵族家庭阿盖尔公爵的后裔，她的哥哥曾经是普鲁士国王的内政大臣。然而，她还是执著地抛开了富足，跟随着伟人马克思游走动荡了一生。那照片上马克思的表情坚毅，眼神深邃，而美丽的燕妮则是温柔、热忱和充满了自信。

马克思故居客厅摆放着那种老式的桌椅和高脚长沙发，木质显得很坚硬。那沙发的后墙上，挂了一幅画。看到这幅画，我眼睛一亮。那是一张中国画。画的是马克思坐在沙发上与三个女儿交谈的情景，那浓重的笔墨一看就是用毛笔勾勒渲染出来的，它形象传神，氛围高雅，十分逼真地描绘出了一个伟人家庭的和睦与温馨。

我向领队证实：那是一幅中国画。

领队侃侃而谈：来这里参观的几乎都是中国人。

是的，中国人怀揣着他们藏在心底多年的梦想，大多是到这里来虔诚朝拜和抚摸理想的。他们都像我一样有着从小就别无选择地建立起的一种神圣感和崇高感。那是一种无法比拟的纯真的情感。他们都会在这个伟人曾经留下过体温的地方，深情地吸气呼气，长久地思考并与伟人的思想进行一种光荣的链接。

领队还说，那一本本肃穆的留言簿，几乎都是中文留言，你完全有理由把它看作一个遥远国度里的中国故居。

马克思和燕妮曾经有过七个孩子，而真正存活并成长起来的就是三个女儿。我曾读过燕妮的一篇回忆录《动荡的生活简记》，就叙述了他们在十九世纪阴冷的欧洲四处奔走的艰难生活经历。

当我们一行在比利时布鲁塞尔白天鹅宾馆留影时，我脑海里就浮现出了燕妮·马克思说过的话：比利时的地平线也是一片昏暗……卡尔被释放了，我们就这样离开了布鲁塞尔，并且带着一张驱逐令。

那是1849年。马克思与燕妮在布鲁塞尔住了三年，而就是这三年当中，马克思、恩格斯在白天鹅宾馆写出了影响世界、撼动世界并留传至今的伟大经典著作《共产党宣言》。

离开特里尔的时候，天已经完全放亮。安谧的远山飘着一层薄薄的霭气。我们静静地回望着显得有些寂寞的小城镇，谁也没有说话。

永久的错觉

意大利是一只长靴子，罗马正巧在它的中部，坐车从靴口到靴底是很方便的。但进入罗马市区却不能随意。所有非罗马牌照的车就不能入内。于是，我们只能步行或者挤公交车完成罗马的旅程。这倒为我们外来者扫描古城，留下了便利。

罗马的建筑似乎没有什么章法。无论是奥古斯都广场废墟，还是巴洛克的繁缛，都充溢着一种散乱杂糅的古韵。

即便是站在这一幢新建筑——祖国祭坛的长石台阶上，依然有一种古旧而凄迷的感觉。

这个祖国祭坛建成于1911年，也叫埃玛努埃尔二世纪念碑。是纪念一位名叫埃玛努埃尔君主统一了意大利的产物。它的确很年轻，但却有浓浊的古罗马遗风。尤其是那气势、那神韵就像一尊罗马古董的新翻版。

然而，不。许多今天的意大利人都对它嗤以一种乜斜眼光。他们说，它应该拆掉，它总像一尊过时的白色打字机，与我们深沉的罗马很不相称。

这评价让我大吃一惊。

那个赶走外国占领者的埃玛努埃尔二世功劳不可磨灭。罗马人到底如何评判他，我不得而知，但纪念碑的确恢宏而气度非凡。纯白的大理石庄重而悠远，巨大的碑顶有镀金的铜像，远远望去，金光四射，蔚为壮观。

我打着雨伞，冒雨观赏它雕琢精细又不知为何意的拉丁文字，怎么也弄不懂罗马人为什么要歧视它。在它的上方还建有一座无名英雄纪念碑，于是，两座纪念碑就总称为祖国祭坛。

透过沥沥细雨的帷帘，看着模糊的祭坛，我隐隐感觉到，它确实很新，新得缺少了厚重，新得也缺少了坚硬。我觉得这可能就是罗马人乜斜眼光的出处。

是的，罗马它的确充斥着古旧和沉郁。那古旧漂浮着一种失落文明的躁动之气，一种久远残渣的斑驳之气，一种沧桑老妪的衰败之气，一种蹉跎岁月的苍凉之气。

古罗马像一个影子，无休止地缠绕在你的周围。那些凝固了时间的遗迹，像随手拈来的古玩，每一个侧面都散发着滴血的往事、凄婉的爱情和悲怆的人生。恺撒广场、奥古斯都广场、万神殿、科洛塞奥大竞技场、古罗马广场、阿庇亚古道、君士坦丁大帝凯旋门、图拉真市集、卡拉卡拉大浴场……每一个名字都承载着一角沉甸甸的历史。让你透不过气来。

现代意大利是1870年统一的。比起古罗马它似乎就像一个年轻的小弟弟。于是它的埃玛努埃尔二世纪念碑，在古罗马共和国、罗马帝国、拜占庭或者中世纪、文艺复兴甚至十六世纪巴洛克风格的建筑海洋里，就像晚辈的晚辈，没有发言的权利，没有立锥之地。旧永远比新有价值。旧永远是新的楷模。难怪有相当一部分罗马人用不屑一顾的神情藐视这座纪念碑，于是，当他们在国庆节参加大型纪念仪式时，就显得心不在焉，仿佛那是别人的纪念日，而不是他们自己的。

今天的罗马人可能永远也走不出这个恍惚的怪圈。

我作为一名来自遥远东方的现代人，最大的感受就是我似乎永远徜徉在过去的回忆中。这其实是一个非常可怕的感受。

我以为，在古罗马阴影里爬行的现代意大利人，虽然他们穿着很时尚，但他们的内心是古旧的，他们引以为自豪的东西是那古罗马的衰落之美、残败之美。

不过我还是十分肯定意大利人保护古迹的做法。一个灰蒙蒙的罗马城就是一个灰蒙蒙的硕大古物。任何一个在古城里游荡的人，都可能会被摄像镜头跟踪，因为那废墟上的每一个石块，可能都是一个古老的摄像头。我真不忍心将一块磕绊了我的石块抛向远方，我知道它的蕴涵是两千年甚至更长的时间的历史记忆。它或许是恺撒大帝曾经踩过的石块，也有可能是一位美丽贵夫人用纤纤细手抚摸过的信物，还有可能是一位奴隶角斗士擦过屁股的手纸。

但，我还是按捺不住地拾起一块看起来比较精致的石头，站在卡比托利欧山丘上，翻来覆去地欣赏了很久。我没有看出国王美女和角斗士的差别。我想它只是一个普通的石头，它的表面有一些泥土，有一些辨别不清的分子结构。我还想，它可能是一块来自阿尔卑斯山的石头，也可能本来就在卡比托利欧山丘上风吹日晒着。不过，它的人文历史还是很难推测的，因为它摄取的信息量实在太多了。

我将石头悄无声息地塞进了挎包。我知道我塞石头的动作有些卑琐，与我的身份有些不符。不过，我还是没搞明白，我为什么会有一种偷走价值连城的古物的感觉。

看着最年轻的纪念碑胜利女神双轮战车，我被这个叫方塔纳埃的作品感动了。那神态逼真的铜马，姿态矫健，恰巧与高大整齐的石柱构成了一幅全新罗马帝国的复原形象。但，很快这罗马高大形象就坍塌了。因为它缺少支撑。这公元1911年实在无法攀登那公元前750年或公元前45年的高度，也无法攀上艾特拉斯奇王朝在台伯河畔兴建罗马城的高峰。

后来我想，我怎么会突发这样的奇想呢？我问一位朋友。朋友说：绝了，我也有这种感觉，所有的新建筑，我都会不屑一顾。

但是，当我离开罗马后，就再也没有了这种感觉。我想，我可能回到了现实当中。

庆幸的是，我拾到一块古罗马贵夫人抚摸过的亮石头。

数千年来，罗马曾有过那么多的战事，它的主人一变再变，但这些坚实的老房子却被奇迹般地保留下来。它的居住者似乎永远都心安理得地躺在旧石块上做着新内容的梦。他们用今天的肉体占领着昨天的空间。不知道他们会不会想到，上上个世纪的某一天，他们的爷爷的爷爷，在用同一种姿势和力气咀嚼着一种叫意大利通心粉的食物。

罗马真正的辉煌，可能就是看不到变化的辉煌。在没有变化的街道上，走着不断翻新的肤色各异的新新人类。

征服者的废墟

古罗马广场在两千年前曾经是一派辉煌的景象。但现在看来，十分狼藉也十分悲惨。据说它是十九世纪末才被喜爱古迹的欧洲人挖掘出来。欧洲人一边精心地用铁铲和毛刷挖掘，一边抽着雪茄享受着古迹带给他们的快感。欧洲人有挖掘古迹的嗜好。他们不仅挖欧洲，他们也挖亚洲和非洲。有一个叫斯坦因的英国人，就在我们中国的新疆挖走了数万件文物。

在罗马帝国崩溃后的一千多年间，原本壮观而华丽的古罗马中心广场，竟然不知怎么会被掩埋在碎石与尘埃之下了。这多少有些蹊跷。

我站在一块巨大的条石上照相，身后就是恺撒大帝的朱利亚大集会堂遗址。高耸的白色石柱依稀能分辨出昔日的壮美。我曾看到过一张古罗马广场的复原像。它作为公元前五世纪到公元四世纪罗马城的核心，有着庞大的宫殿、庙宇、元老院和集会场所，遍布广场的有身着盔甲的武士、身穿长衫的平民和仪态生动的战马。还有随处可见的巨大而精美的雕像。

罗马人历来有征服别人的欲望。在古代意大利半岛，罗马人最早并没有希腊人和伊特鲁里亚人强大。他们只是意大利长靴子上的小字辈。但罗马人通过残酷的战争统一了半岛。有一幅名画叫《萨宾妇女》，是法国十九世纪画家达维特的名画。在巴黎卢浮宫我曾亲眼目睹过它的风采。

国王罗慕路斯初建罗马城时，为了增加人口，就用计谋招来了许多萨宾人，于是，罗马人就下黑手疯狂地抢夺萨宾众多的妇女。被抢来的萨宾妇女在罗马人优厚的待遇及呵护下，陆续爱上了罗马的男人。当萨宾的男人重新来到罗马决战时，突然冲出了泪流满面的萨宾妇女，她们哀求、阻止并且怀抱着幼小的孩子，用她们的身体筑起了一道美丽的人墙。于是交战双方停战了。萨宾人与罗马人融为了一体，从此罗马开始人丁兴旺，终于衍化成了强悍的罗马帝国。

这故事似乎有些粗鲁和蛮不讲理，内涵又有些深不可测。古罗马人与土匪草寇并没有什么本质区别，但古罗马人有一种高远的理想。如果没有掠夺萨宾妇女的历程，肯定就没有后来的罗马帝国。

恺撒就是古罗马的一位奇人。

最早认识恺撒是读莎士比亚的名著《恺撒传》。很多细节都不记得了，却偏偏记住了大演说家西塞罗专门为恺撒大帝丧礼演讲的开头语：朋友们，罗马人，同胞们，请倾耳听我道……

其实阅读恺撒是一件很费神的事。前几年，妻子准备买一件恺撒牌皮衣，试了一下感觉很合身，就是价格太昂贵。妻子有些手软了。我知道妻子还是想要，她其实是想让我帮她下决心。我于是告诉妻子恺撒是伟人，他是罗马的祖国之父。你如果买了恺撒，就意味着你购买了人们敬仰的神，有神的保佑，你的一生会平安。于是妻子就买下了那件昂贵的皮衣。

出生于公元前100年的恺撒，最先只是一个普通的神庙祭司，他当上军官也纯属偶然。但他自小有一种征服天下的狂想。他曾狂想着有一天骑上自己的高头大马，驰骋于亚平宁平原，踏遍阿尔卑斯山南北大地。

其实，他自小的狂想还是太小了。当恺撒真的奇迹般地统帅了罗马的时候，那些自小的狂想其实只是一个小儿科的问题。连恺撒自己也没有想到，他竟然有这么大的神奇力量。他接连拿下了高卢人中最骁勇的赫尔维提人和日耳曼人部落，又长驱直入穿越英吉利海峡，登不列颠岛，在英格兰人的某一地区修起了罗马的城墙。

这些似乎并不够过瘾。他在西班牙招兵买马，平定了周边不愿臣服的诸部落，又横扫了小亚细亚，终于扩张到了地中海最后一个强者——埃及的托勒密王朝。

恺撒终于拥有了众多冠冕堂皇的头衔。恺撒也奇迹般地使罗马共和国体制发生了动摇，他实际上已经变成了罗马帝国的君主，打破了共和制的规矩。

　　我尊敬恺撒，并不仅仅因为欣赏钦佩他轰轰烈烈又叱咤风云的战绩，也不因为他经过征服而获得了独裁权力，而是因为崇敬他在刀光剑影的空隙，居然有亲自撰写文字的惊人毅力和心境。《高卢战记》和《内战记》都是恺撒留下的亲笔著作。在两千多年来官样文章占据着文字海洋主体的漫长历程中，恺撒以他独特的统帅视角，留下了一笔丰厚的历史遗产，堪称文学与史学杰作。我们且不说那简洁流畅的文风和秉笔直书的姿态，单是那疆场驰骋缝隙里的疲惫与杂乱无章，就是常人难以承受和逾越的。恺撒居然完成了，而且是一部奇书。后人在评价恺撒的著作时，往往都感觉难以把握。因为它有军事价值，人文价值，更有史料价值。于是后人评价说：那是公元前一世纪最上乘的拉丁文字写作。

　　恺撒其实只是一个悲剧人物。朦胧中我终于弄明白了，恺撒的名声为什么如此显赫。他的名望为什么超过了罗马帝国真正实施者——奥古斯都大帝屋大维。我分析，那多半来自于他的丰富多彩又烟雾缥缈的人生。因为在他狼烟滚滚的生涯里突兀着一隅温馨而甜美的爱情世界。

　　高大英武的男人臂膀里有一个艳丽聪颖的女人。这似乎是一个古老的爱情故事。但又不仅仅是故事。英雄会为美人而倾倒，会为美人而放弃战争。大英雄能打败无数个小英雄，但大英雄永远打不过小美人。这似乎也是人类的一项法则。恺撒最真实的历史谁也无法知道，我们距离那个时代毕竟太遥远了。但恺撒的记忆却永远耸立在历史的风口浪尖上。

　　最豪华的版本还是美国大片《埃及艳后》。那位有着奇异美貌的埃及女王克娄巴特拉，不仅拥有了埃及，擒拿了古罗马的盖世英雄恺撒，还驯服古罗马另一位盖世英雄安东尼。她让这两位罗马的赫赫功臣，一前一后拜倒在了她的石榴裙下。

　　征服世界的男人恺撒在埃及美女克娄巴特拉面前显得束手无策。克娄巴特拉用她柔软的腰肢，妩媚的眼神，伶俐的谈吐和优雅的举止，勾走了恺撒的魂魄，于是就上演了一场甜美甜蜜又掺杂了些许沙子的爱情故事。于是大元帅与美艳后就开始沿着美丽富饶的尼罗河溯流而上，开始了现在时兴的叫法——浪漫之旅，并且生有一子，名字就叫恺撒利昂。

恺撒没有战死沙场。恺撒死在了与克娄巴特拉浪漫之旅之后的公元前44年3月15日。他是被人暗杀身亡的，在众多的刺客将锋利的短剑刺中他的身体时，再盖世的英雄也会倒下。恺撒全身被刺了二十三剑。恺撒被刺后有一个著名的动作，就是——用披风遮住了自己的脸。恺撒要脸而不要身体，就像沙漠中的鸵鸟。恺撒大约只是一个人。我想，恺撒这个动作揭示了他是普通人的秘密。不过美国电影《埃及艳后》中没有这个著名的动作，让人很遗憾。

恺撒神的地位是在他死后被另一位同样被埃及艳后克娄巴特拉迷倒的安东尼树起来的。恺撒被授予"一切神和人的荣誉"。现在罗马的中心广场依然耸立着一尊七米高的大理石悼念柱，铭文就是献给祖国之父恺撒的。

恺撒在死的时候，脑际里是不是闪现过克娄巴特拉妩媚的笑，谁也不会知道。但克娄巴特拉却真实地在很短的时间内，变成了恺撒的助手、执政官安东尼手臂里的新宠。这真是奇了，我不知道那时罗马流行什么样的道德准则，但这位女王先前的确是恺撒的情妇。可以想象，在金碧辉煌的有着埃及神庙风韵的巨大宫殿里，神鸟张开了翅膀，立柱的荷花在感受到阳光后盛开了。多情狐媚的克娄巴特拉身着柔软的长裙在弹竖琴，并且有一群艳丽的女佣伴随着她在吹双笛或者奏埃及诗琴。克娄巴特拉光彩照人。安东尼自然会被这种奇妙的氛围融化的。因为安东尼也是一个普通男人。安东尼会顾不得盖世英雄恺撒的在天之灵。安东尼神魂颠倒亲吻起克娄巴特拉的落地长裙。

征服过欧洲征服过地中海沿岸甚至征服过非洲的恺撒和安东尼，被同一个美丽的埃及混血女人征服了。于是历史就成为了历史。如果历史没有这个埃及女王的加入，可能会变成另外一种模样。

征服过世界的神圣罗马帝国，曾经有辽阔的版图，曾经有近千年的文明历史，但最终还是被别人征服了。

罗马的废墟上，永久站立着的是倾心欣赏它的匆匆过客。

台阶上云集的思想

那个大台阶有一百三十七级。从最底层向上仰望,必须得鼻孔朝天,不然你就无法看到最顶级平台上座落的楚利尼塔代孟第教堂的塔尖。

它就是罗马的西班牙台阶。它得名于台阶下面的西班牙广场,西班牙广场又得名于西班牙派往梵蒂冈的使馆。当然那是十八世纪的事。

沿着这个巴洛克风格的大台阶拾级而上,你会感觉那些宽窄不一,错落有致的十二个段落的每一个段落都深藏着层层叠叠的曲折故事。

台阶上坐着许多花花绿绿的旅行者。我断定他们都和我一样是千里迢迢来大台阶寻找旧梦,虽然他们大多说的是英语,我也能感觉到,他们也是第一次来。他们好奇地在台阶上东望西找,或者专心致志地辨认着墙壁上镌刻的模糊文字。

在一段较宽敞的台阶上,有一男一女两个白皮肤年轻人在旁若无人地进行表演。他们表演得很投入。不少人静静地看他们俩,并投以一种善意的微笑,但人们并不围观。这可能就是欧洲。在国内只要有人抬头看天,就会有人跟着仰起脑袋四处张望。

这两个年轻人在模仿电影《罗马假日》里的调情细节。那是二十世纪五十年代奥黛丽·赫本和格利高里·派克最经典的浪漫镜头。因为有了那两个男女主人公在大台阶上邂逅的爱情故事,才使得罗马这座古城焕发了朝气,充满了现代人的浪漫情调。

大台阶作为西班牙广场的衍生物,与广场有着卿卿我我的亲密关系。而西班牙广场在它建成之初，就一直蜂蝶般地招徕着一批批欧洲那些潦倒艺术家的目光。于是艺术家们就来了。就居住在了它的周围。他们或是漫步或是在台阶上歇息或者在咖啡屋里小聚。那个有名的希腊咖啡屋。就有一系列艺术家逗留的证据。这是一个奇怪的现象。我甚至试图查阅一些资料，来证实这些艺术家徘徊台阶下的真正缘由，但后来我放弃了。我想，事实是他们已经真实地聚集在了这里，这里肯定潜伏着他们需要放松的理由。就像巴黎的塞纳河左岸，艺术家们可以找到他们自己的归宿感和安全感，他们于是就逗留下来。

试想，一个地方有了意境高远的诗，有了云蒸霞蔚的画，有了温馨多情的音乐，还有了层层叠叠的台阶做支撑，难道不值得肃然起敬么?!

李斯特·费伦茨，一位十九世纪享誉世界的匈牙利作曲家、钢琴家，一位交响诗的创始者，曾经创作过《但丁交响曲》、《浮士德交响曲》和描写匈奴王阿提拉率大军越莱茵河西侵高卢的交响诗《匈奴人的战争》的大音乐家，就曾经在这个大台阶旁的咖啡馆里游居过数载。他一边喝着咖啡，一边演奏着他的《爱之梦》钢琴曲，尤其是那首著名《啊，爱情》，演到兴奋时，他还会叫人们再搬来一架钢琴，两琴轮换弹奏，使在场的所有人都能欣赏到他灵巧的又行云流水般手指弹奏的细节。据说后来李斯特在梵蒂冈接受了剪发礼变成了修士，可我们没法看到那时的照片。但他后来的音乐创作却升华到了更加炉火纯青的境界。

李斯特是一位寓文学于音乐之中的极力推崇者。他的交响诗《塔索》取材于英国诗人拜伦的诗和德国作家歌德的戏剧；他的交响诗《马捷帕》又取材于法国作家雨果的诗篇，描述了一曲哥萨克人马捷帕凄美又险象环生的动人故事。奇异的是，拜伦、雨果也先后到过这个艺术家钟爱的大台阶，并留下过不朽的文字。我不知道比雨果小九岁的李斯特，是不是与雨果有过希腊咖啡屋里的神圣约会，但我对李斯特的《马捷帕》却饶有兴味。

翻阅那些众多艺术家纷至沓来的名册，你会被一个个振聋发聩的名字弄得瞠目结舌。我不知别人会不会这样，但从小喜爱艺术的我会佩服得五体投地。他们有英国诗人泰尼松，瑞士画家考夫曼，法国作家司汤达、巴尔扎克，丹麦作家安徒生，德国作家格雷戈罗菲乌斯等等。而最为知名的就是俄罗斯批判现实主义大师果戈理，他的最为不朽的名著《死魂灵》就是在这个咖啡屋的某一张方桌上，品着那种苦咖啡书写完成的。这似乎让人不可思议。

鲁迅先生的《狂人日记》代表着中国现代小说的鼻祖，那丰厚深重的思想内涵，开创了中华民族一代人涌动的新思潮。可鲁迅先生的小说标题却来源于俄罗斯作家果戈理的短篇小说《狂人日记》。我想，果戈理肯定是先沿着西班牙台阶拾级而上，奔跑一个来回，把自己弄得满身大汗，再痛快地洗个澡，然后才坐下来一口一口地呷着咖啡，像一个落魄的绅士。他做着那种清雅的动作，写字时会眼睛盯一个固定的角落，其实他什么也没看。他看见的只是他脑海里的人物。他于是就写下了一个十九世纪俄国小文官乞乞科夫为搞钱而收买死灵魂遍访郊外地主们的故事。那故事犀利而深刻，今天读来仍然有一种游丝状的东西在窸窸窣窣地穿行，搅得你的灵魂在不断地颤抖。

我如愿以偿地来到了大台阶上那幢玫瑰色的小楼房。这就是诗人雪莱和诗人济慈博物馆。因为贫困和疾病，雪莱和济慈都曾经在这幢房子里居住过，并且产生过伟大的作品。

雪莱，英国十九世纪诗坛的巨星，曾是我极度崇拜的诗人之一。早先马克思和恩格斯都对他有过极高的评价。马克思说，雪莱是彻头彻尾的革命家。恩格斯说，雪莱是天才的预言家。其实，年轻的雪莱仅仅活了三十岁。他的确是太年轻了。他在颠沛流离中来到了罗马，来到了充满了韵味的西班牙台阶上。他其实很清秀，他的画像更像一位手握鸡毛写作的美女作家。在他聪颖的眉宇间，闪烁着一种智慧，也闪烁着一种狂风暴雨般的警示。

他的长诗《心之灵》就是为了拯救被继母幽禁于修道院中的少女爱米丽而创作的，他曾许多次访问过爱米丽，并且称她为精神之美的化身，心灵之上的心灵。

雪莱后来与友人在一次大海泛舟时，意外遭遇暴风雨而溺死海中。这多少让人无法接受，但却应了诗人"一切汇入大海"的万物融一的思想。

精神是不朽的，死后的精神是永存的。这句子来源于雪莱悼念诗人诗友济慈的长诗《阿童尼》。济慈早于雪莱死于肺结核病。

雪莱说：罗马，哦那墓园，那儿既有天国，又有墓地。雪莱还说，远远离开海岸，那不朽之灵向我招手。想到可以长眠于这样甜蜜的地方，让人都不由得爱上死亡了。

雪莱写这首《阿童尼》是 1821 年，果然 1822 年他就葬身于大海了。于是有相当一批评论家说，雪莱对死亡有预感。

是的，将雪莱与济慈博物馆放在这样一个大台阶旁是很有象征意义的。它总能吸引更多的艺术家来这里寻梦。不管他们是否能成功。他们总希望在大台阶上慢慢地回味罗马的历史，解读那久远的有一股淡淡霉味的诗行，他们可能想得最充分的还是天空为什么会飘来忧郁的白云。当然，他们也许只是想在大台阶上休息片刻。

终于我气喘吁吁地绕过了那个埃及方尖碑，来到了台阶尽头那十六世纪兴建的哥特式教堂的大门前。埃及方尖碑似乎已变成了欧洲的宝贝。在欧洲所有重要的场所，你都可能看到这种四千年前古埃及的神圣石柱。它会将你的目光引向伟大而神秘的天穹。不过，所有看过方尖碑的人，都会有一个奇怪的结论：埃及的圣物装点了欧洲的风景。

我的腿已经十分酸软和疲惫了。我对一切都失去了兴致。一钻进楚利尼塔代梦第教堂，我就悄无声息地找了一个座位眯起眼睛假装做起了弥撒。教堂里灯光昏暗，四周静寂无声。我身边有一男一女两位老人在静静地祈祷着。我终于扭不过困乏，闭上双眼打起了瞌睡。我的鼾声打醒了自己，也惊搅了两位老人。

我看见两位老人慈祥地对我笑了笑。

有一个响亮的名字

罗马似乎许多建筑都与一个人有关。

这让我找到了进一步探寻的切入点。无论在圣彼得广场、圣彼得大教堂、还是拿佛纳广场、台伯河上的圣天使桥，抑或是雕塑《恍惚》和圣安德雷·库林纳教堂的大圆顶，都时不时有一个炫目的名字飞出，像一道强光刺激着你的眼球。你不得不刮目相看。

最先被震撼的就是圣彼得广场的柱廊。那左右对称又宏伟壮观的气势着实让我暗暗吃惊，并且头皮一阵发麻。

于是我追寻出了他的名字——贝尔尼尼。一位十七世纪意大利的建筑设计师、巴洛克巨匠、雕塑艺术大师。

人们说，如果没有贝尔尼尼磅礴的柱廊，华丽的拱顶，鲜活的雕像和流畅优美的弧线，就没有细润缤纷的巴洛克时代，也没有罗马丰美华丽的今天。

柱廊曾经是古希腊巴底农神庙的骄傲。后来古罗马人感觉他更能代表强大、奢华和蓬勃向上的罗马帝国的风韵，于是，就拿来为自己所用了。当然罗马人的智慧是硕大无朋的，他们于是将这些立柱变得更加绚烂也更加罗马化了。

贝尔尼尼也是一个天才的普通人，在他汲取了许多古典艺术精华之后，又顺应了文艺复兴大潮的冲击，才弄出了一系列恢弘又精致细腻的艺术品，让后人永远为之唏嘘。

其实整个意大利在古希腊、古罗马艺术的启蒙下，又得益于拜占庭艺术、基督教艺术的熏陶，更有中世纪罗曼艺术、哥特式艺术的渲染，才孕育出了文艺复兴的辉煌，才交融出了巴洛克的热情奔放和浓郁华丽。有人曾经指责巴洛克是堕落瓦解的艺术，因为它过于追求豪华与享乐。而经过数百年的历险，巴洛克艺术正是以它的激情、浪漫和丰富的想象力，以它跃动和变化阐释了它的灵魂，完成了它的杂糅和拓展。贝尔尼尼作为它的代表人物之一，的确留下了一批伟大作品。

圣彼得广场柱廊就是贝尔尼尼的千古绝唱。它环状地矗立在广场两边，像两排整齐而巨大的石柱森林，拥抱着硕大的广场，宛若上帝之手拥抱着它的子民。这柱廊均由男人般的多利克式大理石巨柱组成，气势宏大，造型美观，而面向广场的石柱顶端都是神态各异的巨大雕像。这些巨柱共有284根。广场中间有两座晶莹闪亮的美丽喷泉，它们为庄重的广场平添了一种生动而欢快的气氛。从喷泉向两侧的柱廊望去，你会发现一个奇特现象。这前后四排巨型石柱，居然仅仅能看见第一排石柱。这恐怕就是贝尔尼尼的耐人寻味和匠心之处了。贝尔尼尼让你感到了优美、阳刚和华丽，又让你感到了整洁、韵律和诗意。

站在这森林般的巨柱边旁，你会觉得自己异常渺小。

当然，圣彼得大教堂里自然也会有巴洛克大师贝尔尼尼的作品，不然教堂就会显得缺少灵气。在教堂中央有高达29米的青铜华盖，它由四根螺旋状的青铜巨柱支撑着，显得富丽堂皇而又充满金气。而另一件华丽的艺术品，就是镀金宝座——圣彼得大宝座。它们像一组炫目而熠熠生辉的巨大宝石，闪烁着迷人的风韵。而教皇作为当时罗马的最高权力拥有者，也深谙艺术之道，帮助贝尔尼尼完成了那些举世无双的经典作品。今天看来我们真该感谢教皇的知遇之恩，不然就不会有如此精美的大宫殿，以及大宫殿里不朽的艺术。当然，教皇想的肯定不是流芳百世的艺术，他希望在他的豪华宫殿里永远是人头攒动的虔诚朝拜者。他永远是鲜花丛中的花蕊。

台伯河是区分罗马市区与梵蒂冈国的一条小河。河上有座古老的圣天使桥，如果你不经意可能以为它是一座新桥。其实它最早建于哈得良皇帝时期。在1450年重建后，那漂亮的十二尊天使雕像，也是贝尔尼尼的作品。

我于是停下脚步，仔细地观察起桥边耸立的十二尊天使雕像。天使们一个个神采飞扬，意态生动，有着飘逸的衣裙和飞带，更飘出一种精湛和细腻，让我倾心不已。过后，我看到一篇介绍圣天使桥贝尔尼尼的这组雕像的文章，说：那天使的裙带标志着巴洛克时代的最高水平。

　　领队发现我的兴趣点后，也兴致勃勃地告诉我，你可以去拿佛纳广场看看《四河喷泉》，它会让你终生满足。那才是贝尔尼尼精品中的精品。

　　我于是顺着领队的指点，来到了拿佛纳广场。那是一个人头攒动的广场。说是广场，看起来并不太大，在中国它只能算一个社区小广场。在它椭圆形的广场上，聚集着街头画家、卖艺者以及更多的黑人小贩。

　　贝尔尼尼的《四河喷泉》和《摩尔人喷泉》就兀立在广场中央。四河喷泉围着许多肤色各异的拍照者，他们拍照它，可能是想看到尼罗河、恒河、多瑙河、拉布拉多河的河神的真实面目，也许只是想在拍照中找到轻松愉快的感觉。

　　其实这《四河喷泉》显得很夸张，它精致而活跃，把拟人化的河神表现得活灵活现而又意趣盎然。而《摩尔人喷泉》则颇具美感，水池中央立着一尊高耸的雕像，四周有一圈生动的戏水者，它们此起彼伏，相得益彰。

　　贝尔尼尼就是这样一个大艺术家，他的大理石造型似乎永远透着思想，他的华丽的装饰似乎又永远透着真情。当你走过他的作品时，你肯定会听到一种摄人心魄的来自天庭里的悦耳之声。你会说，那是天籁的细润之声。

　　在遭遇到贝尔尼尼的《恍惚》时，我目瞪口呆地看着那从天顶射入的金灿灿的光芒，终于恍然大悟，光线原来是可以用手触摸的。

曾经的火烧广场

它是一个我心仪已久的广场。走在它坚硬的被岁月碾压和磨砺得凸凹又光滑的碎石路面上,有一种世态沉浮的沧桑感,也有一种俯瞰纷繁历史风云的现场感。那光滑记载了年深日久的隐忍和沉重,也见证了俄罗斯民族激越、忧郁、悲壮又跌宕起伏的历史进程。

它就是红场。

不过,红场令我很失望。它太小了,小得居然仅有天安门广场的五分之一。红场在莫斯科市中心,是克里姆林宫建筑群体的一部分。宫里宫外是截然不同的两个世界。宫里,浮华的宫殿、钟楼、塔楼与金光闪闪的"洋葱头"教堂交相辉映,神采照人,气韵非凡,而宫墙外则显得开阔,凝滞,冷峻。1485年,还不完整也不豪华的克里姆林宫开始内宫改建,在意大利建筑师阿里斯托捷尔·费奥拉茨帝的领衔设计下,用特别烧制的红色砖块围建起了一个不规整三角地形的宫墙。这宫墙让克里姆林宫从此开始了奢华而神秘的历史。宫墙外曾经有一批低矮、肮脏的土木房屋,它们卑琐地散落在灰褐色的大地上,里面有平民、佃户,也有一些散居的僧侣和商贾。后来,是一场熊熊燃烧的大火将这些房屋化为了灰烬。——那是一张令人悲悼凄惨的画面。那场大火烧掉了杂乱与烦躁,也让红场面积扩大了许多,并且很快发展为一个民众聚集、贸易繁盛的商品交易集散地。

可以想象,在十六世纪以后的日子里,红场实际上就演变为一个由许多工匠作坊、蒸汽浴室、棚铺、摊店组成的大集市。在这个集市里聚集着卖艺者、耍熊者、行吟者和人头攒动的小贩，也时常有身穿华贵服饰的官员骑马或站在高台上宣布诛杀命令。因为红场曾经是执行各种刑罚，宣读沙皇诏书的地方。俄罗斯著名画家苏里柯夫有一幅油画叫《近卫军临刑的早晨》，就描写了十七世纪发生在红场的真实事件。那是在彼得大帝当政期间，近卫军兵变，被镇压，于是就有了在红场绞杀谋反近卫军的情景。当年，彼得大帝身穿海蓝军服，在外国使节的观瞻之中，近卫军士兵将被行刑，而身穿破烂装束的农民、妇女们在悲恸中嚎哭着……这是一幅色调灰暗场面冷郁的油画，它浸透着那个时代的鲜明印迹。远处的背景，克里姆林宫城堡及塔楼隐隐约约地虚幻着，如一座神秘又深不可测的冷宫。

后来，这个克里姆林宫前火烧广场，就被称之为红场。它是斯拉夫语，意思为美丽的广场。在俄罗斯我见到一本莫斯科"Amarant"出版社出版的汉文画册，它介绍红场为非常漂亮的广场。我不知道哪个翻译更趋于准确合理，我想，还是姑且叫它火烧广场吧。

在刀光剑影的过去时代，红场一次次承载过纷乱，杀戮，甚至焚毁，也见证过正义战争胜利后的喜悦。它像一个老者，目睹过阴霾的日子，用欲哭无泪抵挡烧杀掠抢，同时，也坚硬地支撑过日益兴盛的沙皇的帝国之梦以及前苏联的辉煌。坐落于红场南部的瓦西里升天大教堂就是伊凡四世为纪念1552年战胜喀山鞑靼军队而兴建的教堂。那是一座风格独特的建筑，它的色彩艳丽的花纹和闪闪烁烁的"洋葱头"尖顶，让人眼花缭乱，浮想联翩。

伊凡四世就是被称为伊凡雷帝的沙皇，他是第一位向欧洲公开宣称自己是沙皇的统治者。"雷帝"有恐怖、威严、雷霆之意。当年伊凡四世曾大开杀戒，他的黑袍兵，马头上挂狗头，马尾挂扫帚，象征着咬死或扫除一切需要诛杀的人。可以想象，在红场这个人头攒动的集市上，常常会有官兵捆绑着反剪了双臂的领主和百姓，被处以极刑。红场曾一度沾满了许多无辜百姓的鲜血。瓦西里升天大教堂前有一尊双人雕像，他们是俄罗斯民族英雄米宁和波扎尔斯基。1612年，商人库茨马·米宁和德米特里·波扎尔斯基建立了国民义勇军，打败了侵占莫斯科两年之久的波兰侵略军，解放了红场和克里姆林宫。而1812年，法国人在拿破仑的指挥下，居然也骑着他们的高头大马踩踏在了血流成河的红场上,并且别出心裁地举行了阅兵大典。一度,拿破仑有喜欢庆典的嗜好,他曾多次在被占领国用歌功颂德的方式来证实他的叱咤风云和战无不胜。

红场与天安门广场的另一个不同,就是它是一个坐西向东的广场。据说这与东正教的传统有关。其实,红场东西宽仅仅一百三十米,只比普通的十车道大街宽一点(红场是莫斯科唯一禁止车辆通行的地方)。但这个狭窄的广场却盛装了一批批曾搅动过世界历史的风云人物。

列宁墓坐落在红场西侧。列宁是我敬仰的伟大导师。在当下我的生存状态里,列宁的思想依然常常会引领我的脚步——那是一种确定了人生轨迹后的幸福的、坚实的脚步。列宁说,如果一个共产主义者不用一番极认真,极艰苦而浩繁的工夫,不理解他必须用批判的态度来对待的事物,便想根据自己学到的共产主义的现成结论来炫耀一番,这样的共产主义者是很可怜的,而生活之树是常青的。列宁还说,面包会有的,一切都会有的。——列宁其实说过很多意味深长又博学精到的话,那些话至今令我神往,令我警醒,令我心潮澎湃。列宁就是那个永远秃着顶,留着棕灰色胡须,身穿黑西服、白衬衣、深色马夹,挥手指向前方的辉煌隽永的形象。

列宁静静地睡着,显得安详而平静。我想,列宁大约还醒着,他在侧耳倾听,他肯定会听到当今世界奇妙而无奈的声音,他也在凝神静观,他也肯定会看到当今世界那些繁缛的碰撞、竞争以及进击的力量和信心。

向列宁深深地鞠了一躬,我感到有一股酸涩涌上了心头。

长时间的,我们把列宁凸显在一个醒目位置上,崇高着,神圣着,成为了一座精神高地。在这个高地上,有一支庞大的追随者队伍,他们人头攒动着,如涛涛不息的潮涌一般,他们甚至丢弃了年轻的生命。我知道,我也是这支队伍中的一员,我依然在行走着,依然在迈着略显沉重的脚步。这是一支恢弘而气势磅礴的队伍。

在列宁墓的背后,有十二块墓碑,它们整齐地排列着,像被检阅也像要列队出征。他们都是前苏联时期口碑不一的重量级人物。——斯大林、捷尔任斯基、勃列日涅夫、安德罗波夫、柯希金等等。斯大林作为一个特殊人物,曾经遗体也被安放在列宁墓内，但在1962年的一片否定和批判声中被迁移出去。注视着这些曾经熟识的人物墓碑，我想，他们都曾经炫目过，辉煌过，今天却斑驳了，黯淡了，显得有些孤独无援。是的，在他们墓碑上方，隐隐飘动的已不再是当年的红色旗帜。

当今的俄罗斯，似乎没有什么人再愿意回眸前苏联领袖们的历史遗迹。我们很少能听见俄罗斯人正面回答苏维埃政权的功绩和政绩，但，有一个人很特别，他就是朱可夫元帅。如今，朱可夫元帅精美而庞大的骑马雕像就耸立在红场北出口，似一尊沉稳而威武的战神，独领风骚地兀立着。朱可夫是一位参加过一战、二战又功勋显赫的英雄和苏军统帅。他的杰出军事才能享誉世界。令人欣慰的是，这尊雕像建立于1995年5月，是为纪念二战胜利五十周年而立的。——真正的英雄和骁勇的战将，不论他是否离去，也不论他雕像的神态是否逼真，更不论出于什么样的时代，人们似乎都记得他。记得他戎马倥偬的姿态，记得他悲壮跌宕的一生。虽然那雕像让朱可夫的大檐帽压得有点过低，但并不影响人们仰慕他。

红场的声名显赫大约与它的大型阅兵有关。1945年5月，苏联红军将红旗插到纳粹德国的国会大厦顶端，柏林攻克了，二战胜利了。6月24日，在红场举行了盛大的胜利阅兵式。阅兵仪式上总指挥罗科索夫斯基元帅向朱可夫元帅报告，朱可夫代表最高统帅斯大林担任阅兵首长，检阅了卫国战争中功勋卓著的苏联红军。那一天的"乌拉"声，震撼了整个莫斯科上空，发出了正义必胜的时代强音。此后，每年5月9日，就被定为卫国战争胜利纪念日，且年年举行红场阅兵式。苏联解体后，俄罗斯一度中断过这种大型阅兵，但后来又红红火火地恢复了。据说，如今的红场阅兵是俄罗斯爱国主义教育的重要内容之一，这让我既蹊跷又欣慰。

卫国战争胜利六十周年庆典活动中，在红场大型阅兵式的各国贵宾中，出现了胡锦涛主席的身影，他被安排在第一排最抢眼的位置上。他的旁边分别是普京和布什。当身穿二战苏联红军制服的士兵方队和一千五百名二战老战士走进红场时，许多人都激动得热泪盈眶。

红场阅兵历来被认为是俄罗斯展示军事实力的舞台。2009年5月9日，在世界经济危机的冲击下，遭受打击的俄罗斯依然让最新研制和最新服役的新一代导弹缓缓地流过红场的甬道，以炫示其强大的军事实力。其中包括S—400地空导弹系统、移动式白杨—M导弹系统和RS-24洲际导弹、"布拉瓦"海基洲际弹道导弹。

红场阅兵——胜利日，最让人感动的还是那些为和平、为爱而倾注热情的普通百姓。有一条横幅写到：胜利日万岁，向老战士致敬，先辈的胜利就是我们的胜利。还有众多的人挥舞着一种黄黑条纹的丝带叫乔治丝带，它寓意着对先烈的追思和对胜利的自豪。

在无名烈士墓前我默默地伫立了一会儿，献上了一束红色康乃馨。

新圣女公墓：活着的灵魂

尼古拉·阿列克赛耶维奇·奥斯特洛夫斯基伏在有雕花纹饰的铁床上静静地写着，纸板被钢笔磨得沙沙直响。天已经完全黑了，奥斯特洛夫斯基并没有让护士开灯。他也没有想开灯。他进入了一种痴迷境界。他觉得他的心头升腾着一股明澹澹的气浪。那气浪搅得他不得不向前追赶。他清癯简净，心性高远。他的追赶让他很幸福……

其实写作的奥斯特洛夫斯基已经十分消瘦了。他不能不消瘦，因为他已经下肢瘫痪并双目失明。这就是1930年的奥斯特洛夫斯基。这一年他刚刚二十六岁，他还那么年轻。可是，他奇迹般地选择了写书。他器宇轩昂又文质彬彬。他最终成为了无数革命者敬仰的英雄。

在奥斯特洛夫斯基目视远方的墓碑雕像前，我凝神了很久。我恍惚看到了刚才发生的那一幕。奥斯特洛夫斯基侧身雕像显得很清瘦，但他的目光却炯炯有神，脸颊也充满了向往和期待，那微微上扬额头，一缕头发被风撩起，洒脱，傲岸，刚毅，并且超然淡定。奥斯特洛夫斯基的右手就压着那部刚刚完稿的、后来声名响亮的书稿——《钢铁是怎样炼成的》。墓碑上，还雕有他使用过的马刀和尖顶缀有五星的军帽。

奥斯特洛夫斯基的精神，曾经指引和激励过许多革命者。他的意义不仅仅是灯塔，也不仅仅是楷模，他活脱脱地影响了几代纯真又亢奋的中国青年。他们向往那个横刀立马的火红年代，也追随那个铸就钢铁的热血年代。他们认为奥斯特洛夫斯基就是保尔·柯察金，保尔·柯察金就是奥斯特洛夫斯基。

我就是一个被奥斯特洛夫斯基感动过的"钢铁"追随者。

前不久,在我整理旧物时,竟然翻出了自己中学时期的一个塑料笔记本。那是一个珍藏了三十八的旧笔记本。笔记本的扉页上有一段稚嫩的笔迹——"人最宝贵的东西是生命,生命属于我们只有一次。一个人的生命是应该这样度过的,当他回首往事的时候,他不因虚度年华而悔恨,也不因碌碌无为而羞耻。——1972年12月11日。"这个记录是以题记形式由十四岁的我写在笔记本上的座右铭。它涵盖着一个未成年孩子对未来的热血渴望与憧憬,也潜藏着一个懵懂少年对英雄人物的顶礼膜拜。那时,我稚嫩的心纯洁而通透。

静静地,我弯腰向奥斯特洛夫斯基深深地鞠了一躬。我看见奥斯特洛夫斯基的墓碑下摆放着一束鲜花,我知道,那大约也是一位与我一样对奥斯特洛夫斯基有深切记忆的人敬献的,他(她)或许还是中国人。

新圣女公墓就是这样一块让我有怀旧感悟的思想殿堂。它静谧地掩映在莫斯科市郊一片绿荫之中。每一个安眠在这里的人,都有一个或风光旖旎或跌宕起伏的故事。它实际上是一个在政治或艺术或经济领域有影响的俄罗斯名人墓园。起初,我错误地判断,墓园无非就是由一堆堆隆起的比那些常见的土堆精美一些的坟茔组成。真正走进它,我惊诧地几乎叫出声来。如若不是墓地和穆幽静的氛围挤压了我,我恐怕会失控。准确说,它更像一个名人博物馆里的艺术雕像园。

这也许就是俄罗斯民族殡葬风俗与中华民族殡葬风俗的不同之处。它的每一块墓碑雕像都是一件艺术品,它精辟而凝练地概括了逝者的一生。看这个墓地你会感觉神清气爽,没有阴森森地狱的逼仄,更没有冷寂萧瑟的死亡之气。因为每一件墓雕上,都会有跨越生死界限的超然,会有与逝者灵魂沟通的顿悟,还可以与你讨厌的人进行自言自语的争执和对骂。这个墓园以其智慧又极富个性化的终结评价,艺术地再现了每一位逝者的人生履历。他们是一群活着的石头,活着的灵魂。

卓娅,一位中国中老年人大多知晓的卫国战争英雄。那是七十年前一场与纳粹德国进行的特殊战斗,苏联人以保卫祖国而赢得那场正义战争的胜利。卫国战争苏联死亡两千七百万人。后来整个欧洲都卷入了战争。少女英雄卓娅，就是在二战中被德军绞死的，牺牲时年仅十七岁。那个波澜起伏的故事来自一本叫《卓娅与舒拉的故事》，卓娅是我从小就仰慕的女英雄之一。那本书的作者就是卓娅和舒拉的母亲。书中不仅写了卓娅，还写了卓娅的弟弟舒拉。舒拉在姐姐牺牲后，进入了坦克学校，毕业后以指挥员身份参加了卫国战争，然而，在战争即将结束的前一天，也不幸牺牲了。在那场血与火的洗礼中，人们经受着灵魂与躯体的双重考验。卓娅与舒拉如涅槃一般获得了重生。

眼前，卓娅是一尊凄美、精致的艺术雕像。卓娅被德军反剪了双手，衣衫褴褛，袒露着美丽的前胸，高昂着骄傲的头颅，面带微笑……那雕像栩栩如生地展示了卓娅宁死不屈的形象和完美的青春躯体，令人心动和敬慕。那是一种略带有凄美意味的敬慕。

肖斯塔科维奇是前苏联著名作曲家。他的墓在一个很不起眼的角落，没有人像雕塑，只有简洁的音符……那几个简洁的音符不仅涵盖了肖斯塔科维奇的人生辉煌，也阐释了肖斯塔科维奇用音乐传播信念、传播爱、传播和平的生命意义。二战时期，他激越的音乐支撑着人们为保卫和平而战斗。那首著名的交响乐《列宁格勒交响曲》，也叫《第七交响曲》，就一直回荡在列宁格勒保卫战的硝烟里、战壕中、掩体上，是令世界为之倾倒的反法西斯经典音乐。

1941年7月至1944年8月，德国人把列宁格勒围困了整整三年零一个月。参加列宁格勒保卫战的军民共牺牲了九十多万人。德国人曾经宣布，1942年8月9日所有军官将集中在列宁格勒阿斯托里亚大酒店进行庆功宴，并且提前发出了请柬。然而，那一天到来时，酒店并没有举行纳粹的庆功宴，取而代之的是肖斯塔科维奇的《列宁格勒交响曲》音乐会。

我了解肖斯塔科维奇，起始于观赏深圳交响乐团的演出。我的朋友、著名指挥家张国勇先生在演出前正式介绍了肖斯塔科维奇的艺术成就，并且指挥演奏了《第五交响曲》的章节。我听得十分投入，被一种难以叙说的情绪缠绕着，几天内似乎都不能自拔。我把感受告诉了张国勇，他说，这是你对音乐太敏感了，过两天就会好的。2009年6月，我在电视上看到张国勇在莫斯科国家大剧院指挥俄罗斯国立交响乐团演奏柴可夫斯基的《波罗乃兹舞曲》。胡锦涛主席和梅德韦杰夫总统在包厢中认真地谛听着。

张国勇曾多次在莫斯科执棒过肖斯塔科维奇的《鼻子》、《列宁格勒交响曲》等著名作品。肖斯塔科维奇，1906年生于圣彼得堡，任教于列宁格勒音乐学院，1943年任莫斯科音乐学院教授，除了《列宁格勒交响曲》，还有由果戈理同名小说改编的歌剧《鼻子》，清唱剧《森林之歌》以及第十、十二、十三交响曲和大量钢琴、小提琴协奏曲等作品，他是前苏联成就卓著的作曲家。

在肖斯塔科维奇的墓前，我觉得我与这位作曲家有一种心灵的预约，仿佛多年不见的老友一般，可以进行倾心交谈。我知道，这是我狂妄的遐想。回味那些起伏的旋律、悠扬的乐曲和跳动的音符，我感受到了那力挽狂澜的在血管里咻咻流动的力量。

说到果戈理，这位写过《死魂灵》的俄罗斯著名作家，曾经给我这个文学爱好者留下过刻骨的铭记。他被誉为俄罗斯语言大师，著有《狂人日记》、《钦差大臣》等。他笔下的那些势利官员、狡诈商人、闲逸无聊之人、悲悯的下层劳工，无不浸透着现实生活的印迹，给人启迪与思考。鲁迅就非常欢喜果戈理，他的文章中会经常提到他。然而，果戈理仅仅活到了四十三岁。

果戈理生前曾要求人们，不要为他建墓碑，然而，事与愿违。早先他的墓冢并不在新圣女公墓，他的墓是在二十世纪三十年代迁移到此的。不过迁移过程中却遇到了麻烦。一位崇拜果戈理的戏剧家说服了看守墓地的修士，将果戈理的头骨挖走藏在了家中，待后来交出后，头骨又被果戈理家人运到意大利后失踪了。因此，果戈理的墓冢，实际上是一个空冢，并没有果戈理的头骨。当然，果戈理的墓冢修造得也是十分豪华，英姿勃发的果戈理半身雕像与黑色坚实的基座搭配得完美协调，显得庄重和雅致。我想，果戈理生前不要墓碑的意愿，可能就是对自己躯体的存放有预感，他不想让自己的"死魂灵"感到不安，然而恰恰相反，他最终没有得到"灵魂"的安宁。他变成了一个游荡的孤魂。

新圣女公墓还沉睡着我熟知的作家普希金、契诃夫、马雅可夫斯基、法捷耶夫，戏剧理论家斯坦尼斯拉夫斯基，舞蹈家乌兰诺娃，画家列维坦，电影演员舒克申，歌唱家夏里亚当、索此诺夫，科学家图波列夫、瓦维诺夫以及米格战斗机的设计者米高扬，在一个有些破败的角落里，还有一位中国人不陌生的人物——王明。这让我十分惊讶，王明竟然身着中山装，两眼没有表情地目视着前方。他曾经是中国革命史中无法躲过的高级领导人，在他犯"左倾"机会主义错误后，去苏联工作直至去世。我没有看到参观者与王明雕像"合影"。

赫鲁晓夫墓碑很有意蕴，它是让所有人都唏嘘不止的奇异墓碑。这位前苏联共产党第一书记，没有按照惯例安葬在克里姆林宫红墙之下，却令人蹊跷地安葬在了莫斯科西南角的新圣女公墓。这恐怕也是一个只有少数前苏联高官知晓的秘密。

赫鲁晓夫墓碑是两块由黑白两色花岗石交叉叠加而成的，其特点为，一边是黑色，另一边是白色，而在双方相互叠加的空隙中，隐露着一个黑灰色的大光头——赫鲁晓夫。领队说，这是后人对赫鲁晓夫功过各半的评价，也是对他一生经历的盖棺定论。据说，当年创作赫鲁晓夫墓碑的雕塑家涅伊兹维斯内，曾经与赫鲁晓夫有过水火不容的矛盾。赫鲁晓夫曾当众批判过这位雕塑家。然而在赫鲁晓夫家人的请求下，涅伊兹维斯内完成了他富有挑战意味的雕塑。赫鲁晓夫的家人对此非常满意。他们认为，赫鲁晓夫安葬在这里，有为俄罗斯贡献的特殊意义。因为赫鲁晓夫在退休前已经沦为一名普通职工了。他作为特殊的普通人应该有特殊的石头雕像。

我为赫鲁晓夫家人妥帖的设想而感慨。

1831·阿尔巴特街

最早知道阿尔巴特街是二十世纪八十年代，曾有人极力推崇过一本叫《阿尔巴特街的儿女们》的小说。那本小说被译成中文之后，很厚实，封面有大块的黑色。那时我也业余写小说，对阿尔巴特街就有些稍稍留意，记得是一个叫雷巴科夫的苏联人写的，以苏联肃反为背景，叙述了曾经在这条街成长的一帮高干子女转瞬消失在苏联漫漫大地上的故事。当时印象中，这条阿尔巴特街是一条金粉华丽、烟雾缭绕又乌七八糟的街，它大约是模仿资本主义嬉皮士之类堕落的东西而产生的街。

真正站在阿尔巴特街上，才发现它是一条又小又短的街，与中国常见的步行街没有什么不同，繁华香艳程度远远不如王府井和南京路步行街。它只是一条宽约十米，长仅八百米的步行街，过于小巧，也过于琐碎零乱，但却被称为"莫斯科的精灵"。我看多少有些名不符实。

最抢眼的是五十三号。那是一幢俄式两层楼建筑，淡蓝色的墙壁有一块灰色大理石牌匾，上有俄罗斯诗人普希金浮雕侧面像和俄文"亚·谢·普希金"的字样，同时还有1831年。这就是普希金故居，如今它是来人最多的招牌建筑和诗人博物馆。它的对面就是著名的普希金与夫人娜塔莉娅·冈察洛娃的青铜塑像。普希金留着很大的鬓角，头发自然卷曲，身穿燕尾西服，冈察洛娃则是一袭落地婚纱，那宽大的裙摆，映衬出了她的美艳与尊贵。这尊雕塑反映的是普希金1831年2月与莫斯科第一美人冈察洛娃结婚的场景。它复述了普希金左手托冈察洛娃的右手，缓步走向婚姻殿堂的那个鲜亮时刻。

普希金与冈察洛娃都目视前方，心中充满了美好的向往。那一年普希金三十二岁，而天生丽质的冈察洛娃年仅十九岁。在阿尔巴特街五十三号，普希金与冈察洛娃度过了清波透碧的三个月时光，然后就移居到了圣彼得堡。

普希金被誉为"俄罗斯文学之父"、"俄罗斯诗歌的太阳"。他一生创作了大量诗歌、小说与散文，其代表作为诗体小说《叶甫盖尼·奥涅金》、长诗《青铜骑士》、《高加索俘虏》，抒情诗《致大海》、《自由颂》、《我曾经爱过你》等。《假如生活欺骗了你》是一首被众多中国人熟知与喜爱的诗歌。那首诗用普希金的话说，就是"用诗歌唤起人们善良的感情"。

"假如生活欺骗了你，不要悲伤，不要心急，忧郁的日子里需要镇静，相信吧，快乐的日子将会来临。"这些亲切、朴素、曼美、清畅又寓意深远和直沁心脾的句子，让人们对生活树立了信念与坚毅，即便是逆境中，也不会绝望和悲悯。这是一首温暖亲和的诗，点拨未来的诗，更是馥郁优雅的诗。年轻的普希金像一位饱经风霜的老者，温婉地传授着他的人生哲理和人生经验。普希金的确像一位智性预言家，这也吻合了人们称他为"太阳"的称谓。其实创作这首诗时，普希金年仅二十六岁。

普希金故居就是后来苏联红军"先锋剧场"所在地，著名苏维埃诗人马雅可夫斯基与先锋戏剧导演迈尔霍尔德，就在这幢房子里讨论、构思出了数部具有探索意义的理想主义剧本。马雅可夫斯基的长诗《一亿五千万》的某些段落和著名讽刺诗《开会迷》就产生于这幢内涵非凡的建筑。我觉得马雅可夫斯基后来写的长诗《列宁》和讽刺喜剧《臭虫》，也总有阿尔巴特街的灵性，虽然他后来因受到批判和爱情挫折的双重压力，绝望了，哀怨了，崩溃了，终于饮弹自尽，但他伟大的阶梯诗，却成为中国诗人效仿的范本。我也受他影响，曾写过一批类似阶梯的分行句子，最得意的就是1978年发表的二百行长诗《献给五月》。

著名作家托尔斯泰、陀思妥耶夫斯基也在这里逗留过。当然，除了作家，这里聚集最多的还是那些街头杂耍艺人、肖像风景画家和地摊小商品叫卖者。是他们的存在，才让阿尔巴特街声名远扬。古玩、书籍、望远镜、木偶玩具、瓷盘、俄罗斯套娃、复活节彩蛋、琥珀首饰、旧军装、纪念章、护身符等等，都在这里五花八门地呈现着。也有不少人在街面上游走、闲坐或穿奇装异服倚墙而立着，表情漠然地观赏，三三两两地说话，抑或目光阴冷地盯人。据说，在二十世纪三十年代，阿尔巴特街这种光怪陆离的颓废之风就开始盛行了。

由于喜爱绘画，在几处摆有画架、画夹、油彩、素描的画摊前，我驻足观察了一阵。我发现，这里的画大约划分了几种画风，它们大都在各自的领地，蔓延着，滋养着，于是就形成了艺术气息浓郁的画廊氛围。一位头扎马尾辫、留着黑胡须的大个头画家身穿一身红色运动服，正静谧地为一位少女画速写头像。他的用笔老辣，干练，流畅，宛若一位大画家的做派。

俄罗斯油画曾经以它的凝重，细腻，题材重大，色彩丰盈，博得过我们的青睐和挚爱。列宾的《伏尔加河的纤夫》，那一群衣着褴褛的纤夫伴着沉重疲惫的步伐拖船的画面，那河道，那凝重之水，那沙滩上的几只破箩筐，都为纤夫们增添了悲凉凄惨的氛围，令人震撼。苏里柯夫的《近卫军临刑的早晨》，更是在莫斯科克里姆林宫墙外的背景上，描绘了彼得一世残酷处决近卫军行刑前的森严场景，令人悲悼。还有瓦斯涅措夫的《勇士停在三岔路口上》，让我有一种阳刚又逼真的质感。今天，我穿梭在阿尔巴特街的画市上，仿佛走在俄罗斯名画中间，捧读着，体味着，思想着。那些悬挂着的风景画、人物画，或风格粗犷或主题隐喻或用笔细腻，都多多少少显示了不俗的艺术水准。可以看出，卖画者有相当一些是在没有办法中才沦落街头卖画的。早先，苏联时代的画家待遇很不错，他们曾经有稳定的工资收入，又有被人民推崇的艺术地位。然而，今天他们不得不为了养家糊口而奔波而居无定所。不过，这些画家们并不拉客，也不争抢着推销自己的作品，他们大都表现得比较矜持，比较本分。

在一个挂满风景油画和静物画的画摊上，我看上一幅具有十八世纪莫斯科旧街道风韵的油画。它有旧式路灯，有哥特式尖顶，有雨中身着长裙的艳美少女和雨中优雅闲逸的倒影。它很像一幅印象派画风的油画，还透溢着一种忧戚中的甜蜜之气。画主是一个棕色头发的中年人，他穿一件早已过时的黑呢子长大衣，蓝灰相间的围脖搭在大衣上，很不协调。他看我喜欢，便用手笔划说：三千卢布。我看了看他，随口说：一千卢布。

然而，他不再争砍，只是用蓝眼球盯了我一会儿，点点头，说：哈拉绍。我没招了。开始我想，他肯定还会再还一次价，但是，没有。他让我很意外。

我买下了这张油画，并且请一位过路的少女给我们合影。他一边熟练地为我包画，又一边指着自己，似乎在说，这画是我画的。

一位多次到过阿尔巴特街的外贸朋友盯着这张画说：一千卢布，太值了，光这画框和画布就不止这个数。

那张画的背后有签名，朋友说：哈哈，这画名是《1831·阿尔巴特街》，画家叫安德烈·瑟托夫。

依然领衔的红色建筑

前苏联曾经有过诸多让世界为之震颤的经历，它的辉煌气势也曾让众多的人唏嘘过。尤其是苏联发射第一颗人造地球卫星，一度让美国人大惊失色，他们忽然感到傲慢的美国空间技术竟然被苏联人逼到了死角。紧接着苏联宇宙飞船的成功回收，居然重四十六吨，并载有两条狗，是当时美国回收四十五公斤重量的一百倍。后来就是震惊人类的宇宙飞船"东方1号"的成功，加加林第一次在地球之外看到了人类居住的蓝色星球——地球。

其实，那时苏联的强大渗透到了各个领域。二次世界大战后其经济曾迅猛发展，1951年工业产值比1929年增加了十三倍，而同期美国只增加了两倍。那是苏联意气风发的时代，也是苏联人飞扬跋扈的时代。

如今，脚踩在前苏联的大地上，我有种一切都老矣旧矣的不良感觉。当然这种老矣与旧矣是相对的。迄今为止，俄罗斯竟然没有一条高速公路，我也没有见过一座现代化程度很高的立交桥。不过，莫斯科还是很古朴很大气的，它的古朴和大气会赶走你的不良感觉。平庸低矮的老建筑与无边宽阔的城市用地交织在一起，也许你会认为，莫斯科应该这样，不必太现代。

克里姆林宫那些棕红色的尖形塔楼，金碧辉煌的洋葱头教堂和精致华美的巴洛克古典建筑，飘逸出的是富丽堂皇之气；偶尔从森林里透溢而出的造型独特的俄罗斯传统建筑，也会让人平添别样的静谧意味，使旷远的莫斯科露出了偶尔的峥嵘，也增添了凝重与悠远，但还是缺乏伟岸和高耸。

美国人在二十世纪三十年代曾经疯狂地建设了一批高层建筑，纽约曼哈顿一夜之间就变成了摩天大楼的世界，那速度和气势让人目眩也让人妒忌。可当我目睹了莫斯科斯大林时期的著名建筑后，我欣慰了，我为莫斯科有另外一种博大，一种结构繁缛，一种气宇轩昂的亢奋和坦然。这批建筑是二十世纪四十年代末，斯大林以一种高远和霸道率领充满向往的苏联人民面向未来的智慧结晶，它们涵盖了二战以后蓬勃发展的社会主义建设速度和奇异的创造力。可以说，今天它依然是莫斯科的骄傲，也依然是斯大林留给后人的丰腴遗产。

这批鹤立鸡群的突兀建筑共有七座。在经历了半个多世纪的风雨浸湿和种种争辩之后，它逐渐凸现出了炫目与惊艳，成为当今莫斯科无可争议的标志性建筑。

它们高贵而从容地云架在莫斯科上空——列宁山上的莫斯科大学主楼、斯摩棱斯基广场上的外交部大楼、莫斯科河畔的乌克兰饭店、彼得格勒饭店、交通部大楼、高级知识分子大楼和艺术家大楼。这些依旧溢光流彩熠熠闪烁的大楼，有一个共同点——中央主楼高耸突出，细长的尖柱托有一颗巨大五星，两侧或四角有配楼，较为矮小，用以反衬主楼的雄伟与壮观。那时，为了避免与美国摩天大楼冲突，斯大林特意取名为"高层塔楼"。于是后来就有人称之为"斯大林楼"。这批庞大的仿哥特式又非哥特式建筑，在斯大林死后，曾引起了一片微词和非议，并且一度被翻出来批判、嘲笑和质疑，后来还发展到赫鲁晓夫亲自拍板抨击。赫鲁晓夫义愤填膺地说："今后不再建这种劳民伤财的形象工程。"

然而，今天几乎所有来莫斯科的外国人，都会观赏这批庞大、敦实、华贵的建筑。它们似乎变成了今天俄罗斯的骄傲和闪光点。俄罗斯人似乎也在外来者的惊呼中发现了它们的魅力，纷纷主动炫示它们的风采和仪容。

它们洪钟大吕般地兀立在莫斯科庸常的建筑之上，有一种鹤立鸡群的气势，更有一种独立脱俗的美丽。在二十一世纪的今天，依然先锋着，新潮着。它们分明是苏联时代建筑设计师的诡谲之作、梦幻之作和通向未来之作。虽然当时有人称它们"笨拙"，"怪诞"，但今天看来，它们历经沧海却依然领衔着莫斯科的风采，并且从容而镇定。

据说当年斯大林曾经决定在莫斯科建四十座这样的大楼，以展示二战胜利后苏联锵然有声的气魄和弥补战争的创伤。然而仅仅建了七座之后，斯大林就去世了，于是，它们到此结束。说是结束，其实不可能结束。实际上形成了一个遗憾和非议并存的局面。

在这些被称为"延续的新古典主义艺术潮流风格"大楼中，最值得推崇的就是莫斯科大学主楼。这座矗立在麻雀山——苏联时期叫列宁山的庞大建筑，高耸在绿色森林包裹着的城市之巅，幽邃，坚挺，透着一种霸气，也透着一种傲慢。

站在麻雀山的平坦台地上，第一眼看到的就是莫斯科大学这座高达二百四十米的庞大主楼，而转身俯瞰莫斯科城区，在绿色环抱之中，深秋的阳光闪闪烁烁地攀附在各种建筑的尖顶上，最为醒目的还是那些风格迥异的"斯大林建筑"。

莫斯科大学全称叫国立莫斯科罗蒙诺索夫大学，由米哈伊尔·瓦西里耶维奇·罗蒙诺索夫倡议，由伊丽莎白·波特罗夫娜女皇下诏书创建于1755年，原址曾在莫斯科市中心。1948年，根据斯大林的提议，几度选址和设计，最终选择了如今的地点。该楼群包括主楼、物理大楼、化学大楼、文化中心和体育馆等。主楼三十六层，仅中央尖顶的针长就达五十米，上有红黑宝石五星，重量达十二吨。斯大林曾说，主楼不能低于二十层，而且一定要建在列宁山上，要让莫斯科市民从各个角落都看到它。斯大林还说，要盖六千个学生宿舍，保证学生的学习和生活。斯大林的设想最终基本实现，宿舍就有五千多间。

当年，为了完成这个庞大工程，先后有一万四千多人参加了建设，并且有三千多斯达汉诺夫式共青团员组成了青年突击队——他们涌动在沸腾的建筑工地上，像一道道人头攒动的热流。它们完成了这座前无古人的建筑。这幢建筑轮廓严谨，构思巧妙，外观雄壮，显示了俄罗斯当时的最高艺术水准。即便是六十年后的今天，它依然独有魅力，博大而雄劲。

站在宽阔的列宁山上，看着这座奇异的建筑，我耳边回响起一首熟悉的旋律。那是一首曾经在中国热血青年中间广为传唱的老歌——《列宁山》。

"亲爱的朋友，我们都爱列宁山，让我们迎接黎明的曙光。从高高山上我们瞭望四方，莫斯科的风光多么明朗……""啊，世界的希望，俄罗斯的心脏，我们的首都，莫斯科"。是的，站在列宁山上，背靠莫斯科大学，我的心绪复杂而迷蒙。那些曾经的"多么明朗"、"世界的希望"、"黎明的曙光"，仿佛一夜之间都消失了，隐匿了，化作氤氲的雾霭，化作空寂的呓语。

这还是那个曾经红极一时的莫斯科么?！我隐隐感到了一种悲凄，一种失落。那个曾经吞霞吐霓的火树银花的英雄年代，恍若隔世。

走到一个摆有俄罗斯套娃、彩蛋、瓷盘、小酒壶及工艺品的小摊上观赏了一会儿。我想，这些物件都是给外国人准备的。哦，我是一个外国人。我笑了笑，然后就选择了一个画有莫斯科大学主楼的彩色瓷盘。我知道，我选择它意味着我怀念那个曾经火树银花的英雄年代。我为身穿羽绒服的女摊主拍了照。她有一头耐人寻味的金发，熹微的阳光下，那金发透着隐逸的嫣红。

彼得大帝的手

彼得一世是我略微知晓的几个俄罗斯沙皇之一。他常常被人们称之为彼得大帝。那声名威震四野,掷地有音。彼得大帝最早给我的印象是阴险、贪婪、霸道、冷酷。这与我十岁时知晓新沙皇觊觎我脚下丰腴的准噶尔大地有关。

在云翳低压的圣彼得堡,我看到了数座彼得大帝的雕像,其中一座是法国人法尔康纳1766年创作的名雕《青铜骑士》,另一座是当代美国人佘米亚金1991年创作的《彼得一世铜像》。这两座雕像传导给我的信息与形象,与我脑海里固有的信息和形象有所不同。这两尊气宇轩昂的雕像,面部表情都有些模糊不清,尤其是《青铜骑士》,灰黑而萧瑟,显得过于小巧和繁缛,与它响亮的声誉很不匹配。美国人的新雕塑,更是离谱,那彼得一世颇像一个变形怪异的滑稽演员,表情萎靡而搞笑,那奇特而修长的双手,颇像蜘蛛的大脚。我不知道那个美国人是不是真有俄罗斯血统,但我觉得他对彼得一世有偏见。当然,俄罗斯民众似乎并不在意美国人如何捏拿彼得一世,他们似乎在想,三百年前的彼得一世,被重新拿出来揉搓已经很给面子了。之前,有许多苏维埃领导人的雕像,譬如斯大林铜像,不都被清理了吗?甚至还改掉了"列宁格勒"的名称。

那是一双奇异的手,纤细,修长,十个手指骨节也奇大。于是就缺少了肌肉与脂肪,就如同蜘蛛的长腿一般。美国人佘米亚金的想象很有穿透力,我以为他的创意很贴切彼得一世的生平实际。佘米亚金大约是经过深思熟虑后创作的。俄罗斯的扩张行为由来已久,在十五世纪末,俄罗斯就悄悄使自己的土地延伸到了北冰洋、乌拉尔山和鄂毕河,那时俄罗斯就已经成为欧洲幅员最大的国家。从彼得一世开始,这个扩张成果便在火光、厮杀、呻吟、绝望的缭乱之中,丰润起来,博大起来。当然,彼得一世的最大功绩,是创建了圣彼得堡,并且将其建为俄罗斯的首都。这的确是一个大胆又摧枯拉朽的设想。

彼得一世于1703年开始兴建位于涅瓦河三角洲兔子岛上的城池——圣彼得堡。在这之前,他曾率领着他的远征军两次攻打过土耳其的亚速。他尝到了甜头,于是就率兵一气攻占了波罗的海沿岸的诺特堡、尼延尚茨堡、纳尔瓦和伊万哥罗德。所到之处,尽显血光、残忍、屈辱、倾覆和沦陷。战车与尸体的碎片翻卷着,曾一度让夕阳悲悯地逃逸。于是彼得一世就得意地自封为彼得大帝,他也果真让俄国变魔法似的变成了一个地大物博的俄罗斯帝国。

彼得大帝的睿智、狂傲和勇武是从小磨砺而成的。自古皇帝大多在磨难与荆棘中成长的。——那是历史证实的经验。彼得一世似乎就更为不幸,他四岁时父亲老沙皇阿列克谢就一命呜呼了。于是比彼得大的阿列克谢的三子费奥多尔就做了沙皇,然而仅仅六年费奥多尔就病逝了。于是就确定在阿列克谢的前妻与后妻的两个儿子中选一位沙皇,不论年纪大小。这两个儿子就是伊凡和彼得。伊凡十六岁,彼得仅十岁。但伊凡弱智且身体有病,于是就引发了一场宫廷内部的激烈斗争。在克里姆林宫那场惊心动魄的自相残杀中,十岁的彼得,亲眼目睹了自己亲姐姐索菲娅,命令射击军杀死了两个支持他的亲舅舅的过程。那个过程血腥,残酷,人性泯灭,让彼得惊悸,悲凉,也让彼得的幼小心灵埋下了仇恨的种子——那是一颗诛杀亲情、嗜血骨肉的邪恶种子,也为日后彼得的杀人不眨眼埋下了伏笔。

宫廷斗争的结果是:伊凡和彼得同时登上沙皇宝座。这就是俄罗斯历史上出现的两位沙皇共同执政的奇异怪事。它大约也是世界各国皇帝当朝中最奇诡现象。第一沙皇为伊凡五世,第二沙皇为彼得一世。其实,那只是给小毛孩彼得一个面子而已,真正沙皇权力的控制者是姐姐索菲娅摄政王。——索菲娅的举止颇像中国大清王朝慈禧太后的垂帘听政。她如出一辙地在伊凡五世宝座后背开了一个小窗口，通过小窗口用她那不容改变的坚硬口吻指挥伊凡五世朝政。

实际上，在1662年5月，彼得一世就被赶出了克里姆林宫。他苟活在莫斯科郊外一个叫普列奥布拉仁斯基的村庄里。他被变相地囚禁了。

彼得不会坐以待毙。他幼小心灵里的睿智与阴险共同地疯长着，漫溢着。在羽翼丰满后，彼得肯定还会杀回皇宫。历史果真应验了人们的判断。那个卑劣残忍的复仇故事很凶残也很惊心动魄。但那故事不是我要叙述的重点。不过有一点十分重要，那就是，彼得一世后来的狂暴、凶狠、隐忍与海纳百川吞噬一切之霸气，就来自于他幼年时的悲愤和仇恨。

如今，我们许多学者文人都开始纷纷为彼得一世歌功颂德了。我想，这不是学者们的错，它可能来源于彼得奇诡又苦涩的幼年。学者们说，彼得一世对内改革，对外扩张，使一个原本封闭、落后的内陆俄罗斯，一跃跻身于欧洲强国之列。我也同意这个说法，谁让彼得率领的罗斯国强大起来了呢?!但我更同意前苏联历史学家诺索夫对彼得的评价。诺索夫说:"彼得一生的活动，可以说充满了脚踏实地的苦干精神"，他"身体力行，在任何困难面前没有裹足不前"。这话显然比较中肯，没有添油加醋阿谀奉承的味道。彼得一世有一点让我仰视，那就是他曾化妆匿名与荷兰的底层工匠们一起劳作，粗茶淡饭，学驾驶军舰，干体力活。最终学到了手艺，摸索到了那个用技术打开文明之门的钥匙。彼得不仅在荷兰，还到过瑞典、普鲁士、奥地利及英国。没有人知道他就是俄国沙皇。其实，彼得后来的改革思想，就来自对西欧各国经验的咀嚼与效仿。他还提倡用文明礼节陶冶贵族，劝导青年要具备殷勤、谦逊、恭敬三大美德。不过那是真美德还是假美德，我持怀疑的态度。

被俄罗斯文学之父普希金歌颂的彼得大帝——《青铜骑士》雕像，是一尊彼得左手握缰绳，右手伸展五指，做着一个潇洒而霸权动作的雕像。那只霸权的手没有伸向上方，而是手心向下，像要覆盖什么东西似的。我想，彼得大帝的这个著名动作，大约明示了他想要覆盖和抚摸大地的意思。那个法国雕塑家法尔康纳很了解彼得大帝的心思。

普希金的《青铜骑士》说：我爱——涅瓦河的水流，送坚冰入大海，春来日，捎来你们战场的硝烟。自豪啊，彼得大帝的首都。我想，普希金的诗多多少少是大国主义思想的隐喻，他歌颂彼得大帝，是为俄罗斯民族而放声吟唱，他不可能没有偌大的狂傲与高远的志向，说穿了，也是手心向下的彼得一世的野心的诠释。虽然，我十分崇敬和喜爱伟大的俄罗斯诗人普希金，但我仍然要说，"青铜骑士"隐藏着扩张的野心。

不过，在我与美国人佘米亚金新作彼得一世铜像合影时，我觉得彼得又很像一个演滑稽戏的幽默演员。他的长相很搞笑，一点没有了冬宫里彼得一世画像的威严与潇洒。他的脑袋奇小，脸有些瓦刀状，眼睛瞪得很圆，四肢奇长，并且呆板地坐着，与那个骑马勇武的彼得判若两人，尤其那细长的手指，纤细而奇大，酷似蜘蛛伸出的长爪。我用手捏了捏彼得一世的手指，他显然不知道疼痛，表情依然在搞笑。我发现，彼得雕像的手指是整个雕塑磨得最亮的地方，它闪着熠熠的光芒。我觉得美国雕塑家的用意很卑琐，他想让人们从中悟出一个道理：彼得大帝是靠他这张奇特的大手，拿下广袤无垠的俄罗斯大地的。这一点倒是与法国人法尔康纳雕像的最终意味有些吻合。

1701年至1711年，彼得大帝曾派遣过两支考察队，企图打通印度、中亚细亚和中国准噶尔盆地的道路，但由于力量所限，两支考察队没能完成使命。1722年，彼得再次下令入侵波斯，占领了里海西岸和南岸。随后，发布了测绘、收集中国北方及中亚地图资料的命令，并且派人持枪核弹进行了地质勘察，寻找到了铁矿、铜矿，同时还虎视眈眈地盯上了中国长城以北的大片土地。如若不是1725年彼得患上流感丧命，彼得大帝向中国下手是早晚的事。事实是，彼得死后，多数执政的俄罗斯沙皇都延续了老沙皇彼得的思维理念，他们没有放弃对中国的奢求与饕餮吞噬。于是，就发生了最令人痛心的割让五十四万平方公里土地的《中俄伊犁条约》、《中俄乌里雅苏台界约》、《中俄塔尔巴哈台界约》等无法返回的不平等一幕。

冬宫：小姐们都昏过去了

他在美轮美奂的雕像中穿梭着。他的动作敏捷而干练。他不能不敏捷，因为子弹正呼啸着从他头顶飞过。他伏下身子，悄悄从女人雕像的小腿处伸出了枪管。那是一支老式驳克手枪。于是，一粒粒子弹就飞了出去，冒着一股股青烟，接着就是啾啾啾的声音。女人雕像被弹头击中了，溅起了白烟，我心揪着，仿佛感到了那冰凉女人的疼痛。

那是 1968 年夏天，我在操场上观看苏联电影《列宁在十月》。那一年我十岁，很崇拜列宁的绝顶聪明和潇洒的手臂。那是一位伟人引领我们面向未来的神圣手臂。十岁的我心存幻想，也心存高远的志向。我企图沿着列宁挥出的手臂去解放和拯救生活在"水深火热"中被新沙皇奴役的苏联人民。——一个概念糊涂又懵懂的纯真少年。那一年，许多孩子都会复述这部电影中的一句名言。它就是刚才射击者说出的名言：接线的小姐们都昏过去了，昏——过——去——了！

那个穿梭于雕像群中的持枪者叫马特维耶夫，是列宁时代苏维埃的一个卫队长。我崇拜他的勇猛、诙谐和灵动。

然而纷繁奇诡的生活是没法揣测的，我在毫无心理准备的情况下，来到了圣彼得堡——这个曾经的列宁格勒。潜伏已久的亢奋，让我的心脑血管变得膨胀而宽阔，我不得不吞咽下一片降压药，以缓解心灵的压力。

距那次观看露天电影四十年了，世界早已发生了地动山摇的变化，而我的心仿佛还停留在十岁。踯躅在马特维耶夫当年举枪射击的大厅里，我轻轻抚摸着一尊尊精美的雕像，耳边依旧能听到子弹的啾啾鸣叫。我甚至企图找到那尊小腿被弹头撞击后留下裂隙的女人雕像。马特维耶夫高声说：大家要保护艺术品……它们是十分珍贵的艺术品。

十月革命的前辈居然要保护"资产阶级"的艺术品，当时我感到十分蹊跷，也十分迷惑。那是一个孩童的真实迷惑。

这就是冬宫留给我的纠缠不清的秘密。圣彼得堡——彼得格勒——列宁格勒——圣彼得堡。在这个名字不断变幻的城市里，冬宫似乎没有变，它像一块冬日里凝固的蓝色宝石，坚硬而冷艳地散着光，呈现着它的多重美丽。我想，马特维耶夫都酷爱冬宫的艺术品，我没有理由不倾心向往。

沙皇时期的冬宫早已不复存在了，虽然在十八世纪阴郁的俄罗斯大地上，它曾经辉煌而炫目；虽然它曾经是伊丽莎白女皇最华贵的巴洛克建筑，并且在它的广场上举行过盛大的庆典，行走过庞大的马队和威武的战车。那个名叫拉斯特雷利的意大利建筑设计师，曾经得意地抽着雪茄，神情傲慢而自恋。因为冬宫是他设计的。老沙皇彼得一世就很崇尚西欧建筑，尤其是法国巴黎的建筑。拉斯特雷利得意于自己设计的突破，他把巴黎建筑的典雅之美给放大了。于是老沙皇就笑得合不拢嘴了，因为他的地域正在无限度地扩充着，他有幅员辽阔的大地。彼得一世的大地可以任拉斯特雷利打开想象空间。

圣彼得堡就是老沙皇彼得一世在1703年5月开始兴建的。扩充地域让彼得一世尝到了土地辽阔的甜头。他于是就想到了中国西部巴尔喀什湖周边的大片翠绿草原。他想得到它。那一年大清国主持政务的皇帝是圣祖康熙——爱新觉罗玄烨。老沙皇们一边兴建冬宫，一边用目光丈量着遥远东方的土地。

马特维耶夫卫队长向冬宫的核心部位进发时，停泊在涅瓦河上的阿芙乐尔号巡洋舰的大炮已经向冬宫打响了第一炮。那是被我们誉为震动世界的第一炮，也是无产阶级轰向资产阶级的第一炮。我清楚地看到，阿芙乐尔号巡洋舰的水兵们并没有把炮弹打到冬宫华丽的拱顶上，也没有蓄意破坏那些精美的男像柱门廊，水兵们只是让炮弹落在了冬宫广场那根著名的亚历山大纪念柱的旁边。浓浊的烟雾顿时覆盖了纪念柱的尖顶。那根纪念柱也是经典艺术品，它是用一整块花岗岩巨石雕刻完成的，重达六百吨，它看上去高耸，伟岸，充满灵性。我抚摸着它光滑的外表，从内心里体味着列宁时代水兵们对艺术的潜在爱意。

冬宫广场是一个大广场，先前我以为只有天安门广场是世界最大的广场，然而看了冬宫广场，我想说，它一点不小。在冬宫大铁门前、台阶上、楼梯口处，我寻觅着当年革命者留下的痕迹，我没有发现异样和残留的弹痕。我很失望，但我还是感受到了攻打冬宫时的山呼海啸，以及那些临时政府官员们被吓得魂飞魄散的状态。我还听到了"乌拉！乌拉！"的欢呼声，它依然响彻在冬宫的上空。

冬宫最早的艺术品是叶卡捷琳娜二世收藏的。她于1764年从德国商人郭茨科夫斯基手里购买了二百二十五幅西欧名画。那时，冬宫是叶卡捷琳娜二世的私人博物馆。在列宁引领下的苏维埃红色政权赢得了十月革命后，冬宫才真正成为了艺术博物馆，名叫国立艾尔米塔什博物馆。如今有许多圣彼得堡人把它叫隐士宫，因为法语的艾尔米塔什就是隐宫的意思。我想，这样称呼的另一层含意是，它曾经是女皇隐藏个人心爱之物的地方。它潜藏的东西很私密。

1922年，一批喜爱艺术的革命者，把昔日的皇宫变成了让广大无产阶级享受艺术的天堂。今天，我仔细揣摩着这些纷繁迤逦的历史过程，觉得弗拉基米尔·伊里奇·列宁在1917年10月20日从芬兰潜回彼得格勒是一个历史性的门槛，也是一次美丽的定格。

由于喜爱艺术的缘故，我在冬宫正门大厅就与同行的朋友走散了。我专注地欣赏着金碧辉煌的有漂亮台阶的约旦大厅里的古典艺术。它们是古埃及、美索不达米亚和古希腊文明，还有伊楚利亚和西伯利亚原始部落的文化。那个最著名的贡扎加浮雕宝石上有古埃及国王托勒密·费拉得尔费及王后的雕像。那宝石制作于公元前三世纪，仅磨光缠丝玛瑙石就需要用数年时间。

意大利文艺复兴巨匠达·芬奇的《圣母丽达塔》，是一件创作于1491年的名画，它静静地存放在华贵的达·芬奇大厅内。慈祥的圣母怀抱着一个健壮的婴儿，那婴儿顽皮地吮吸着圣母的乳头，眼睛却目视着画面之外的地方。那幅画清新明丽，平缓柔和的光线和细腻精湛的笔触，让我感动不已。艾尔米塔什博物馆还展出有达·芬奇的《戴花的圣母》以及拉斐尔的《科涅斯塔比勒圣母》和米开朗基罗的雕塑《蜷缩成一团的小男孩》。是的,冬宫里还藏有罗丹、凡·高和马蒂斯的名作,它们各臻奇妙地炫示着它们的风采。过去,我多少知道一些冬宫的收藏,却没想到它会这样富足和饱满。它让我心灵淡定而满足。

罗丹是一个把石头变成生命的雕刻家。他在坚硬而冰冷的石块上完成了一个又一个心灵的叙说。他的叙说带着人类的思念、孤独、情爱、渴望与激情。罗丹总是一次次把人类企图追求的完美思想,雕刻在石块上,给它赋予灵性,让它变成实实在在的高旷绝尘。《思想者》、《加莱义民》、《地狱之门》,都是曾经令我沉醉。当我面对那件叫《永春》的雕刻时,愕然了,它的精雕细琢和粗犷斧劈,都完美地表达了作品的主旨,以及蛰伏在主旨之外的意蕴,尤其是青年男女光滑柔润的肌肤,质感真实,令人喟叹。我想,那肤若凝脂般的质感是在男人与女人嘴唇吻合的一瞬间爆发的。那是一个激情美丽的瞬间。然而,当你仔细观察时,就会发现,原来罗丹并没有雕刻男人和女人的嘴唇,它们竟然是紧紧连在一体的。那是一隅男人和女人不分彼此的相通境界。于是,他们融合了。——在细腻的皮肤与头发的交错处,突然用虚化融合手法来表现男女青年的接吻,只有大雕刻家罗丹会创造。

凡·高的油画《小农舍》作于 1890 年。虽然那幅油画看似并不起眼,却拥有着凡·高情火四溅的笔触和令人心颤的阳光色调。那正是凡·高充满深情又难以自制的创作兴奋期。他的骤然明媚起来的画面,他的阳光下明快生长的花草与微微颤动的农舍,形成了一组迸射着潋滟波光的生命气息。凡·高后来创作的《麦田上的乌鸦》,就没有《小农舍》的明丽和畅快,麦田上鸦群的翅膀就如同黑色的地狱一般。于是,凡·高绝望了,就思念那个有明丽阳光的大地,就吞弹自饮在了旷野上。艾尔米塔什博物馆为我闪回了凡·高明亮而炫目的清新面目。

1910 年,法国画家亨利·马蒂斯创作的《舞蹈》是一幅经典名画。他的舞动的裸体男女,像一片舞动的红云。男女们手牵手伸展着四肢,在深蓝而忧郁的背景映衬下,显得精神饱满而心绪纷杂。马蒂斯的画,笔法粗犷,硬朗率性，超拔不羁。马蒂斯大约想叙说人类复杂的主观心态，那是人们在困境中执著追求的心态。于是马蒂斯就被人们称之为"野兽派"画风。马蒂斯曾经说：我最期望的，就是表现……我不可能奴隶式地照抄自然。

当然，拉奥孔是没法躲避的艺术经典。那尊著名的古希腊大理石群雕，曾经珍藏于古罗马皇帝提图斯的皇宫里，是1506年由意大利人佛列底斯在葡萄园里挖到的。据说献给了教皇朱理奥二世，并且请大艺术家米开朗基罗修补过，但米开朗基罗没有完成。拉奥孔居然也收藏于冬宫之中，这似乎又让我惊讶了。

《拉奥孔》雕像群描绘的是拉奥孔和他的两个儿子被巨蛇缠死的故事。十八岁那年，我读德国启蒙运动理论家莱辛的《拉奥孔——论诗与画的界限》时，就没有搞清楚是先有了希腊雕像《拉奥孔》，还是先有了古罗马诗人维吉尔《伊尼特》中的拉奥孔。但是，我没有为它们纠缠不休，因为我看到了雕像——《拉奥孔》。这尊由古希腊雕刻家阿格桑德罗斯与他的儿子波利多罗斯、阿塔诺多罗斯共同创作的群雕，气势磅礴，形象逼真，呈现为金字塔形状。拉奥孔与两个儿子动作姿态和表情相互呼应，层次分明，体现了扭曲与美的协调，是一组气韵非凡又铿锵有势的艺术经典。

次年五月，我女儿从罗马打来电话说：爸，我在梵蒂冈博物馆看到了《拉奥孔》群雕的原件，冬宫里的《拉奥孔》是复制品。

我为冬宫的虚伪倒抽了一口凉气。

涅瓦河上的张望

那是一部叫《黑流》的小说，里面有一个俄罗斯姑娘叫爱丽娅。她有幽兰透碧的眸子和妖娆多姿的风韵。那是二十年前我写的小说。那时候苏联还在，中苏关系也处在恢复阶段，两国的口岸已经红红火火地开放。小说的时间跨度较大，有爱丽娅来准噶尔大野寻找母亲恋人的情形。爱丽娅的母亲曾经是二十世纪五十年代中苏石油股份公司的职员。那时中苏青年卿卿我我恋爱的故事很普遍。爱丽娅来自有涅瓦河的列宁格勒。圣彼得堡那时叫列宁格勒。其实我写爱丽娅并没有底气，因为我不了解涅瓦河，我只是臆造了一个所谓浪漫多情的俄罗斯姑娘。那是我目光短浅的悲哀。

那篇虚构文稿居然让我写了涅瓦河、涅瓦大街、喀山大教堂和花岗岩护河堤。其实，我的一知半解均来自果戈理的《涅瓦大街》、《鼻子》，列夫·托尔斯泰的《安娜·卡列尼娜》和一个叫五木宽之的日本作家的《看那灰色的马》。现在想来十分搞笑，我当时在懵懂状态下，居然敢大言不惭地讲述陌生的列宁格勒。

现在，我站在了圣彼得堡涅瓦河的一条斑驳旧船上。我和几位文化学者竟然与现实中的金发俄罗斯姑娘一起跳踢踏舞，喝伏特加酒，吃墨黑墨黑的鱼子酱，听苏联老歌——那些令自己倾倒的《三套车》、《小路》、《纺织姑娘》。歌声里的姑娘仿佛就是爱丽娅、冬妮娅、卓娅、喀秋莎以及娜塔莎。她们代表着我曾经熟知的俄罗斯姑娘的一切。

涅瓦河水色深沉，泛着深秋的凝重和冷峻，河两边的建筑随着旧船的流动,时而清晰明丽,时而朦胧模糊,如翻阅延展的历史画卷一般。——彼得堡罗要塞的塔尖,像一柄利剑直刺晴空;海战胜利纪念柱的四个巨人雕像,据说象征着伏尔加、第涅伯、涅瓦和伏尔霍夫四条俄罗斯大河;旧海军总部大楼那淡黄色的严整简洁风格和冬宫华丽精美的巴洛克风格,相映成趣,熠熠生辉;冬宫广场中央的大纪念柱,是为俄罗斯战胜拿破仑而建的亚历山大一世沙皇圆柱,依然飘洒着世界同类建筑精品的风范。

河畔深绿色的水面上停泊了一艘老式军舰,它静静的,如一座庞大的灰蓝色建筑——它就是著名的阿芙乐尔号巡洋舰。就是它 1917 年打响了十月革命的第一声炮响。曾经有许多年,一提到十月革命,我眼前就会浮现苏联电影《列宁在十月》中阿芙乐尔号的炮弹落在冬宫广场的壮观场景。那是我人生成长过程中最难忘的教科书。它让我的思维模式永远定格在了那个充满幻想的革命年代。

露天咖啡馆是涅瓦河边的一道风景。那些精巧的咖啡店或小酒吧,大多还遗留着夏季忙碌的痕迹。虽然深秋了,依然能透过玻璃窗看见室内奶白色的灯光和攒动的人头。当年那些风雅才子们,往往都把自己装扮成一个个贵族模样,或三三两两在咖啡馆里吟唱诗文,或带着身影摇曳的丽人,喝着又浓又苦的咖啡,释放着多样的风情。于是,我就恍惚看见了一个人。一个俄罗斯民族推崇的民族英雄——普希金。

亚历山大·谢尔盖耶维奇·普希金的确是当今俄罗斯人依旧崇敬的世界级著名诗人。无论在莫斯科或圣彼得堡,似乎随处都能看见普希金的雕像或者故居,至少我就亲眼看到了四五处。

涅瓦大街似乎还漂泊着十八世纪的古旧气息。那些依旧华丽隽美的巴洛克建筑,那些严谨庄重的俄罗斯式柱廊和浮雕,都散发着当年古旧的情调。

涅瓦大街上有一个普希金咖啡馆。曾经在 1833 至 1837 年,普希金几乎是这家小店的常客,他一边喝咖啡一边低头浅吟着一首首神奇的诗句。他眉清目秀,秉性孤傲,潇洒倜傥,多情善感。——《青铜骑士》、《黑桃皇后》、《上尉的女儿》、《叶甫根尼·奥涅金》大约就是在这个咖啡馆酝酿和构思完成的。在与法国人丹特斯决斗前的 1837 年 2 月的某一天,普希金还来这家咖啡馆喝过伏特加酒,并且神情自若地向店主做了一个胜利的手势。然后他就将双手塞进衣兜,义无反顾地走了,再也没有回头。那时他感觉心灵透亮,并且燃烧着一颗炽烈的火球。他希望那火球变为枪口上的永恒,迸发出永存的爱意。普希金行走时的样子很英武。如今,这个以普希金名字命名的咖啡馆,门口有普希金蜡像,二楼餐厅有普希金大理石雕像,俨然就是一个普希金之家。我想,这肯定是后来老板的蓄意炒作,他是为了招徕更多的顾客而精心设计的。

普希金的青少年时期,曾就读于叶卡捷琳娜宫旁的皇村学校,现在那里叫沙皇村,又叫普希金城。那是一个绿树环抱下的有浓荫、有鸟语花香的贵族学校。深秋的金黄树叶,一层层地散落在地上,如地毯一样,脚踏时有一种柔软的亲切感,那沙沙的声响,会勾出你缱绻的人生经历。当年,普希金也在这里的某条小道上作诗,恋爱,并且粗鲁地拥抱女友或者温馨地接吻。那些高大长寿的桦树、椴树、菩提树,似乎还散发着普希金时代的气息,让人迷恋和心仪。普希金曾说:一整天,无论是如何忙碌,占据我整个身心的唯有你。

这位名叫普希金的俄罗斯文学之父,俄国诗歌的太阳,最终年龄止步在了三十八岁。那是一个青春喷发又才华横溢的年华,然而他却被阴谋暗算了。普希金从咖啡馆出来后就与那个法国籍宪兵队长丹特斯开始了为尊严和爱情而战的生死决斗。他中计了,受了重伤,没有几日便离开了人世。有资料说,沙皇的鹰犬也参与了决斗的密谋。

那一年,人们称:俄国诗歌的太阳沉落了。

别林斯基说:从普希金起,才有了俄罗斯文学。

我说:是的,普希金是我最敬仰的诗人。

经营咖啡馆的胖老板说:这个咖啡馆与普希金时期的摆设是一模一样。这显然是谎话。当年它是涅瓦大街18号。

除了留有大鬓角、头发鬈曲的普希金,涅瓦河还养育过许多声名显赫的大艺术家。他们时常会穿那种黑色燕尾服,坐那种老式马车,在得得马蹄声的伴随下,穿梭于涅瓦大街的教堂、私人庄园、剧院、舞厅、酒吧,当然有时还不得不进入监狱。他们是托尔斯泰、果戈理、屠格涅夫、柴可夫斯基、陀思妥耶夫斯基、穆索尔格斯基、莱蒙托夫……他们的生活圈子大都泛滥着贵族慵懒的糜烂气味，同时，他们也在为冲破这个圈子而做着身心疲惫的努力。在宽阔平坦的涅瓦大街上，他们用他们的才华和思想勾勒出了一个个一组组流失了的那个时代的丰腴人物，那些人物或风光旖旎或形象猥琐或虚情假意或命运悲惨，显现出了涅瓦大街的奇诡、多重、晦暗、阴郁的世间百态。当然，安娜·卡列尼娜就是他们勾勒出人物的典型代表，她最终放弃了彼得堡涅瓦河畔的贵族生活，烦躁了，心碎了，忧伤地走向了铁轨，结束了她奇异的爱情。而现实中在普希金去世后，果戈理也变得沉默而郁郁寡欢，终于他也痛苦地离开了涅瓦河，匍匐在了罗马的西班牙台阶上。

　　游船上的俄罗斯姑娘拉起了我的手，示意我们一起跳舞。我于是伴着伏特加酒的酒劲，也举胳膊抬腿地跟着扭动和踢踏起来。我的动作有些笨拙。那大约是伏特加酒在作怪，其实这种酒很平实，口感也很绵气。不像我们的伊犁特曲，喝起来总感到背后有人在用脚踢你，火烧火燎地追赶着你。伏特加酒没有那么冲，柔中带刚，它让我们四人失控地喝了三瓶。

　　在流动的涅瓦河上，追思回忆风色凄迷的圣彼得堡，抑或是邂逅涅瓦大街上那些形形色色的行走艺人，似乎一切都很古旧，又似乎一切都很新鲜。那些陈年故事如斑驳的河边建筑一样，时而闪闪烁烁，时而又黑影憧憧。它们透溢着一些沉重，一些悲凉，也阐释着一些顿悟和一些窸窸窣窣的思考。

　　在涅瓦河中间向岸边张望，一切仿佛都没有变化，一切仿佛又都是新的。

那些怀旧老歌

皇村大门勾起了我对前苏联老歌的回眸。在我们走下车时,他们开始整理乐器——小号、萨克斯、拉管。他们是一支小型管乐队。大约没有想到造访者的出现会比平时更早一些,仓促之间,他们吹奏起了第一首歌曲——《山楂树》,接着就一首接一首地吹。《三套车》、《红莓花儿开》、《喀秋莎》。他们像一群钻进参观者肚子里的蛔虫,游走自如。他们居然知道我们——至少是我的心思。我受宠若惊。

几天来,在莫斯科的麻雀山、加里宁大道、二战胜利广场,抑或是富丽堂皇的"地下宫殿"——地铁站。我都被一种怀旧曲线摇曳着,弹奏着,揉搓着,今天它终于在这个前女皇叶卡捷琳娜的豪华宫殿前被拽到了极致。我不能自持了。两百年前意大利著名设计师拉斯特雷利奉伊丽莎白女皇之命兴建的这个皇宫,是白蓝金色交织的精美绝伦建筑,它让人迷幻并产生浪漫诡异的遐想,然而,在大门口我还是停住了脚步。

我知道这帮俄罗斯街头演奏家是有意为之的,他们的目标就是中国人。他们知道中国人怀恋什么,甚至知道如何去摧垮中国人固若金汤背后的柔软内核。虽然我也知道,他们是一帮蓄谋为中国人作秀的演奏者,但我还是不由自主地被俘获了,我骨子里潜藏着呵护和宠爱那些老歌的细胞。

前苏联那些豆芽状的社会主义音符,就像深埋在我心底的种子一样等待着生长,等待着开花结果。

中国人开始往他们摆设的礼帽里撂硬币了,也有大方者投以十卢布甚至五十的纸币。当然，没有卢布的，就直接放人民币。人民币在当今俄罗斯已经变成了硬通币。

　　吹奏者都是风烛残年的老者。他们吹奏时表情呆滞，眉宇间凝着疲倦和哀愁，但却十分卖力，不过，他们的卖力不显得媚俗。他们既不感谢那些投币者，也不白眼那些纯粹观看又不掏钱的小气客人。我喜欢这种忧郁的氛围，也掏出一张大面值的人民币。我知道，这就是我隐匿埋藏在血脉中的前苏联心结。我分析，这帮俄罗斯老者，恐怕也有这种怀旧情感，于是就寻觅中国人的踪迹，专为中国人下套，也从中找到了自己炫目的过去。他们让我心尖震颤又漫舞着淡淡的酸楚。

　　1973年，我上高一，因下厂接受工人阶级再教育，去一个汽车运输站修理车间锻炼。那车间有一位会拉手风琴的胡大哥，周围蹲伏有一群喜爱音乐的青工，他们经常聚集在宿舍门口听胡大哥拉琴唱歌。我也成了"蹲伏"者之一。胡大哥风流倜傥，才华恣肆，他边拉边唱边跳，情真意切，很有煽动力和诱惑力。他唱的歌与高音喇叭里放的歌味道迥异。《三套车》、《小路》就是那时跟他们学的，我发现他们唱的歌有一种抚慰和穿透心灵的力量，沧溟，凄婉，勾魂，歌词更让人游梦般遐想。那时苏联是修正主义，中国与苏联既斗嘴又动武，如小孩打架一般，苏联歌曲已没有人敢唱，我第一次听到时感到心惊肉跳又清新亢奋。

　　那心惊肉跳也证实了一个十五岁少年的心理感应的准确性。

　　果然，没有几天，我就被学校领导在大会上不点名批评了。领导说：现在有极个别同学与社会上不三不四的人混在一起，光天化日之下唱黄色歌曲，肮脏低俗，什么心爱的人啊，乌七八糟，那是"苏修"对青少年的腐蚀，是阶级斗争新动向……于是班主任老师就找我谈话了，他严肃愤懑地说，你是一个一向老实本分的好学生，你不要再与社会上的人交往了，不然就把你毁了。老师还说，你只要再不去，我保证不开除你。

　　我的头如五雷轰顶般炸了，一阵嗡嗡嘤嘤直响，浑身哆嗦着，眼里迅速流出了恐惧和无知的泪水。我始终没有敢说一个字一句话。我惊惧着，迷茫着，有种心力交瘁之感。那是一个少年对自己前途悲哀、渺茫的惊惧。虽然我想，胡大哥是工人阶级的代表，那些青工也是工人阶级，他们是先锋，是榜样，但我没敢说，也不敢争辩。

我再也没去过那个职工集体宿舍。我想，那可能真的是"黄色"、"肮脏"歌曲的老巢。后来，有一天夜晚我路过那里时，看到胡大哥他们依然在喧闹，澄明的夜灯下，声音似划破阴翳的利剑，熠亮着、炫目着，直刺我发抖的心扉。我悄悄躲在远处隐伏了很长时间。当我意识到那是犯罪之后，才惊惶地逃走了。我的心脏咚咚狂跳了很久。

班主任老师的话兑现了，我果然没有出什么事。

即使这样，那次"黄色"歌曲的启蒙教育，那些缠绵、隐逸的优美曲调和令人慌乱、心跳的歌词，却深深地蛰伏在了我的心底。以后，每每听到它们，都恍如有刻骨的、凄迷的画面溢出，像溢流的泪水，满目苍凉也恍如隔世。

我又拿出一张二十元人民币递给演奏者，说，再奏一遍《喀秋莎》。他们表情木讷但十分遵命地演奏了这首充满苍凉意味的老歌。我觉得，在圣彼得堡的这片绿意森森的树林中，在这个女皇们争风吃醋的豪华寝宫旁，能悉心听一听多少对自己有着奇异意蕴的老歌，是对那角流逝岁月的怀恋和阐释。

"她在歌唱心爱的人儿……爱情永远属于他……"

前几年酒店、歌厅时兴卡拉OK，吃者醉眼懵懂时会自选拿手的歌曲，每每展唱，别人都有新歌，而我，只会几首苏联老歌。有人烦了，说，你怎么老唱这几首？我说，我记不住新歌。

说起来，我这个年纪的中年人，并没有多少对苏联的亲昵记忆。上小学时，苏联已经变"修"了。听大人们讲，苏联让我们还债，鸡蛋、苹果一律用筛子过，小了不要，大了也不要。后来就开始"备战"，大人们又说，苏联飞机八分钟就能把炸弹撂到我们居住的工厂。那工厂是一座炼油厂。那工厂如若爆炸了，熊熊烈火不可想象。我父亲是守卫炼油厂的野战部队军官。我惊悚于苏联这个超级大国的军事实力。后来武装流血事件就发生了。在巴尔鲁克山，牧民、民兵与苏联军人发生了冲突，苏联军人用直升机赶我们的羊群，我们的牧民用鞭子、木棍抽打直升机。我很想去巴尔鲁克山与苏联人拼搏一番。

四十年后，我到当年巴尔鲁克山冲突现场走了一遭，那里已是大家广为流传的"小白杨"哨所。同学大戎给我指点当年民兵与苏联边防军短兵相接的细节，那细节恍惚就在眼前晃动。我似乎又回到了那个对苏联咬牙切齿的年代。大戎说，从这个三角地带往前走几公里，就是哈萨克斯坦，前面那个褐色瞭望塔就是他们的。

是的，物是人非，那个曾经庞大的苏联早已不复存在了。我们却梦呓般地怀恋着它的老歌。我们声嘶力竭又神清气爽地吼唱着，沉迷在那个如鲠在喉的苏联时代。这是一个悖论，也是一个实实在在的怪圈。

应该说，我生长的青春期，宣传机器并没有鼓呼过苏联多少正面的东西。但苏联那些豆芽状的音符，低沉又忧戚的曲调，就这样极端地黏附在我的血液里，洇漫在我的肌理中，骨殖于我的钙质上，融合着，隽永着，秉持着一个不变的方向。今天，看着这些街头忧郁的俄罗斯老艺人，我的心颤栗了。在俄罗斯，已经没有多少人再提及前苏联了，他们会唾沫星子四溅地炫耀彼得大帝，献媚叶卡捷琳娜二世女皇，还会滔滔不绝地叙述宫中那些尔虞我诈的斗争细节，但，他们不说列宁，不说斯大林。在赫鲁晓夫墓前，他们也不说这位中国人不太喜欢的前苏联大人物的好话。这的确让我戳心。

实际上，我们喜爱苏联老歌，是喜爱生长在我们自己心底的情感记忆。那些豆芽状的音符，只需稍稍抚慰，就会发芽，就会飘举，就会茁壮成长。它们对我们的影响是不可言喻的和细润无声的。

街头艺术家们又换歌了。居然是那首节奏明快、简约洗练的情爱歌曲《我心儿不能平静》——它出自一部叫《办公室的故事》的电影。二十多年前，我是在初冬的有些许寒意的露天球场看的它。那天，我女友给我送了一件手织毛背心，我感觉那歌曲黏附着温婉的情愫，洋溢着浓浓的暖意。